Lydia Preischl lebt mit ihrem Mann in einem kleinen Dorf im Oberpfälzer Wald. Sie hat zwei erwachsene Töchter. Seit sie denken – und schreiben – kann, widmet sie sich dem Erfinden von Geschichten. Diese sind so unterschiedlich, dass es nicht gelingt, sie auf ein Genre festzulegen. Ihr Ziel ist es, ihre Leserinnen und Leser in eine andere Welt zu entführen, zu unterhalten und zu entspannen.

Besuchen Sie die Website der Autorin:

www.allerlei-leserei.de

Hier erfahren Sie alles über bisherige und kommende Projekte.

Die Charaktere und Geschehnisse im Roman sind frei erfunden. Etwaige Ähnlichkeiten mit lebenden oder verstorbenen Personen sind rein zufällig.

Lydia Preischl

Nicht von dieser Welt

Die Rückkehr

Bibliografische Information der Deutschen Nationalbibliothek:
Die Deutsche Nationalbibliothek verzeichnet diese Publikation
in der Deutschen Nationalbibliografie; detaillierte bibliografische
Daten sind im Internet über http://dnb.dnb.de abrufbar.

© 2016 Lydia Preischl
Auflage 1/2016
Umschlagfoto: Lydia Preischl

Herstellung und Verlag:
BoD – Books on Demand, Norderstedt
ISBN 978-3-7412-4064-5
Alle Rechte vorbehalten.

Prolog

Als ich den kleinen Esra Fisher im Haselnussstrauch landen sah, wusste ich, dass es nicht seiner üblichen Wildheit zuzuschreiben war, mit der er auf seinen Inline-Skates die Gegend unsicher machte. Nein, diesmal schien er wirklich eine Neuigkeit zu haben, die er mir so dringend mitteilen musste, dass er, der sonst so sicher auf den schmalen Rollen war, die Kurve nicht mehr bekam und in das Gestrüpp gedrückt wurde. Ich stellte meinen Korb mit den gepflückten Heidelbeeren, die spät dran waren in diesem Jahr, beiseite und eilte hinauf zur Einfahrt, wo die Asphaltstraße, die sich durch die Landschaft schlängelte, auf unseren ungeteerten Weg traf.
Esra stand bereits wieder auf seinen Beinen und klopfte sich den Schmutz vom weißen Hemd, dessen Ärmel er hochgestülpt hatte. Ein paar Kratzer auf dem rechten Arm zeugten vom Unfall, doch sonst war ihm nichts weiter passiert. Der kleine zähe Kerl hielt sich auch gar nicht lange mit Gejammer auf.
„Tante Mettie...", er war zu atemlos, als dass er den Satz hätte in einem Zug beenden können. „Tante Mettie...", begann er erneut, als er endlich vor mir stand und einige tiefe Atemzüge genommen hatte. „Stell dir vor, wer wieder da ist!" Es war keine Frage, lediglich eine Einleitung zur sensationellen Eröffnung: „Markus Troyer!" Nun verschränkte Esra die Arme, machte ein wichtiges Gesicht und wartete darauf, dass mich die Aufregung packte. Doch mit den Jahren hatte ich gelernt, dass umwerfende Neuigkeiten einen nicht umwarfen, wenn man ihnen gelassen begegnete.
„Jetzt komm erst mal auf die Veranda und trink ein Glas kühle Limonade!", wich ich ihm aus. Tatsächlich wühlte mich diese Neuigkeit mehr auf, als ich in diesem Moment selbst realisierte – oder besser: realisieren wollte.
Markus! Da er nie getauft wurde, konnte er auch nicht gebannt werden. Die Leute redeten über ihn. Mal mehr, mal

weniger. Aber ich konnte gut verstehen, dass gerade die Jüngeren, vor allem die, die ihre Erfahrungen in der Welt draußen machten, von einem Mann wie Markus Troyer fasziniert waren. Mich selber beeindruckte nicht sein Werdegang und das, was er erreicht hatte. Es war Schall und Rauch, unwichtig. Nein, es war Markus selbst, den ich immer schon mochte. Der Sohn meiner besten Freundin, die weit weg lebte und die ich nur sehen würde, wenn eine von uns die weite Reise auf sich nahm, die aber doch nie zustande kommen würde. Wir schrieben uns, doch selbst die Briefe waren selten, hatten wir doch so viel zu tun mit unseren Familien und all der Arbeit, die das Leben uns auferlegte. Markus' Schicksal lag mir am Herzen und dass er für unsere Welt verloren war, tat mir weh.
Von all dem ahnte der Kleine neben mir nichts. Ein Blick auf ihn zeigte mir, dass er von meiner nach außen hin zurückhaltenden Reaktion enttäuscht war. „Wo ist er denn jetzt?", fragte ich also, und nicht nur, um ihn zufriedenzustellen, sondern auch meine Neugier.
„Im alten Troyer-Haus!" Esra hatte das Glas im Nu geleert und stellte es nun auf den kleinen Verandatisch ab. Links und rechts davon standen zwei einfach gezimmerte Stühle, auf denen wir beide saßen.
Markus war also im alten Troyer-Haus. Nun, es gehörte ihm. Warum also auch nicht? Ich sagte es Esra.
„Kann einem Englischen ein Amisch-Haus gehören?", fragte er mit großen Augen.
„Markus ist amisch geboren! Er wurde nur nie getauft!" Esra war ein typisches Amisch-Kind, das gewohnt war, still zu sein, wenn sich Erwachsene unterhielten, was es aber nicht davon abhielt, genau zuzuhören. Verstand es etwas nicht, fand es bestimmt einen Weg, ältere Geschwister, die Eltern oder Großeltern danach zu fragen. Und bekam es nicht die gewünschte Antwort, fragte es eben weiter. Es ging dabei gar nicht um Neugierde. Es war vielmehr der Wunsch, alles zu

wissen, was auch die Großen wussten. Und so kannte Esra mit seinen immerhin schon acht Jahren natürlich den Umstand, dass Amische sich erst als Erwachsene zur Taufe bereit erklärten – oder eben nicht. Zuvor, im Teenager-Alter, erkundeten die Jugendlichen die englische Welt. Sie lernten das Leben außerhalb der engen amischen Grenzen kennen. Und das war gut so, um später einmal vorbehaltlos und mit innerer Überzeugung den Schritt zur eigenen Taufe zu gehen und dann für immer Amisch zu sein.

Diese Gedanken schossen mir durch den Kopf, als ich mit Esra sprach. Er war der jüngste Sohn meines Bruders Daniel.

„Weiß deine Mama, dass du bei mir bist?", fragte ich nun.

„Sie hat mich hierhergeschickt und mir aufgetragen, dir das zu erzählen", nickte Esra eifrig. „Und dann soll ich zurückkommen, um Mama beim Marmelade-Kochen zu helfen!"

Ja! Ich entdeckte blaurote Spuren in seinem Gesicht. Auch Maria Fisher schien eine reiche Heidelbeeren-Ernte zu haben. Sie wuchsen nicht jedes Jahr so reichlich, daher lohnte es sich, aus den leckeren Früchten so viele wie möglich zu konservieren. Und auch meine Familie liebte Heidelbeermarmelade, die sich aber nicht selber zubereitete. Ich seufzte und stand auf.

„Na, dann fährst du besser wieder zurück, Esra. Aber bitte etwas langsamer! Bei der Einfahrt zu deinen Eltern stehen keine Haselnuss-Sträucher!", sagte ich ernst und er nickte mit ebensolcher Mine.

Ich sah ihn noch um die Ecke biegen und wandte mich dann wieder meiner Arbeit zu. Markus Troyer! Er war also wieder da!

Kapitel 1

Markus Troyer fuhr langsam hinter dem mit dem großen roten Dreieck gekennzeichneten Pferdebuggy her. Noch gut erinnerte er sich an die Zeit, in der er selbst in so einem Gefährt saß. Zu Beginn, als er noch ein Kind war, dachte er über die Autofahrer nach, die hinter dem Buggy seines Vaters herschleichen mussten und ungeduldig immer wieder zum Überholen ansetzten. Später jedoch machte er sich keinerlei Gedanken mehr über die Leute, die sich in ihrem Leben abhetzten, nur um an der nächsten Kurve wieder aufgehalten zu werden. Nun war er der Gehetzte, der einzig und allein der Zeit unterworfen war und niemals alles erledigen konnte, was erledigt werden sollte. Er überholte nicht, selbst, als auf der geraden schmalen Straße kein entgegenkommendes Fahrzeug zu sehen war. Hinter ihm hupte jemand. Er scherte sich nicht darum. Stattdessen legte er beide Arme über das Lenkrad und genoss es, durch den Buggy Gelegenheit zu haben, nach links und rechts zu schauen und zu erkennen, dass sich kaum etwas verändert hatte. Der Drängler hinter ihm rauschte vorbei und tippte an seine Stirn. Markus grinste. Wieder wanderte sein Blick über die Landschaft. Er war bereits geraume Zeit von der Interstate abgefahren und in das ländliche Gebiet von Lancaster County eingetaucht. Wunderschöne, gepflegte Farmen säumten den Horizont. Hier, am Straßenrand, standen in größeren Abständen aus grauem Stein erbaute schmucke Häuser, zu denen elektrische Leitungen führten. Sie gehörten Mennoniten oder zugewanderten *Englischen*, wie die Amisch die übrigen Amerikaner nannten. Diese Leute nutzten Strom und alle Annehmlichkeiten der modernen Welt, während die Mitglieder seines Heimatbezirkes jegliche Technik ablehnten. Nun lebten seine Eltern bei seiner Schwester, die nach Ohio geheiratet hatte. Mit ihnen war er in guter Verbindung geblieben. Hierher, in die Gegend zwischen Intercourse, Paradise und Bird-In-Hand, hatte er keinerlei Verbindungen mehr gepflegt, obwohl einige seiner Geschwister hier lebten und sich sein Elternhaus hier befand, das ihm sein Vater überlassen hatte.

Der Buggy und Markus fuhren am Ortsschild von Intercourse vorbei hinein in den malerischen Ort, der gewachsen war, seit seinem letzten Besuch. Er musste aufpassen, um die Abfahrt in die Queen Road nicht zu versäumen, blinkte dann links und fuhr ab. Kurz darauf bog er in den Harvest Drive ein. In der Ferne näherte sich ein Güterzug, der endlos zu sein schien. Markus hielt an, um den Zug zu beobachten und um sich zu wappnen. Er hatte keinen Schlüssel für sein Haus. Das hieß, er musste bei Daniel Fisher vorbeifahren, um ihn abzuholen. Die Fishers hatten sich um das Haus gekümmert und sicherlich dafür gesorgt, dass es für ihre Nachbarn gut erhalten blieb. Sie hatten auch die Wiesen und Felder mit bewirtschaftet, die seit dem Wegzug der Troyers brach lagen. Daniel Fisher war – wie wohl alle in ihrem Distrikt – der Meinung, dass die Troyers zurückkommen könnten. Doch Markus wusste, dass dies nicht passieren würde. Deshalb hatte er das Haus auch übernommen. Was er damit anstellen würde, wusste er noch nicht. Wohl aber wusste er, dass er sich hier erst einmal erholen wollte, so gut man sich in einem amischen Haus ohne Elektrizität, Heizung und warmem Wasser erholen konnte. Aber vielleicht war es genau das, was er gerade jetzt benötigte.

Er fühlte eine Erschöpfung, die er nie vorher wahrgenommen hatte. Nicht so sehr körperlich – er hielt sich fit, was in seinem Beruf unumgänglich war. Es war die seelische Erschöpfung, all die furchtbaren Dinge, die bis vor wenigen Wochen passiert waren und die er nicht mehr verarbeiten konnte. Markus hatte nie begriffen, warum so viele in der englischen Welt einen Psychiater brauchten. Nun verstand er es. Er hoffte inständig, dass ihn die Flucht hierher zur Ruhe kommen lassen würde, dass er seine Gedanken und Gefühle sortiert bekam und letztendlich wissen würde, wie seine Zukunft aussehen könnte.

******

Ab jenem Moment, an dem er vor dem Haus der Fishers anhielt, schwirrten die Gedanken in seinem Kopf. Er bekam weiche Knie und ein flaues Gefühl im Magen. Rasch und unpersönlich beendete er das kurze Gespräch mit Maria, die nur mit ihrem jüngsten Sohn zu Hause war. Sie stellte ihm Esra vor, der mit ihr auf die Veranda gekommen war, aber er eilte sich, wieder in den Schutz seines Autos zu kommen.
Warum nur nahm ihn die Begegnung mit seiner Vergangenheit so mit? Markus wusste keine Antwort darauf. Nun, da er sich entschieden hatte, ausgerechnet hierher zu kommen, musste er sich dem auch stellen. Noch in Jacksonville sah er die Rückkehr in seine amische Heimat als einzig gangbaren Weg in all dem verfahrenen Elend, in dem er sich unversehens befand. Nun fühlte er die Erleichterung, die er bei seiner Abreise vor einigen Tagen allein durch die Tatsache empfand, dass er den Ort verlassen konnte, nicht mehr. Tatsächlich blieb ihm das flaue, ängstliche Gefühl, das sich seit seiner Begegnung mit Maria Fisher breitgemacht hatte, erhalten.

Er versuchte, seine Gedanken zu bündeln und sich auf die Rückkehr in sein Haus zu konzentrieren. Markus bog in den schmalen, mit tiefen Schlaglöchern versehenen Weg ein, der zu seinem Haus führte. Hinter drei hohen Eichen, die als Vorboten des nahen Waldes einsam auf einem Feldrain thronten, tauchte es auf, halb verdeckt von der mächtigen Scheune. Je näher er kam, desto mehr Mängel fielen ihm auf. Es benötigte einen neuen Anstrich, der Garten, den seine Mutter so gehütet hatte, war vollkommen verwildert und über und über mit Gestrüpp bedeckt. Auch die Farbe an der Scheune war zu einem großen Teil abgeblättert und vom Hühnerstall, der sich gleich daneben befand und weniger stabil gebaut war, als die anderen Gebäude, hatten sich einige Bretter gelöst. Der Rasen vor dem Haus glich einem Feld. Zahlreiche Maulwürfe hatten ihre Hügel hineingesetzt und Gras und Moos überwucherte den einst so feinen, weichen Grund. Um den kleinen Weiher, der sich etwa 20 Meter neben dem Haus befand und mit einem Zaun zum Schutz der kleinen Kinder umgeben war, hatten sich Bäume angesiedelt, deren Same wohl schon vor langer Zeit aus dem nahen Wäldchen angeflogen war.
Daniel Fisher hatte sich gut um die Felder, die rings um das Haus lagen, gekümmert, um die unmittelbare Hofstelle allerdings weniger. Das war überraschend und unüblich. Vielleicht lag es daran, dass ihm das Haus gehörte, nicht mehr seinen Eltern.
Markus kämpfte mit sich. Was sollte er hier? Am besten, er fuhr sofort wieder weg und schickte den Schlüssel per Post zurück an die Fishers. Doch plötzlich tauchte vor seinem inneren Auge seine Mutter an der Eingangstür auf. Sie verabschiedete seine vier kleineren Geschwister in die Schule, während er selber noch im Stall

mit Melken beschäftigt war. Er war fast erwachsen und kein Schuljunge mehr. War in den Jahren seiner Orientierung – oder *Rumschpringa* – wie die Amisch es nannten. Sein Vater war froh, endlich eine vollständige Arbeitskraft zu haben, auch wenn seine Söhne ihm seit geraumer Zeit bereits kräftig halfen - vor allem in der langen Ferienzeit, die in Amischland mit der Erntezeit zusammenfiel. Drei seiner älteren Geschwister waren bereits verheiratet und mussten sich um ihren eigenen Hausstand kümmern.

Ein Zug pfiff und holte ihn aus seinen Gedanken. Endlich stieg er aus und ging langsam auf das Haus zu. Die Tür quietschte, als er sie öffnete, doch im Inneren war alles so, als wäre niemals jemand weg gewesen. Neben der Tür gab es einen kleinen Windfang, gerade groß genug, um die Jacken, Schuhe und Umhänge der großen Familie aufzunehmen. Nur einen Schritt weiter öffnete sich der große Raum, in dem die Familie sich zu den Mahlzeiten und in der spärlichen Freizeit aufhielt. Die Küchenmöbel standen an der einen Frontseite rechts von ihm, eine Kommode und ein Regal im rechten Winkel daneben. Dieser Bereich war durch einen angedeuteten Durchgang vom Wohnbereich optisch getrennt. Die Mitte des Wohnraumes war vollkommen eingenommen von einem großen, massiven Eichenholztisch, der von zehn Stühlen umstanden war. Weitere Stühle standen an der Wand und boten vielen Besuchern Platz, falls es notwendig sein sollte. Der große Holzherd wurde den ganzen Winter über geheizt, um das Zimmer zu erwärmen, im Sommer nur, wenn gekocht wurde. Schmunzelnd erinnerte sich Markus daran, dass dies eigentlich auch immer der Fall war, denn kaum endete das Brotbacken am Morgen, wurde Gemüse und Fleisch für das Mittag- oder Abendessen aufge-

setzt. Dazwischen wurde eingekocht, Kuchen gebacken oder Tee gekocht. Er wischte gedankenverloren etwas von der dicken Staubschicht von der Kommode, als er an dem Möbel vorbei auf die rückwärtige Tür zuhielt, die von den früheren Bewohnern mehr frequentiert worden war als die Vordertür. Hier gab es die Möglichkeit, schmutzige Schuhe abzustellen und saubere anzuziehen, um den eben geschrubbten Wohnraum nicht wieder zu verschmutzen. Gleich daneben führte eine Tür in den Waschraum, wo eine pressluftbetriebene Waschmaschine stand, aber auch eine einfache Blechbadewanne und der holzbeheizte Badeofen, in dem das Badewasser erwärmt wurde. Markus schaute nur kurz hinein und schloss die Tür dann wieder. Im geräumigen Vorraum, in dem er sich befand, führte eine weitere Tür hinüber in das Großvaterhaus, einem kleinen Gebäudeflügel, der für die Eltern seines Vaters angebaut worden war. Inzwischen waren sie verstorben und der Anbau stand so leer wie das übrige Haus. Gegenüber dem hinteren Eingang schließlich konnte man über eine schmale Treppe hinauf in das Obergeschoss steigen. Dort befanden sich die Schlafräume der Familie, das größere Schlafzimmer der Eltern und die drei kleineren Schlafräume für ihn und seine Geschwister.
Er öffnete das Elternschlafzimmer. Ihm fiel ein, dass er vergessen hatte, dass die wenige Habe der Familie mit den Eltern umgezogen war, einschließlich der Schlafdecken und Kissen. Er würde sich für einige Nächte ein Zimmer in Intercourse oder Bird-in-Hand nehmen müssen, bis er die nötigen Utensilien eingekauft hatte.
Als er wieder unten im Wohnraum stand, ging plötzlich eine Wandlung in ihm vor. Das Erkunden seines Elternhauses hatte die Zeit seiner Kindheit vor seinem geistigen Auge wieder aufleben lassen und er konnte es

gar nicht erwarten, das traurige alte Gebäude wieder zum Leben zu erwecken!

Es war noch früh am Tag. Markus beschloss, zuerst eine Unterkunft zu suchen und fuhr hinüber zu dem mennonitischen Gästehaus, das in der Nähe von Bird-in-Hand lag. Edith, die junge Mennonitin, die am Empfang stand, erkannte ihn nicht, genauso wenig, wie all die anderen Amisch und Mennoniten, die nicht unmittelbar aus seinem Kirchenbezirk stammten. Obgleich die Mennoniten weltzugewandter wie die Amisch lebten, hatte bei ihnen Film und Fernsehen keinen so großen Stellenwert wie in der übrigen Welt. Viele besaßen keinen Fernsehapparat, manche nur, um Nachrichten zu sehen und sich zu freuen, in einem friedlichen Eckchen Erde zu leben. Edith lächelte ihm verbindlich zu und er verschwand in den zweiten Stock, wo ein gemütliches Zimmer auf ihn wartete. Der Raum war zweckmäßig eingerichtet, ein Bett, ein Tisch, ein Stuhl. Auf dem Bett lag eine jener gemütlichen Quiltdecken, für die die Frauen in der Gegend berühmt waren. Sowohl amische als auch mennonitische Frauen liebten es, sich zum Quilten zu treffen und gemeinsam große Stücke zu fertigen. In den meisten amischen Haushalten waren die Quilts der einzige Schmuck, den man sich im Hause erlaubte. Bilder an den Wänden oder auch nur Schnittblumen oder Zierpflanzen waren in den Bezirken, die er kannte, als weltlich verpönt. Seine Mutter hatte stets darauf geachtet, viele Kräuter in Töpfen auf den Fensterbänken stehen zu haben, um das Pflanzenverbot mit der Hege dieser Nutzpflanzen zu umgehen. Da ein Kalender im bäuerlichen Leben unumgänglich war, suchte sie auch immer besonders hübsche Motive aus, um ein wenig Farbe in die spartanische Stube zu bringen. Beides sorgte stets für Diskussion mit seinem strengen Vater, der die Bilder im Kalender nicht guthieß und der Meinung war, dass Kräuter in den Garten gehörten. Allein die Tatsache, dass der Haushalt die Domäne der Frau war, hielt ihn davon ab, ihr Kräuter und Kalender zu verbieten.

In einer Vase auf dem Tischchen seines Hotelzimmers steckten blassrote kurzstielige Rosen. Nur wenige amische Frauen besaßen überhaupt eine Vase. Blumen abzuschneiden wurde als weltliche Dekadenz betrachtet. Viel lieber erfreute man sich an Gottes erhabener Schöpfung, indem man in der spärlichen Freizeit auf der Veranda saß und die Garten und Feldblumen betrachtete.

Markus trat ans Fenster, das den Blick auf die schmale Straße eröffnete, die direkt vor dem Haus vorbeiführte. Es waren zu dieser Stunde nicht allzu viele Buggys unterwegs, da viele Amisch dazu übergegangen waren, ihre Besorgungen in den Tageszeiten zu erledigen, in denen nicht so viel Autoverkehr herrschte. Auf der anderen Straßenseite entdeckte er ein Restaurant, das den Namen *Yoder's* trug. Nichts Ungewöhnliches, da beinahe jeder Dritte in diesem und den umliegenden Bezirken so hieß. Es war fast Mittag und er war seit Tagen auf Reisen. Gegen Mitternacht hatte er gestern Abend diese letzte Etappe angetreten und seitdem nichts mehr gegessen. Nun quälte ihn der Hunger und auch die Müdigkeit. Er beschloss, sich im Restaurant etwas zu essen zu holen, es auf dem Zimmer zu verspeisen und dann eine kurze Siesta einzulegen.

Kapitel 2

Das monotone Geräusch der Flugzeugmotoren schläferte sie ein, erholsamen Schlaf fand sie dennoch nicht. Dazu fand sie die engen Sitze viel zu unbequem, von den Rückenschmerzen und der immer falschen Temperatur ganz zu schweigen. Fliegen war für Lena Mittel zum Zweck, das sie häufig nutzte, um ein wenig etwas von der Welt zu sehen. Doch Langstreckenflüge absolvierte sie eher selten. Nun war die Entfernung zwischen München und Philadelphia nicht über die Maßen groß, doch auch nur neun Stunden im Flieger abzusitzen, quasi auf einer Pobacke, weil die andere Seite seit Stunden schmerzte, fand sie dann doch etwas lästig. Aber sie wollte sich nicht in diese negative Sichtweise hineinsteigern. Immerhin würde sie am frühen Nachmittag ankommen, was bedeutete, dass sie anschließend bequem Zeit hatte, die gute Stunde Fahrt bis zu ihrem Ziel hinter sich zu bringen. Lena sah sich um. Es würde noch dauern, bis der Bordservice, der gerade begonnen hatte, bei ihnen angekommen wäre. Sie nutzte die Gelegenheit, um die Toilette aufzusuchen, sich zu kämmen und ein wenig frisch zu machen. Die Flugzeugluft machte aus ihren langen blonden Haaren Stroh, so dass sie sich entgegen ihrer ursprünglichen Absicht, die Haare offen zu lassen, dazu entschied, den aufgelösten Zopf neu zu flechten. Ihr Gesicht frisch und munter aussehen zu lassen, schaffte sie jedoch nicht. Die Müdigkeit stand darin geschrieben, was auch keine Make-Up-Schicht ändern konnte. Deshalb versuchte sie erst gar nicht, sich anzumalen, weil sie im Schminken ohnehin nicht gut war. Seufzend kehrte sie zu ihrem Platz zurück, um die Mahlzeit einzunehmen.

Einige Stunden später war sie auf dem Weg in das ländliche Herz Pennsylvanias. Der Flug und vor allem die lange Wartezeit am Einwanderungsschalter hatte sie mehr geschlaucht, als sie gehofft hatte. Der Jetlag machte sich schon jetzt recht heftig bemerkbar. Zumindest ersparte ihr das GPS die mühsame Wegsuche mittels Landkarte. Tatsächlich lag nach etwas mehr als einer Stunde der Ort vor ihr, in dem sich ihr Gästehaus befinden sollte. Schon tauchte es rechter Hand auf: Der Name *Schwartz Guesthouse* und darunter ein schnörkeliger Pfeil deutete ihr die Richtung zum Parkplatz. Die Anlage war Motel ähnlich aufgebaut, so dass sie in unmittelbarer Nähe der Gebäude parken konnte.

Lena stieg aus. Sie hatte auf einem Rastplatz eine Katzenwäsche eingelegt, doch noch ein wenig Make-Up aufgetragen und das T-Shirt gewechselt. Nun fühlte sie sich zwar alles andere als erfrischt, aber auch nicht so schmuddelig wie noch am Flughafen.

Vier Wochen würde sie bleiben. Zumindest vorerst. Wie es dann weitergehen sollte, wusste sie bisher noch nicht. Deshalb hatte sie sich diese Gegend ausgesucht: Um ihre Zukunft wieder in die Hand zu nehmen. Dazu brauchte sie die Vergangenheit, die sie hoffte, hier zu finden.

Sie stellte ihren Koffer und die Handgepäckstasche in das Zimmer, das ihr recht gut gefiel. Auf den ersten Blick erkannte sie, dass es hier kein Fernsehgerät gab. Sie würde sich also mit sich selber beschäftigen müssen. Ein Blick hinter die farbenfrohe Gardine sagte ihr, dass es wenigstens Strom gab. Ganz sicher war sie sich dessen nicht gewesen, war sie doch in Amischland. Und ihre Vorstellung davon war recht klischeehaft, internetgeprägt. Sie entsann sich, bei der Internet-Buchung gelesen zu haben, dass es sich um ein mennonitisches

Haus handelte. Die Mennoniten lehnten Strom nicht grundsätzlich ab, auch nicht Autos und sonstigen Komfort.

Etwas irritiert hatte sie sich auch angelesen, dass es durchaus auch amische Gästehäuser gab, deren Gästezimmer mit Strom versorgt wurden. Ihre eigenen Räume sparten die Besitzer von diesem Luxus jedoch aus.

Lena fühlte sich kraftlos. Die Übermüdung und die schrecklichen Turbulenzen zu Hause hatten eine Erschöpfung bewirkt, die sie so leicht nicht überwinden würde. Selbst jetzt, bei der Herfahrt, hatte sie die Schönheit dieser Gegend kaum wahrgenommen. Sie hoffte auf morgen. Und übermorgen.

Heute brauchte sie nur noch etwas zu essen. Auf der anderen Straßenseite entdeckte sie beim Blick aus dem Fenster ein Restaurant. Der Name *Yoder* immerhin war ihr auf der Fahrt häufiger aufgefallen. *Yoder's Shop, Yoder's Quilt, Yoder's Fruit & Vegetable....* Lena zuckte die Schultern, holte ihre Geldbörse aus der Jackentasche, rempelte dabei heftig gegen den aus hellem Holz massiv gezimmerten Stuhl und verließ ihr Zimmer, um ihren knurrenden Magen zu besänftigen.

Auf dem Weg hinüber dachte sie darüber nach, ob sie sich einfach etwas mit aufs Zimmer nehmen sollte oder sich lieber ins Restaurant setzte. Da sich der Schlafmangel immer deutlicher bemerkbar machte, entschloss sie sich dazu, einfach eine Kleinigkeit zu kaufen, um es sich auf dem Zimmer gemütlich machen zu können.

Sie betrat das hölzerne, weiß und braun getünchte Gebäude, um sich erst einmal in einer Art Vorraum wiederzufinden. Sie spähte nach links, so dass ihr zuerst ein kleiner Stand mit Büchern auffiel. *Gut!* Angesichts des fehlenden Fernsehers würde sie Lektüre gut gebrauchen können. Sie schlug also zuerst diese Richtung ein und stöberte die Buchtitel durch. Es waren, wie sie schnell feststellte, amische Liebesgeschichten, wohl auch Krimis, die zuerst ihr Interesse weckten. Sie fand eine Serie aus drei Bänden, die sie schließlich kaufte. Über den Vorraum gelangte sie nach rechts in das Restaurant. Fast alle Tische waren besetzt, was sie angesichts der vielen Autos, die auf dem Parkplatz standen, schon befürchtet hatte, und auch die Verkaufstheke war belagert von Kunden. Lena war nicht besonders groß und so stellte sie sich auf Zehenspitzen, um einen Blick auf das Angebot erhaschen zu können. Kuchen standen da in allen Variationen, süßes und salziges Blätterteig- und Strudelgebäck, Sandwiches und in Plastikschüsselchen verpackter verzehrfertiger Salat. Hinter den vielbeschäftigten Verkäuferinnen, die in typischer Amisch-Tracht mit dunklem Kleid und weißem Häubchen sehr adrett aussahen, standen in den Regalen Marmeladen und Relishes, in einem überdimensionalen Kühlschrank schließlich viele verschiedene Getränke. Sie machte sich im Geiste ein Liste dessen, was sie in der nächsten Zeit vor dem Verhungern und Verdursten retten sollte, und orderte, als sie endlich an die Reihe kam, eine der appetitlichen Salatschüsseln mit einem Sandwich, dazu einen überaus lecker aussehenden Apfelstrudel mit Vanillesoße, die in einem kleinen verschlossenen Plastikbecher dazu gereicht wurde, und noch ein Stück Käsekuchen. Dazu ließ sie sich noch drei Flaschen Mineralwasser und zwei Flaschen Cola einpacken. Sie war hungrig und hungrig einkaufen zu gehen war noch nie ein guter Ratgeber gewesen.

Lena trat schwer bepackt den Rückzug an. Sie rempelte einige Leute an, die jedoch bereitwillig Platz machten und ihre rasch gemurmelte Entschuldigung mit einem freundlichen Lächeln quittierten. Ein jüngerer Mann hob ihr sogar ihren Geldbeutel auf, der hinuntergefallen war, als sie sich umgedreht hatte. Froh, endlich wieder ihr Zimmer erreicht zu haben, legte sie ihre Einkäufe auf das kleine Tischchen. Ihr war ein wenig schwindelig und ihre Knie zitterten. Es mochte der Schlafmangel sein oder auch einfach die Tatsache, dass sie Hunger hatte, wobei die Ursache vollkommen egal war. Lena beschloss, zu essen und den Tag für heute zu beenden. Ein Blick auf die Armbanduhr sagte ihr, dass es kurz nach sieben Uhr abends war, gerade mittags zu Hause, vielleicht auch deshalb der große Hunger. Trotzdem zog sie sich erst aus und marschierte in den winzigen Nebenraum, den sie gerade eben entdeckt hatte, und in dem eine Dusche, ein Waschbecken und eine Toilette untergebracht waren. Sie hatte zuvor schon befürchtet, sich ein Etagenbad mit anderen teilen zu müssen. Nun stellte sie sich erst einmal unter die Dusche. Dann zog sie ihr leichtes Nachthemd an und fühlte sich unglaublich behaglich. Sie öffnete die Plastikbehälter, zog die Lasche von der Salatsoße, die sie im Beutel mitbekommen hatte und tränkte den Salat damit. Aus der anderen Verpackung zog sie ein Schinken-Eier-Sandwich und genoss in aller Ruhe ihre Mahlzeit. Mit angezogenen Beinen saß sie auf dem bequemen Bett, die weichen Quiltdecken unter sich und vor ihr aufgereiht die unterschiedlichen Speisen, von denen sie sich mal diesen, mal jenen Bissen in den Mund steckte. Den ersten Band des Amisch-Romans hatte sie aufgeschlagen neben sich gelegt und angefangen zu schmökern. Ihr Englisch war leidlich gut und die einfache Sprache der Autorin, die – glaubte man dem Cover – früher amisch und jetzt mennonitischen Glaubens war, ließ sie alles recht gut verstehen. Auch wenn die Handlung übermäßig simpel

gestrickt war, tat sich ihr dennoch ein wenig die amische Welt auf, die sie hoffte, entdecken zu können.
Hier, in dem einfachen, behaglichen Raum mit seiner ruhigen Ausstrahlung, dem köstlichen Essen und einem unterhaltsamen Buch fühlte sie sich wohl, so wohl, wie sie es seit langem nicht erlebt hatte. Die aufkommende Dämmerung ließ dieses gute Gefühl einer gewissen Wehmut weichen, die sich immer einstellte, wenn sie woanders als zu Hause schlief. Aber die Müdigkeit, die sich mehr und mehr in ihr breitmachte, forderte nur noch, die weichen Decken zurückzuschlagen und sich hineinzukuscheln.

Markus erwachte zwei Stunden nachdem er sich hingelegt hatte, durch den Lärm eines umfallenden Stuhles, der aus dem Nachbarzimmer drang. Es machte ihm nichts aus, da er ohnehin einige Besorgungen machen und dann noch ein paar Stunden zu seinem Haus hinausfahren wollte. Seinen Koffer hatte er erst gar nicht mit hochgenommen. Er würde bestenfalls eine Nacht bleiben, musste nur ein paar Einrichtungsgegenstände und Vorräte zum Troyer-Haus schaffen, um dann endlich die ersehnte Ruhe zu finden, die er nach den letzten aufregenden Jahren so nötig hatte. So zumindest war der Plan.
Er stieg in seine weiße Mittelklasselimousine – Sportwagen oder Cabrios der höheren Preisklassen waren nicht seine Sache – und fuhr die wenigen hundert Meter bis zu einem kleinen Marktplatz. Genaugenommen war es ein Shopping-Areal, vornehmlich für die Touristen, in dem er jedoch die Läden finden würde, deren Waren er fürs erste brauchte. Er parkte auf dem großen Parkgelände in der Mitte des Viertels. Außen herum gruppierten sich kleine, puppige Geschäfte, alles künstlich,

nichts ursprünglich gewachsen. Doch er wusste, dass die Aufmachung zwar Touristen anlocken sollte, in den kleinen Geschäften aber durchaus hochwertige Produkte angeboten wurden. Ein wunderschön dekoriertes Haushaltswarengeschäft fiel ihm auf. Auf der Veranda waren prächtige Quiltdecken über Holzgestellte gebreitet, im Schaufenster dahinter dekorierte ein Amisch-Mädchen gerade verschiedene Haushaltswaren auf einen antiken Geschirrschrank. Markus runzelte die Stirn. Erst beim Anblick der reichen Auslage wurde ihm bewusst, dass sein Haus lediglich aus den Holzwänden und einigen großen Möbelstücken bestand, die die Familie nicht mit nach Ohio nehmen konnte. Im Geiste hakte er die Idee bereits wieder ab, nur eine Nacht in dem Gästehaus zu verbringen.

Immerhin war er in der Lage, einen Haushalt zu führen. Bei den Amisch war es eher ungewöhnlich, dass Männer sich für Haushalt und Küche interessierten. Die Lebensweise brachte es mit sich, dass die Männer genug im Stall, auf dem Feld oder ihren jeweiligen Berufen zu tun hatten und die Frauen sich um die meist große Familie kümmerten, indem sie Haus und Garten versorgten. Da elektrische Geräte verpönt waren, gab es von Sonnenaufgang bis Sonnenuntergang nicht genug Stunden, in denen man die Arbeit erledigen konnte.

Markus schlenderte durch die Auslagen im Laden. Viele Geräte weckten Erinnerungen in ihm, die er vergraben wähnte. Seit zehn Jahren war er nicht mehr hier gewesen, davor noch einmal fünf Jahre nicht. Insgesamt also fünfzehn Jahre, in denen er mit dem amischen Leben nichts mehr zu tun hatte. Und nun drängte es ihn, genaugenommen sah er eine Notwendigkeit darin, zumindest für kurze Zeit diese Lebensweise wieder aufzunehmen, nein, er verwarf diesen Gedanken gleich wieder. Die amische Lebensweise würde er nicht wieder aufnehmen, aber er würde in dem Haus seiner Kindheit leben und war dazu gezwungen, zumindest die Einfachheit auszuhalten, die es ihm anbot.

„Kann ich Ihnen das abnehmen?" Das junge Mädchen vom Schaufenster stand plötzlich neben ihm und lächelte ihn verbindlich an. Für ihn war ihre Aufmachung nichts Besonderes, bestenfalls eine weitere Erinnerung an sein früheres Leben. Sie war recht hübsch mit ihren akkurat gescheitelten Haaren, darüber die züchtige weiße *Kapp*, deren feine Bänder über ihre Schultern fielen. Das dunkelgrüne, einfach geschnittene Kleid, dessen lange Ärmel sie bis zu den Ellbogen zurückgekrempelt hatte, schmeichelte ihrer zierlichen Figur. Was ihm bei jeder amischen Frau besonders in die Augen stach, war aber das ungeschminkte Gesicht, ein Anblick, den er in seinem Metier selten hatte. Es war ihm früh aufgefallen, dass die ungeschminkten Frauen viel interessantere Gesichtszüge hatten, als die mit Make-Up bepinselten. Das Leben spiegelte sich darin, die Freude, aber auch so manche Trauer, meist jedoch große Zufriedenheit mit dem gottgefälligen Leben, das sie führten. Manchmal beneidete Markus die Amisch um ihren tiefen Glauben.

„Ja, gerne. Ich werde noch reichlich mehr brauchen", antwortete er ihr in dem deutschen Dialekt, den er so lange nicht mehr gesprochen hatte. Er hatte jetzt gerade in diesem Augenblick Lust darauf zu zeigen, dass er eigentlich dazugehörte.

Ihr Lächeln wurde breiter. „Sie kommen von hier?" Markus wusste, dass sie nicht sicher sein konnte, mit jemanden zu sprechen, der vielleicht vor Urzeiten gebannt worden war. Seine Kleidung war weltlich. Es konnte sich um einen Ausgestoßenen handeln. Doch sie blieb freundlich.

„Ich bin hier aufgewachsen, ja. Es ist schön, wieder den heimischen Dialekt sprechen zu können. Nicht allzu viele Menschen auf der Welt sprechen ihn."

Sie beließ es bei den wenigen persönlichen Worten, legte die drei Geschirrtücher, den Satz Frotteehandtücher, den Wasserkessel und den mittelgroßen Topf, den Markus inzwischen in der Hand trug, auf eine Ecke des geräumigen Ladentisches.

„Was benötigen Sie noch?"

„Genaugenommen alles, um in einem leeren Haus leben zu können. Also zuerst einmal Bettwäsche. Ich denke, auch eine neue Matratze. Ist es wohl möglich, mir das alles zu liefern?"

„Gerne, wohin denn?" Sie hatte rasch einen Block parat, auf den sie die Andresse eintrug, die er ihr nannte. Da sie auf seinen Namen nicht reagierte, nahm Markus an, dass sie aus einem entfernteren Bezirk stammen musste.

„Wie wäre es mit morgen früh?", fragte sie ihn nun.

„Morgen früh wäre prima. Dann suchen wir den Rest noch zusammen." Markus ging zurück zu dem Regal, wo er zuvor von ihr unterbrochen worden war, und hakte im Geiste einen Gegenstand nach dem anderen ab. Als zum einen ein riesiger Berg Utensilien auf und neben dem Ladentisch lag und eine weitere Liste mit bestellten Waren aufgestellt worden war, ging er hinüber zu den Quilts. Als kleiner Junge fand er es spannend, wie seine Mutter kochte und bakte. Vor allem die Arbeit mit Teig fand er rasend interessant. Seine Mutter achtete darauf, dass jeder ihrer Söhne zumindest die Grundbegriffe des Kochens beherrsche. „Wer weiß!", pflegte sie zu sagen, „Wer weiß, ob ihr nicht einmal im Haus aushelfen müsst, weil eure Frau im Wochenbett liegt oder, was Gott verhüten möge, ihr früh verwitwet."

Die zweite Sache, die er als Junge gerne gelernt hätte, war das Quilten. Wie die unscheinbaren Stoffreste zu einem großen Ganzen zusammengefügt wurden, beeindruckte ihn stets aufs Neue. Doch quilten war eindeutig die Sache der Frauen. Kein Mann würde jemals eine Quiltnadel in die Hand nehmen! Er hatte es auch nie getan, was ihn aber nicht davon abhielt, es faszinierend zu finden.

Nun suchte er sich einen großen Überwurf für sein Bett aus, außerdem zwei kleiner dimensionierte Quiltdecken, die er nicht wirklich brauchte und noch einige Kissen, die mit hübschen Bezügen fertig konfektioniert waren, um auch die Sitzmöbel etwas wohnlicher und bequemer zu gestalten.

Schließlich kaufte er noch eine Tischdecke, ein Utensil, das in keinem amischen Haushalt zu finden war. Nur der Schönheit dienliche Sachen waren unnütz und zu weltlich in den Augen der Amisch.

Er hatte keinen Kühlschrank zur Verfügung, an Küchengeräten nur einen Holzherd, der vielleicht nicht mehr funktionierte. Markus musste also darauf achten, dass die Vorräte, die er einkaufte, keine Kühlung benötigten. Also beschränkte er sich auf wenige Trockenvorräte und Konserven. Brot, köstliche eingemachte Leberwurst im Glas und etwas Hartkäse, der auch einmal in einem kühlen Raum lagern konnte, würden später dazu kommen, wenn er wirklich draußen in seinem Haus lebte. Dann fuhr er nach Paradise, wo er ein bestimmtes Geschäft suchte, das er bereits auf der Herfahrt bemerkt hatte. Es war der Werkzeugladen von Johannes Bontrager, den es schon seit einigen Jahrzehnten gab. Als er aus dem Auto stieg und er die wenigen Stufen zur Veranda hinaufstieg, überfiel ihn wieder dieses Gefühl, das er gestern bereits Maria Fisher gegenüber hatte. Er würde mit Sicherheit gleich Menschen treffen, die ihn kannten. Ihn, den amischen Jungen Markus Troyer, der einst nach seiner Rumschpringerei nicht mehr in die Familie der Glaubensgenossen zurückkam.

„Grüß Gott!", grüßte er in den Raum, der nach dem grellen Licht der Spätsommersonne im ersten Moment recht düster wirkte. Rasch hatten sich seine Augen daran gewöhnt und er entdeckte den alten Johannes Bontrager im hinteren Bereich des Ladens, wo er damit beschäftigt war, einige kleinere Werkzeuge auszupacken und in die Regale einzuräumen. Seine Haare waren grau geworden, auch der typische Bart der verheirateten Männer, der um Wangen und Kinn wuchs, nicht jedoch um die Oberlippe. Diese Art der Haartracht wurde als militärisch verachtet. Seit Jahrhunderten vermieden es die amischen Männer, ihre Bärte noch mit einem Oberlippenbart zu vervollkommnen.

„Grüß Gott!", antwortete der Alte, der schon beinahe siebzig Jahre alt sein musste, wie Markus schnell überschlug.

Johannes Bontrager kam näher, trug zwar eine einfache Nickelbrille auf der Nase, war aber ansonsten drahtig wie eh und je.

„Markus Troyer", stellte er in verbindlichen Ton fest. Wenn es sich vermeiden ließ, würden die Amisch niemals ihre Überraschung zeigen. Markus bezweifelte ohnehin, dass seine Anwesenheit noch eine Überraschung für irgendjemanden in seinem früheren Heimatbezirk sein würde. In den telefonlosen Bezirken waberten Neuigkeiten schneller weiter, als in der modernen, mit allen möglichen Kommunikationsmitteln ausgestatteten Welt.

„Ich habe schon gehört, dass du wieder da bist", sprach der Alte nun weiter und trat hinter seinen Ladentisch. „Du ziehst zurück in das Haus deiner Eltern?"

Er sprach englisch mit seinem Kunden, obwohl er genau wusste, dass Markus den deutschen Dialekt sicher nicht vergessen hatte. Es war seine Weise zu zeigen, wie sehr er Markus' Weggang missbilligte.

„Zumindest für kurze Zeit habe ich das vor, ja. Deshalb brauche ich Werkzeug. Und ich hoffe, du verkaufst es mir." Markus respektierte die Zurückhaltung des Alten, bemerkte aber auch, dass er bereits wieder in der Art und Weise sprach, wie es hier allgemein üblich war. Durchaus etwas umständlich in den Formulierungen und zuweilen altmodisch anmutend – natürlich nur für diejenigen, die aus der Welt kamen, wie die Amisch es formulieren würden.

„Ich verkaufe dir, was du brauchst, Markus Troyer. Meines Wissens wurdest du nie gebannt, weil du auch nie getauft wurdest. Also, was benötigst du?"

„Die Grundausstattung für einen Schreiner. Vielleicht hast du eine komplette Schreinerkiste hier?"

„Nein, aber ich werde dir zusammensuchen, was du brauchst. Du warst ein guter Schreiner, Markus Troyer."

„Ja, ich denke, das war ich. Vielen Dank, Johannes Bontrager. Vielleicht habe ich die Handgriffe noch nicht vergessen."

Erstaunlicherweise grinste der alte Johannes Bontrager, bevor er sich wieder dem hinteren Bereich des Ladens zuwandte, wo er zuerst eine alte Kiste aus einer Ecke hervorzog und allerlei Werkzeuge hineinlegte. Er arbeitete stumm und Markus ließ ihn damit alleine. Der Laden bestand aus zwei Räumen, wobei im Hauptraum

Kleinkram in Schütten und Schubladen zu finden war. Markus nahm sich ein Strohkörbchen, in dem man die Nägel, Schrauben, Dübel, Muttern und all die anderen Sachen sammelte, und holte sich, was er für die Renovierung brauchen würde. Als er mit seinen Einkäufen zurückkam, war auch der Ladenbesitzer fertig mit seiner Kiste. Markus vermied es, die darin befindlichen Werkzeuge zu begutachten. Er hätte den Fachmann verletzt, wenn er dessen Arbeit kontrolliert hätte. Andererseits war er sicher, dass Johannes Bontrager an alles gedacht hatte, was er für die Hausrenovierung brauchen würde.

„Du wirst Bretter und vielleicht auch Farbe brauchen. Am Ende der Straße hat ein Laden eröffnet, der eine gute Auswahl hat. Es ist Noah Yoder. Sag ihm, dass du von mir kommst." So eine Empfehlung bewirkte zuweilen viel in der engen Gemeinschaft und Markus dankte dem Alten dafür.

Als er die Rechnung fertig geschrieben hatte, bezahlte Markus und lud die Utensilien in den Kofferraum. Wenig später betrat er den Laden von Noah Yoder.

Als er nach Hause fuhr hatte er Farbe für die Wände in den Wohnräumen im Auto, dazu alles, was er für die Malerarbeit benötigte und außerdem einen Stapel an Brettern bestellt, die er für die Reparatur der Veranda brauchen würde. Diese Arbeit erachtete er als am dringendsten.

Je mehr sich sein Auto füllte, umso größer wurde die Vorfreude auf sein Vorhaben. Noch heute Morgen war er sich nicht sicher, ob er die verwegene Idee, hier einige Zeit zu verbringen, nicht wieder verwerfen sollte. Nun fand er großen Gefallen daran, endlich wieder mit seinen Händen arbeiten zu können.

Kapitel 3

Lena wachte sehr früh am Morgen auf. Sie hatte erstaunlich gut geschlafen, fühlte sich aber nicht wirklich erholt. Sie wusste, dass dies noch dem Jetlag zuzuschreiben war und beschloss, erst einmal einen Besichtigungstag einzulegen. Trotz der Aufbruchsstimmung, die sich angesichts des wunderschönen Tages in ihr breitmachte, war da immer noch dieses Gefühl von Hilflosigkeit, ja Einsamkeit, vielleicht sogar eine Art Panik, die sie seit jenem schrecklichen Tag empfand, als sie sich selbst ihr Weltbild zerstört hatte. Jeder, der davon wusste, sprach ihr Mut zu oder versuchte sie damit zu trösten, dass sie nur so und nicht anders handeln konnte, aber ihr größter Kritiker war sie selber. Auch wenn die akute Phase ihres Zusammenbruches vorbei war, konnte sie sich immer noch nicht vergeben, obwohl sie im tiefsten Inneren wusste, dass sie sich eigentlich nichts zu vergeben hatte. Sie seufzte. Schon allein darüber nachzudenken verwirrte sie.
Deshalb musste sie sich ablenken. Heute war die Umgebung an der Reihe. Das Land der Amisch übte von jeher eine große Anziehungskraft auf sie aus. Umso mehr, als sie die alte Bibel, die ihre Großmutter in einer kleinen Holzkiste verwahrt hatte, und einige interessante Geschichten, erzählt von ihrer Großmutter, geerbt hatte. Die alte Dame war die einzige Verwandte gewesen, die sie hatte. Irgendwo sollte sich noch ihr Vater herumtreiben, aber Lena hatte nie das Bedürfnis gehabt, einen Verbrecher zu finden, der ihrer Mutter Gewalt angetan hatte und nie dafür zur Rechenschaft gezogen worden war.
Jedenfalls entpuppte sich diese uralte Bibel und die Erzählungen ihrer Großmutter als ein Schatz, zumal für

jemanden, der sonst keine Familie mehr hatte. Durch die geschützte Aufbewahrung in dem Holzkästchen, war das alte Buch, dessen Druckdatum mit 1803 angegeben wurde, noch hervorragend erhalten. Trotz des begrenzten Platzes im Fluggepäck hatte sie das Kästchen mit eingepackt und zog es nun zu sich heran. Aber dann besann sie sich und stellte es wieder zurück auf das Nachttischkästchen, wo sie es gleich nach ihrer Ankunft platziert hatte. Hier, in diesem Gästehaus hatte sie keine Angst, dass es wegkommen könnte. Vielmehr war ihr wichtig, es jeden Tag zu sehen, um nicht aus den Augen zu verlieren, weshalb sie überhaupt hier war.
Sie stieg entschlossen aus dem Bett, schaute hinunter auf die Straße, die zu dieser frühen Morgenstunde erstaunlich belebt war, und ging in die winzige Nasszelle. Sie duschte ausgiebig, wusch sich die Haare, frottierte sie so trocken es nur ging und kämmte sie durch. Auf das Schminken, das sie vor und während ihrer Anreise noch halbherzig zelebriert hatte, verzichtete sie. Sie hatte es nie gemocht, sich anzumalen, tat es zu Hause praktisch nur, wenn ein großer Ausgehabend vor der Tür stand.
Mit den feuchten Haaren, bekleidet mit einer Jeans und einem T-Shirt ging sie hinunter in den Frühstücksraum, den das nette mennonitische Mädchen ihr gestern gezeigt hatte, und frühstückte mit gutem Appetit.
Dann ging sie daran, die Gegend zu erkunden, ganz wie es ihrem Plan entsprach.

******

Markus werkelte in der Küche. Er hatte zuerst notdürftig saubergemacht, um nicht inmitten von Spinnweben und Staubflusen arbeiten zu müssen, und dann die

Fenster untersucht. Zwei von ihnen waren verzogen, sie alle benötigten einen neuen Anstrich. Mangels elektrischem Strom musste er sich daranmachen, das Holz von Hand glatt zu schmirgeln. Das war nicht nur für die Fenster nötig, sondern auch für die hölzernen Wände, von denen er zunächst dachte, er könnte vielleicht nur einen neuen Anstrich darüberlegen. Aber der Handwerker in ihm verlangte ordentliche Arbeit. Also schmirgelte er den ganzen Tag verbissen vor sich hin, unterbrach lediglich zu einem kleinen Snack am Mittag - einem Sandwich, das er sich von Yoder's Restaurant mitgebracht hatte. Bereits gestern hatte er festgestellt, dass die Pumpe, die frisches Quellwasser in den Steintrog drüben am Stall beförderte, noch funktionierte, auch wenn auch sie Rost angesetzt hatte. Zumindest Wasser hatte er also in rauen Mengen.

Am späten Nachmittag spürte er den feinen Holzabrieb in allen Poren. Seine Haare fühlten sich an, als hätte man einen Staubkübel über ihm ausgegossen, auf die nackten Arme und das Gesicht hatte sich eine juckende Schicht aus Schleifstaub und Schweiß gelegt. Es war schon lange her, dass er einerseits so viel Befriedigung aus einer Arbeit gezogen hatte, er aber andererseits so dringend nach einem Bad lechzte wie jetzt gerade. Die Wände waren fertig und auch die Fensterrahmen. Morgen würde er sich das Schlafzimmer vornehmen. Wenn er jeden Tag einen Raum schaffte, wäre er zumindest in einer Woche mit der Schleiferei fertig. Da sich die dabei anfallende Staubwolke auch nicht von geschlossenen Türen aufhalten ließ, müsste er das Haus dann komplett reinigen, dann würde er das Schlafzimmer ausmalen und beziehen. Ab diesem Zeitpunkt könnte er dann auch einziehen und alles andere nach und nach fertig machen.

Mit diesen Plänen im Kopf ging er hinüber zum Wassertrog und zog sich bereits auf dem Hinweg das schmutzstarrende T-Shirt vom Leib. Er betätigte die Pumpe, die er mit den von der eintönigen und ungewohnten Arbeit des ganzen Tages müden Armen kaum mehr bewegen konnte, und ließ den Trog mit klarem kaltem Wasser volllaufen.

Lena war nervös. Sie war den ganzen Tag über unterwegs gewesen, hatte hier und dort angehalten, war irgendwann im Städtchen Coatesville gelandet und hatte von dort aus wieder zurück gefunden nach Intercourse. Dort hatte sie sich durchgefragt nach Bird-in-Hand zu dem Gästehaus, das in der Nähe lag. Blöderweise hatte sie das GPS-Gerät im Hotelzimmer gelassen und war nun im Blindflug unterwegs. Offensichtlich war sie irgendwo falsch abgebogen, denn nach der Hauptstraße, auf der sie am Morgen das kleine Viertel um ihre Unterkunft verlassen hatte, sah die schmale, einspurige Betonstraße nicht wirklich aus. Links und rechts davon lagen die malerischen, gepflegten Gehöfte der Amisch. Einige gehörten mennonitischen Familien, da Stromleitungen zu ihnen führten. Den ganzen Tag hatte sie immer wieder angehalten, um die faszinierende Landschaft zu fotografieren oder einfach nur, um die Menschen zu beobachten, die mit ihren Pferdekutschen, auf einfachen Tretrollern oder auch zu Fuß unterwegs waren. Am Straßenrand standen Kinder neben appetitlichen Gemüse- und Obstständen. Lena hatte ihr Pausensandwich auf einem Ausweichplatz am Straßenrand gegessen und ein paar dieser jungen Händler beobachtet. Sie machten gute Geschäfte, schienen viele ihrer Kunden recht gut zu kennen. Manchmal stellten sie einfach ein Schild auf, marschierten zum Nachbarstand, um mit den Verkäufern dort ein Schwätzchen zu halten und die Kunden holten sich die Ware selbstständig und legten das Geld in ein vorbereitetes Kästchen.

Lena stand bestimmt eine Stunde dort am Straßenrand und dachte an Berlin. Ein Obststand und ein Kästchen, in das Kunden ihr Geld legten! Sie lachte bitter auf. Den Bruchteil einer Sekunde überlegte sie, wie es wäre, für immer in so einem Paradies zu leben. Dann zogen vor ihrem inneren Auge Bilder ihrer Kindheit vorbei. Im uralten Haus ihrer Großmutter, wo es zwar Strom aber keine Heizung gab. Den Winter über mussten in jedem Zimmer Holzöfen geheizt werden, wenn man nicht erfrieren wollte. Und die Winter waren streng dort im Vorgebirge. Allein die Holzarbeit das ganze Jahr über war anstrengend und lästig. Aber dann dachte sie an die vielen schönen Stunden, in denen sie am Tisch saß und das Obst und Gemüse putzte, um es für die weitere Verarbeitung fertig zu machen. Sie war glücklich gewesen in diesen Tagen des Spätsommers, wenn unzählige Gläser mit den leckeren Produkten gefüllt wurden.

Lena seufzte und fuhr weiter. Es war schon gut nach der Mittagszeit und sie hatte zum ersten Mal überlegt, dass sie keine Ahnung hatte, wo sie sich eigentlich befand. Dann war sie der Hauptstraße weiter gefolgt und hatte sich zumindest bis Intercourse durchgefragt.

Und nun stand sie in der Prärie und wusste nicht wirklich weiter. Sie würde zu einem der Höfe fahren müssen, um nach dem Weg zu fragen. Wenn es schon sein musste, dann konnte sie ebenso gut gleich einbiegen, um zu dem Haus hinaufzufahren, das da als nächstes am Straßenrand auftauchte. Als sie die Kurve hinter sich gelassen hatte, die zum Haus führte, erkannte sie, dass es sich dabei um ein ungewöhnlich schäbig aussehendes Gebäude handelte und dachte schon, dass niemand hier wohnen würde. Sie würde also umdrehen und wieder wegfahren. Als sie langsam um die Ecke der Scheune fuhr, um zu wenden, tauchte nicht nur ein geparktes Auto auf, sondern auch der dazugehörige Mann, der an einem antiken Wassergrand – so nannten man solche granitenen Wasserbrunnen in ihrer Heimat – stand und mit nacktem Oberkörper gerade ins Wasser tauchte. Sie fühlte sich nicht ganz wohl in ihrer Haut, zumal der Mann, dessen Rückseite sie bisher nur zu sehen bekommen hatte, sich einerseits das Wasser vom Gesicht wischte, sich andererseits aber offensichtlich überlegt hatte, die Hose auszuziehen, um vielleicht ganz ins kühle Nass zu steigen. Unschlüssig, was sie nun tun sollte - den Weg kannte sie ja immer noch nicht - blieb sie erst einmal abwartend im Auto sitzen. Ein wenig ritt sie auch der Schelm, da sie die Szene, vom sicheren Auto aus betrachtet, durchaus amüsierte.

Nach dem erfrischenden Teilbad überlegte Markus, dass ihn im Schutz der Scheune niemand würde sehen können und es wohl kaum zu erwarten wäre, dass jemand vorbeikam. Er hatte immer noch Wasser in den Augen und Ohren, knöpfte aber bereits die verdreckte Jeanshose auf, um sich ihrer zu entledigen, als er aus den Augenwinkeln ein Auto bemerkte. Er hatte das Motorengeräusch nicht gehört und fuhr nun erschrocken herum. Mit derartigen Überraschungen konnte er zurzeit nicht umgehen, sie verursachten ihm eher Gänsehaut, als womöglich Neugierde. Zu angespannt war sein Nervenkostüm nach all dem Mist, den er in der letzten Zeit ertragen musste.
Rasch zog er die Hose wieder hinauf und versuchte, das Wasser aus den Augen zu bekommen, um zu sehen, wer da so unverblümt im Hof stand und ihm zusah.

Wenigstens war es keiner seiner amischen Nachbarn – sich derart nackt in der Öffentlichkeit zu zeigen, auch wenn es sein eigenes Grundstück war – war absolut unmöglich in dieser Gegend. Selbst die englischen Nachbarn hielten sich an dieses ungeschriebene Gesetz und montierten einen Sichtschutz im Garten, falls sie vorhatten, sich dort leicht bekleidet zu sonnen.
Und Gefahr ging vom unverhofften Gast auch nicht aus. Er sah eine junge Frau im Auto sitzen, die sich schmunzelnd über das Lenkrad gebeugt hatte und ihn beobachtete.
Markus verzichtete darauf, das schmutzige T-Shirt wieder anzuziehen, und ging stattdessen halb bekleidet zu seinem Besuch hinüber. Sie hatte das Autofenster hinuntergelassen und grinste immer noch.
Während sie seinen durchtrainierten Oberkörper und die Attraktivität seines Gesichtes bewunderte, fielen ihm die weichen blonden Haare und die unglaublich ausdrucksstarken dunklen Augen ins Auge – und ihr ungeschminktes ebenmäßiges Gesicht.
„Haben Sie einen bestimmten Wunsch?" Er konnte nicht umhin, seiner Stimme eine feine Ironie zu verleihen.
„Wenn Sie so fragen: Warum baden Sie nicht einfach weiter?", flachste sie, um dann etwas ernster fortzufahren: „Ich habe mich verfahren!"
„Offensichtlich. Aber wenn ich Ihnen einen Rat geben darf: Beobachten Sie die Leute in dieser Gegend nicht so unverblümt. Die mögen das nicht." Er verpackte die kleine Zurechtweisung in ein jungenhaftes breites Grinsen.
„Ich denke, die Amisch mögen das nicht und Sie sind a: nicht amisch und b: Sie mögen es. Sonst hätten Sie schon die Flucht ergriffen", gab sie frech zurück.

„Woher wollen Sie wissen, dass ich nicht amisch bin?"
„Weil kein amischer Mann sich a: derart unbekleidet draußen zeigen würde und b: sich ohnehin nie so anziehen würde."
„Ich würde sagen, Sie sind a: frech und b: anmaßend", ging er heiter auf ihren Ton ein, wurde dann aber verbindlicher. „Aber falls sie den Weg verloren haben, vielleicht kann ich Ihnen ja helfen, ihn wiederzufinden. Wo wollen Sie denn hin?"
„Zum *Schwartz Guesthouse*. Ich habe vergessen, das GPS einzupacken und hatte zwischendurch mal ganz schön Panik, weil ich mich total verfahren hatte."
Aus irgendeinem Grund gefiel ihm ihre Antwort, mehr noch: Es machte sich ein Hochgefühl in ihm breit, weil er sie nicht in dem Moment, in dem sie den Hof verließ, aus den Augen verlieren würde.
„Die gute Nachricht ist, dass ich auch dort wohne. Allerdings ist es von hier aus doch recht verwirrend, dorthin zu finden, wenn man die Gegend nicht kennt. Wenn Sie einen kurzen Moment warten, mache ich mein Haus dicht und Sie können hinter mir herfahren."
Lena entsann sich, dass sie einen ähnlichen Wagen, wie der, der im Hof stand, am Gästehaus parken gesehen hatte. Sie beschloss, dass immer noch nichts passieren konnte, wenn sie schön im Auto blieb und abwartete, ob er sie bis zu ihrem Hotel führen würde. Und ganz hilflos war sie nun auch wieder nicht. Sich im Notfall verteidigen zu können, war durchaus beruhigend, wenngleich sie grundsätzlich zurzeit nicht gerne an diese spezielle ihrer Fähigkeiten dachte.
„Gut, ich warte. Es eilt nicht."
„Ich nehme nicht an, dass sie aussteigen wollen, während Sie warten? Im Haus ist es kühler, als im Wagen. Oder hier auf der Veranda."

„Ich ziehe das Auto vor, danke!"
Er beeilte sich tatsächlich. Als er aus dem Haus kam, trug er ein frisches T-Shirt, aber immer noch die schmutzige Hose. Er legte ein Handtuch über den Autositz, stieg ein, wendete und wartete, bis sie hinter ihm vom Hof gefahren kam.
Kurze Zeit später parkten sie nebeneinander am Gästehaus.
„Danke, ist sehr nett, dass Sie wegen mir früher weggefahren sind." Sie hielt ihm die Hand hin und er schlug ein.
„Kein Problem, ich wollte sowieso aufhören. Den ganzen Tag Wände abschmirgeln ist nicht gerade eine begeisternde Arbeit. Vor allem fällt mir gleich der Arm ab."
Sie lachte und um ihre Augen zeigten sich wunderbare Lachfältchen.
„Na, ich hoffe, daran ist nicht mein Händedruck schuld!", gab sie zurück. Es war ihm gar nicht aufgefallen, dass er immer noch ihre Hand hielt.
Nun lachte auch er. „Es ist ein guter Händedruck, oh ja. Aber keine Angst, die Schmirgelei war härter!"
Verstohlen betrachtete sie ihn genauer. Es war, als hätte sie ihn schon irgendwo gesehen. Er bemerkte ihren Blick wohl, nahm seinerseits an, dass sie ihn wohl erkannt hätte. Das war an sich nichts Ungewöhnliches. Man erkannte ihn häufig. Das war jedoch das Wohltuende in dieser Gegend hier. Wenn man ihn erkannte, dann als Markus Troyer, den Sohn von Ruben Troyer. Nicht als den, der er draußen, in der englischen Welt war und als den die Fremde ihn jetzt vermutlich erkennen würde.
„Wie wäre es, wenn wir in Yoder's Restaurant einen Happen essen würden. Vielleicht in einer Stunde? Dann

komme ich unter meiner Dreckschicht auch wieder zum Vorschein."

Lena überlegte. Sie hatte nichts zu verlieren und er schien nett zu sein. Woher sie ihn aber kannte, war ihr nach wie vor nicht klar. Sie willigte ein und überlegte die ganze Zeit, als sie sich in ihrem Zimmer zurechtmachte, wo sie sein Gesicht schon mal gesehen hatte. Er war hübsch, braungebrannt, sehr gepflegt. Seine Haare musste man als blond bezeichnen, obwohl sie sehr viel dunkler waren, als ihre eigenen hellen Haare. Er trug einen modischen Kurzhaarschnitt. Ihr Personengedächtnis war gut ausgebildet, aber da sie immer wieder in Richtung der Fahndungsfotos dachte, mit denen sie in ihrem Berufsleben täglich konfrontiert war, kam sie zu keinem Ergebnis. Da kein Grund zum Misstrauen vorhanden war, nahm sie sich vor, einfach nachzufragen.

Yoder's war wieder brechend voll. Sie mussten auf ihre Plätze warten und hatten dann einen Vierertisch zusammen mit einem verliebten Pärchen. Lena bestellte Hackbraten mit Kartoffelpüree und Markus eine Spezialität, deren Name ihr nichts sagte. Es war wohl etwas mit Rindfleisch und viel Gemüse.

Die kühle Cola, die rasch serviert wurde, möbelte Lenas Lebensgeister nach dem anstrengenden Tag wieder auf und bald genoss sie es, hier mit einem rasend gutaussehenden, wenn auch fremden jungen Mann zu sitzen und zu plaudern.

„Haben Sie das Haus gekauft, an dem Sie so fleißig werkeln?", fragte sie ihn, um ein wenig Gesprächsstoff zu haben.

„Nein, es gehört mir. Es ist das Haus meiner Eltern, die zu meiner Schwester nach Ohio gezogen sind. Und ja, ich komme hier aus dem Bezirk", erklärte er, ihrer nächsten Frage gleich zuvorkommend.

„Das Haus hat keinen Strom. Sie sind aber offensichtlich nicht amisch", stellte sie neugierig fest. Lena hatte nicht erwartet, so rasch mit einem Mitglied der hiesigen Gemeinde ins Gespräch kommen zu können. Letztendlich war sie deshalb hier.

„Gut beobachtet. Ich komme aus einer amischen Familie und bin mit ihnen immer noch in Verbindung, aber ich habe mich nie taufen lassen."

„Was bedeutet…?" Sie hängte die Frage in die Luft.

„Man gehört erst richtig und unumkehrbar zur Gemeinde, wenn man sich im Alter von etwa 18, 20 Jahren taufen lässt", erklärte er geduldig.

„Sie hatten ihre Gründe…" Sie nippte an ihrem kalten Getränk und sah ihn mit ihren dunklen, großen Augen an. Es war nicht direkt als Frage formuliert, er ging trotzdem darauf ein.

„Ich hatte mich ernsthaft mit der Bibel befasst und fand, dass nichts darin uns verbietet, mit der Zeit zu gehen. Auch Jesus ging mit der Zeit. Er schnitt alte Zöpfe ab, die die Pharisäer mit aller Gewalt erhalten wollten."

„Bedeutet es nicht, mit ihrer Gemeinschaft zu brechen, wenn Sie sich nicht taufen lassen?" Lena war begierig darauf, so viel wie möglich zu recherchieren. Umso leichter würde es ihr fallen, ihre selbstgestellte Aufgabe zu erfüllen.

„Hätte ich mich taufen lassen und wäre dann gegangen, dürfte keiner mehr mit mir reden. Ich wäre gebannt worden. So sind sie nur vorsichtig mir gegenüber. Sie heißen es nicht gut, wenn jemand die Gemeinschaft verlässt. Soll heißen, sie nehmen mich nicht unbedingt mit offenen Armen auf, aber ich möchte ja nicht zurückkehren. Ich will nur einige Zeit in meinem Haus leben. Das ist alles. Eine kleine Auszeit vom Leben da draußen." Auch er trank von der kühlen Cola. „Und Sie, woher kommen Sie? Auf jeden Fall sind sie keine Amerikanerin."

„Gut beobachtet", benutzte sie die gleiche Redewendung wie er zuvor. „Ich komme aus Deutschland und ja, auch ich nehme mir eine Auszeit."

Markus war erstaunt. Er hatte auf Europa getippt, aber eher auf England. „Ihr Englisch ist hervorragend. Ich dachte, Sie wären Engländerin."

„Oh, danke. Das ist ein Riesenkompliment. Aber um ehrlich zu sein. Ich habe selber schon gemerkt, dass mir die Sprache nicht allzu schwer fällt. Auch wenn ich nicht so häufig Gelegenheit habe, meine Schulkenntnisse anzuwenden."

„Na gut, dann wende ich jetzt mal meine Schulkenntnisse an." Nun war sie es, die überrascht die Augen aufriss. Er sprach akzentfrei Hochdeutsch und grinste, als er ihre Verblüffung bemerkte. „Die amischen Kinder gehen zwar nur acht Jahre zu Schule, aber sie lernen mehr oder weniger gründlich deutsch zu sprechen. Aber es hängt natürlich auch von der Lehrerin ab. Wenn ihr Deutsch schlecht ist, ist es auch das Hochdeutsch der Kinder. Ehrlich gesagt, die meisten vergessen das Hochdeutsche schnell wieder und sprechen ihr Leben lang in dem deutschen Dialekt, den Sie vielleicht schon gehört haben. Englisch wird nur gebraucht, wenn sie mit Außenstehenden in Berührung kommen. Manche, die nie von ihren Farmen heruntergekommen sind und damit wenig Berührung mit *Englischen* haben, wie sie die übrige Welt nennen, sprechen besser deutsch als englisch. Ich habe später, als ich weggegangen war, Kurse belegt, um meine Deutschkenntnisse zu verbessern. Hat mir in meinem Berufsleben immer geholfen, die Sprache zu können."

Markus dachte daran, dass gerade die gründliche Kenntnis der deutschen wie auch der englischen Sprache ihm viele gute Jobs eingebracht hatte.

„Ich kenne nicht viele Deutsche, die so ein reines Hochdeutsch wie Sie sprechen. Ihre Kurse müssen sehr gut gewesen sein." Ihr Kompliment kam aus vollem Herzen.

Markus verschwieg, dass gute Aussprache ein großer Teil seiner Arbeit war. Er wollte nicht darüber reden. Nicht heute. Und wer weiß, vielleicht traf man sich ja öfter mal. Erst einmal vertieften sie sich in ihr köstliches Essen. Obgleich die Portionen riesig waren, bestellten sie sich noch ein Dessert. Beide wählten Apfelstrudel mit Vanillesoße. Es kam sofort, so dass die Unterhaltung von selber erstarb, da beide mit einem viel zu vollen Magen und aufkommender Müdigkeit kämpften.

„Oh Mann, ich bin so voll, dass ich hier heraus rolle!", jammerte Lena gespielt und hielt sich ihren überstrapazierten Bauch. „Und trotzdem könnte ich noch ein Eis hinterherschieben, so lecker ist das Essen hier."

Markus lachte sein unwiderstehliches Lachen. Lena bemerkte, dass sie mehr über ihn nachdachte, als sie eigentlich wollte. Als sie diese Reise vorbereitete – und sie war gründlich in diesen Dingen! – dachte sie an alle möglichen Komplikationen, nicht aber daran, dass ein attraktiver Mann ihren Weg kreuzen könnte. Ihre Gedanken mussten in ihr Gesicht geschrieben gewesen sein, da Markus sie direkt darauf ansprach.

„Sie sehen aus, als würden Sie konzentriert über etwas nachdenken."

„Ja", gab sie offen zu, „ich denke über Komplikationen nach. Solche, die meine Mission gefährden könnten."

Nun war seiner Miene äußerste Irritation abzulesen. „Sind Sie vom Geheimdienst?" Lena wusste nicht, ob er es nicht tatsächlich ernst meinte, also gab sie eine ernsthafte Antwort.

„Nein, natürlich nicht. Aber ich habe schon was vor. Deshalb bin ich hierhergekommen. Und nein! Ich werde es Ihnen nicht sagen. Nicht heute Abend. Und vielleicht nie." Sie befasste sich angelegentlich mit der Tasse Kaffee, die soeben gebracht wurde und er lächelte über ihren Eifer.

„Keine Angst, genaugenommen habe auch ich eine Mission. Und auch Angst vor Komplikationen." Obgleich er eine heitere Miene aufsetzte, bohrte das eben Gesagte in seinem Gehirn. *Angst vor den Komplikationen!* war der absolut richtige Ausdruck für das, was passieren konnte.

„Dann trinken wir doch auf unsere Missionen!", sagte Lena leichthin, hob ihre Kaffeetasse und stieß sie scherzhaft an die seine. Sie lachten einander an und beschlossen unabhängig voneinander, sich diesen Abend nicht verderben zu lassen.

„Na gut, dann schlage ich vor, wir machen einen kleinen Verdauungsspaziergang, bevor wir zurück ins Hotel gehen. Einverstanden?", schlug er vor. „Es ist noch hell. Da brauchen Sie keine Angst zu haben."

„Oh, ich habe keine Angst! Seien Sie gewarnt, ich bin ganz gut darin, mich zu verteidigen!" Als sie es aussprach, verdunkelte sich für einen kurzen Moment ihr Blick. Und wie gut sie darin war, sich zu verteidigen! Zu gut zuweilen...

Als sie wieder aufschaute, trafen sich ihre Blicke und Markus erkannte, dass auch sie ein unangenehmes Geheimnis mit sich herumtrug. Ebenso wie er selber.

Als sie später wieder am Gästehaus ankamen, fiel es beiden schwer, sich nach dem schönen Abend zu verabschieden. Und obwohl Lena die Sache nicht verkomplizieren wollte, hatte sie das Bedürfnis, ihn wiederzusehen.

„Hören Sie, ich möchte mich revanchieren." Markus hatte sich zuvor verbeten, dass sie ihr Essen selber zahlte. „Arbeiten Sie morgen an ihrem Haus?"

„Ja, wenn ich irgendwann einmal darin wohnen möchte, bleibt mir nichts anderes übrig, als fleißig zu sein."

„Gut, dann komme ich um die Mittagszeit, bringe gutes Essen mit und halte Sie von Ihrer Arbeit ab. Den Weg kenne ich jetzt ja! Einverstanden?"

„Einverstanden. Aber dann müssen Sie mir ein wenig von Deutschland erzählen", beharrte er.

„Auch einverstanden! Gute Nacht! Und vielen Dank für den schönen Abend."

Mit ehrlichem Herzen antwortete er: „Der Dank ist ganz auf meiner Seite. Schlafen Sie gut!"

Sie trennten sich erst vor ihren Zimmertüren, da sie lachend gemerkt hatten, dass ihre Zimmer nebeneinander lagen.

Kapitel 4

Lena ertappte sich dabei, dass sie sich auf das Mittagessen freute. Wohl wollte sie sich von nichts und niemanden von ihrem ursprünglichen Plan ablenken lassen, aber einen derart netten und attraktiven Mann konnte sie eigentlich nicht links liegen lassen. Sie beschloss, ihre Pläne zu verfolgen und trotzdem ein wenig Zeit mit Markus zu verbringen – sofern sich das mit seinen Vorhaben deckte.

Diesmal kaufte sie in einem anderen Restaurant, das *Amisch Kitchen* hieß, eine große Palette an Salaten, Sandwiches, Eintopfgerichten und sonstigen Kleinkram, der appetitlich verpackt war. Aus irgendeinem Grund nahm sie an, dass er den Durst ausschließlich an der Pumpe stillte, so dass sie auch eine gute Auswahl an Getränken mitnahm. Dann fuhr sie hinaus zu dem angejahrten Haus, das er mit offensichtlichem Feuereifer renovierte.

Heute war es kühler als gestern, bewölkt, aber immerhin ohne Regen. Sie hatte sich noch nie über Kleidung und Make Up Gedanken gemacht und tat es auch heute nicht. Mehr noch, als sie auf dem Weg zum Haus war, überlegte sie, wie seltsam es doch eigentlich war, einem Fremden Essen zu bringen, sich gewissermaßen aufzudrängen. Als sie auf die Auffahrt einbog, nahm sie sich fest vor, diese seltsame Beziehung sofort wieder abzubrechen. Doch der Gedanke verflüchtigte sich in dem Moment, da sie ihn auf der Veranda arbeiten sah.

Sie konnte nicht umhin, ihn derart anziehend zu finden, dass sie schon um ihren Verstand fürchtete.

Scheiße! dachte sie, als sie den Wagen in der Nähe der Scheune abstellte. *Scheiße, da läuft etwas unglaublich schief!*

Markus seinerseits dachte auch über Lena nach. Sie hatte seinen Weg gekreuzt und er hatte dafür gesorgt, dass sie nicht sofort wieder aus seinem Leben verschwand. Eigentlich ganz unverbindlich. Ein netter Abend, den man sonst alleine hätte verbringen müssen. Mehr nicht. Und warum ließ ihn der Gedanke an sie dann nicht mehr los? Er war schon immer ein Mensch gewesen, der sich für alles interessierte. Die enge Schulbildung der Amisch hatten in ihm Sehnsüchte nach dem Wissen der Welt wachsen lassen und ebenso nach Begegnungen außerhalb der begrenzten Gemeinschaft. Er hatte die ganzen fünfzehn Jahre, die er in der englischen Welt verbracht hatte, nicht aufgehört, Wissen in sich aufzusaugen. Und nun war da diese junge Frau, die so weltgewandt war, sympathisch und offen. Und geheimnisvoll. Sie war widersprüchlich und dann auch wieder nicht ... auf jeden Fall faszinierend für ihn! Er hatte Mühe, seine Begeisterung zu zähmen, die ihr Angebot auslöste, ihm den Lunch vorbeizubringen.

Nun werkelte er an der Veranda, weil er drinnen im Haus zu nichts kam, da er ewig am Fenster stand und nach ihr Ausschau hielt. Immerhin war es eine durchaus dringende Arbeit, die Löcher in den Dielen zu stopfen. Zumal er das Material, das heute Morgen gebracht und in der Scheune verstaut worden war, noch ins Haus schaffen musste.

Lena stieg aus und er sah, dass sie sich nicht anders zurecht gemacht hatte, als gestern auch. *Keine, die es nötig hat, sich aufzutakeln.* Er schlug noch den Nagel ein, den er gerade in Arbeit hatte, und kam dann zu ihr herüber. Sie hatte den Kofferraum geöffnet und hievte einen Karton heraus. Ihr Gesicht strahlte, als sie ihn begrüßte.

„Eine schöne Auswahl an leckeren Amisch-Speisen. Ich hoffe, Sie haben Hunger."

„Genaugenommen habe ich immer Hunger. Aber ganz besonders bei einer so netten Gesellschaft. Wenn ich auch glaube, dass wir uns noch die Nachbarn einladen müssen, bei all dem Essen, das Sie mitgebracht haben."
Wieder unterhielten sie sich in Deutsch, einer Sprache, die die deutliche Trennung zwischen dem „Sie" und dem „Du" kannte. Beide beließen es erst einmal dabei.
Sie ließ es sich nicht nehmen, den Karton eigenhändig in das Haus zu tragen. Er wusch sich am Brunnen und kam dann rasch hinterher.
Lena betrat zum ersten Mal in ihrem Leben ein Haus, das keinen Stromanschluss hatte. Naturgemäß fehlten gewisse Utensilien, wie die Lampe an der Decke, Lichtschalter, Küchengeräte. Stattdessen wirkte der Raum auf sie wie ein Museum. Die hölzernen Wände waren geschmirgelt und sollten wohl in der nächsten Zeit neu gestrichen werden. Eine Fensterscheibe war zerbrochen und mit ein paar Brettern notdürftig verschlossen worden. Irgendwie lag eine feine Atmosphäre von Staub in der Luft. Es gab dem Raum eine düstere Atmosphäre, zumal, wenn man von der Helligkeit draußen hereinkam. Insgesamt betrachtet war es gar nicht so dunkel, wie es im ersten Moment schien. Lena überlegte, dass es durch einen hellen Anstrich sehr nett aussehen musste hier drin. Rechts, in einem durch eine angedeutete hölzerne Trennwand zumindest optisch separaten Raum befand sich die Küche mit dem ausladenden Holzofen und einer Reihe von hölzernen Schränken, deren durchgehende Oberfläche einst als Arbeitsfläche gedient haben musste. Wie sie wusste, kochten Amisch-Frauen viel und gut und genau das sah man der zerfurchten Platte auch an. Der Wohnraum selber war beinahe so groß wie die Grundfläche des Hauses. Lediglich links hinten befand sich eine Tür, die wohl zum Hinter-

ausgang oder dem Treppenhaus führte. Die Mitte des Wohnraumes nahm ein riesiger Tisch ein, dessen Platte ebenso zerfurcht aussah wie die in der Küche. Stühle entdeckte Lena nur zwei, dafür aber in einer Ecke einen Behelfstisch aus zwei Böcken und einer alten Tür darauf. Markus hatte die Werkzeuge darauf gebreitet und einige Werkstücke lehnten daneben. Sie bemerkte, dass er wohl mehrere Baustellen gleichzeitig bearbeitete, da ziemlich viel unterschiedliches Material auf und um den Werktisch herum zu finden war.

Sie hatte den Karton auf dem Esstisch abgestellt und war noch unschlüssig, ob sie hier Geschirr finden würde, genauer gesagt: Ob sie danach suchen sollte.

Da verdunkelte Markus Schatten in der Tür das Zimmer. Sie drehte sich zu ihm um. Er trug einen Karton, der so groß war, dass er kaum mit ihm durch die Tür kam.

„Geschirr und was man sonst so braucht zum Essen", erklärte er auf ihre fragende Miene hin. „Wurde heute früh erst geliefert. Mal sehen, ob wir alles haben." Er setzte den schweren Karton auf der Küchenarbeitsplatte ab, fing an, darin herumzukramen, und förderte Teller, Besteck, Tassen und Küchentücher zu Tage. Konzentriert stellte er die Schätze neben sich ab und sagte schließlich gedankenverloren: „Könntest du das Tuch da draußen mal nass machen, damit wir das Geschirr wenigstens etwas saubermachen können?"

Lena war wie elektrisiert. Was er noch gar nicht bemerkt hatte, ließ sie nervös werden, eine gute Nervosität, von der Sorte, die Magenkribbeln verursachte, ein wohltuendes Magenkribbeln! Es hörte sich gut an, wenn er sie vertraulich ansprach und sie beschloss, einfach darauf einzugehen. „Warum spülen wir die Sachen nicht einfach draußen im Wassergrand mit klarem Was-

ser durch? So schmutzig sind sie bestimmt nicht. Hast du eigentlich Geschirrspülmittel da, damit wir hinterher spülen können?"
Markus dreht sich um. Nicht wegen des Geschirrspülmittels.
„Tut mir leid! Ich wollte nicht einfach..."
„Oh, das macht die Sache doch viel einfacher. Ich bin Lena – und du bist Markus. Angenehm! Und falls wir irgendwann saubere Gläser finden, stoßen wir später darauf an", sagte sie mit einem Lächeln, um eine eventuell aufkommende Befangenheit erst gar nicht zuzulassen.
„Prima, so machen wir das. Und Geschirrspülmittel hab ich keins. Weil ich noch gar nicht wirklich eingekauft habe. Nur ein paar haltbare Sachen zum Essen. Schlage vor, wir stellen später das schmutzige Zeug hier in die Spüle, die eh nicht funktioniert und ich besorge es heute Abend."
Später hatte Lena das kaltgespülte Geschirr auf den Tisch gestellt und die Speisen und die Getränke ausgepackt. Nun saßen sie gemütlich auf den beiden Stühlen und unterhielten sich angeregt.
„Also, was führt dich hierher?", fragte Markus, während er eifrig in seinem köstlichen Eintopf herumrührte.
„Wenn man die USA besucht, ist Pennsylvania County wohl kaum die erste Wahl."
Lena rang mit sich, ob sie ihm zumindest einen Teil ihrer Geschichte erzählen sollte und fand, dass sie damit nur gewinnen konnte, falls er ihr weiterhelfen konnte oder wollte. „Ich suche hier jemanden."
Er hörte auf, herumzurühren und sah sie an. „Du suchst jemanden bei den Amisch?"

Sie nickte und beschäftigte sich nun ihrerseits ausgiebig mit dem köstlichen Hühnerfrikassee, das ihr im Restaurant bereits Appetit gemacht hatte.

Als die Pause zu lange dauerte, forderte er sie ungeduldig auf: „Und? Erzähl doch mal."

„Ich warne dich! Ist eine lange Geschichte," sagte sie, aber als Markus gespannt nickte, fuhr sie fort: „Meine Familie stammt aus der Schweiz. Das heißt, meine Vorfahren, die auch Graber hießen, so wie ich, lebten dort vor zweihundert Jahren noch. Sie waren Anhänger der Lehre der Amischen. Aber es war nicht leicht für sie, weil sie angefeindet wurden. Ihre Gruppe war klein, deshalb dachten sie darüber nach, nach Amerika auszuwandern, wohin schon so viele ihrer Freunde und Verwandten gegangen waren. Und das haben sie schließlich auch gemacht. Die ganze Familie, insgesamt zwölf Leute, Eltern und zehn Kinder. Einer der Söhne aber hatte sich in eine junge Frau verliebt. Weil die aber katholisch war und er amisch, wollten ihrer beider Eltern nicht, dass sie zusammen blieben. Die Eltern der jungen Frau, sie hieß Barbara, waren heilfroh, als sie von den Auswanderungsplänen der anderen erfuhren. Nur leider war die Liebe so groß, dass Johann, so hieß jener Sohn, nicht mit nach Amerika ging. Das Ende der Geschichte war, dass sie durchbrannten. Nach Süddeutschland. Dort verdingten sie sich auf einem großen Gut, aber als bekannt wurde, dass die beiden ein Paar waren, wurden sie rausgeworfen. Dann arbeiteten sie getrennt. Sie als Kellnerin in einem Dorfwirtshaus und er als Knecht bei einem anderen Bauern. Beiden ging es nicht besonders gut bei ihren Dienstherren. Aber sie hielten durch, bis sie genug Geld gespart hatten, um sich ein winziges Stück Land zu kaufen. Das muss Jahre gedauert haben! Und glaube mir, das war damals nicht einfach für einen Knecht und eine Dienstmagd. Eigentlich unmöglich. Aber die alten Leute, deren Haus sie kauften, brauchten jemanden, der sich um sie kümmerte. Und das haben meine Vorfahren gemacht. Bis die Alten starben. Dann gehörte ihnen das Haus und das kleine Grundstück. Und jetzt heirateten sie auch. Das war Anfang des 19. Jahrhunderts. Johann war vorher schon zum katholischen Glauben übergetreten. Nicht aus Überzeugung, nehme ich an, aber weil es das Leben bei den Dörflern einfacher machte, und die beiden bekamen, obwohl sie schon im fortgeschrittenen Alter waren, noch einen Sohn. Was dann weiter passierte, ist nicht mehr so genau überliefert. Aber die Geschichte, die ich dir eben erzählt habe, die hat mein Vorfahr in seinem Tagebuch aufgeschrieben. Das Buch selber ist nicht mehr erhalten, aber die paar Seiten mit diesem Bericht lagen in der Bibel, die meine Großmutter aufbewahrt hatte. Und in dem eben auch der Stammbaum aufgezeichnet ist. Bis hin zu meiner Großmutter." Sie zuckte mit den Schultern und aß weiter, um das köstliche Gericht nicht kalt werden zu lassen.

„Und du hast diese Bibel, die schon über zweihundert Jahre alt sein muss, immer noch? Die muss doch schon zerfallen", hakte er weniger argwöhnisch als überrascht nach.

„Sie wurde in einem hölzernen Kasten aufbewahrt. Deshalb hat sie sich wohl so gut erhalten. Als meine Großmutter sie mir übergab und mir ein wenig von meiner Familiengeschichte erzählte, habe ich zum einen alles aufgeschrieben, was sie mir nur mündlich berichtet hat und zum anderen all die Seiten aus dem Buch und dem Tagebuch kopiert, die beschrieben waren. Damit zumindest die Texte erhalten blieben."

Er sah sie an, im gleichen Augenblick, als sie sein Gesicht betrachtete. Ihre Blicke trafen sich und keiner von beiden unterbrach diesen seltsamen Moment. Beide durchfuhr derselbe Gedanke: *Es konnte nur Komplikationen geben, wenn man diesem magischen Moment nachgab.*
Markus war der erste, der die Augen niederschlug und sich beflissen eine zweite Portion Essen auf den Teller häufte. Sie gefiel ihm. Und ihre Geschichte war spannend. „Du suchst also jetzt nach deinen Verwandten", stellte er nach einer kurzen Pause fest.
„Genau. Das hat aber den Grund, dass es sonst keine Verwandten gibt. Leider hatten die Nachfahren von Johann Graber nicht allzu viel Glück mit ihren Nachkommen. Bestenfalls ein Kind aus jeder Familie hat überhaupt für Nachkommen gesorgt. Dem Sohn meines Urahnen wurden sechs Kinder geboren, von denen fünf starben, ehe sie ein Jahr alt waren. Einige der weiteren Nachfahren späterer Generationen gingen ins Kloster oder wurden Priester. Katholische natürlich, also ohne Nachkommen, das heißt, ohne Nachkommen, die ich kennen würde." Der Nachsatz war als kleiner Witz gemeint, aber Markus verstand ihn offensichtlich nicht. Er sah neugierig aus, gespannt, wie es weitergehen würde mit ihrer Geschichte.
Sie räusperte sich und sprach weiter: „Einige der Söhne starben in den vielen Kriegen, die es in Europa in den letzten beiden Jahrhunderten gab. Meine Großmutter war die letzte in der Reihe. Sie war nie verheiratet und auch meine Mutter nicht. Deshalb heiße ich immer noch so wie mein Vorfahr."
„Und deine Mutter? Ist die auch schon tot?", erkundigte sich Markus nun interessiert.
Lena überlegte, ob es richtig war, ihn mit all den tragischen Vorkommnissen zu behelligen und entschloss

sich, dass es fürs erste genug war. „Ja, sie starb recht früh. Meinen Vater kenne ich nicht, falls du das fragen wolltest, und er interessiert mich auch nicht. Als meine Großmutter starb, da habe ich mir überlegt, dass ich mal bei meinen Verwandten reinschauen könnte." Sie sagte es leichthin, aber Markus spürte deutlich, dass sie damit trübe Gedanken zu überspielen versuchte. Er drang nicht weiter in sie.

„Es gibt hier viele Grabers. Ich kenne ihre Familiengeschichten nicht. Und ehrlich gesagt, es ist äußerst unwahrscheinlich, dass du sie hier so einfach wiederfindest. Sie könnten gar nicht hier in Lancaster County sein, oder sie könnten zum mennonitischen Glauben gewechselt sein, oder sie könnten ausgestorben sein, auch wenn letzteres bei den Amisch eher unwahrscheinlich ist. Und deine Vorfahren hatten ja schon mal zehn Kinder, die sie mitgebracht haben. Wie kommst du eigentlich auf die Idee, dass sie hier sein könnten?"

„Johann Graber hatte in seinen Tagebuchaufzeichnungen aufgeschrieben, dass er einen Brief von seiner Mutter aus Pennsylvania erhalten hätte. Es ginge ihnen gut und das Leben gefalle ihnen. Keiner würde sie mehr verfolgen und anfeinden. Das ist der einzige Hinweis."

„Weißt du, wie der Vorfahr hieß, der auswanderte. Vielleicht noch beide Namen?"

„In meiner Bibel ist ein Stammbaum verzeichnet. Ich kenne nicht nur die Namen der Eltern, auch der zehn Kinder. Die Eltern hießen Jonathan und Brigitte Graber. Die Kinder hießen Jonathan, Anna, Maria, Ursula, Wolfgang, Simon, Ludwig, Martin, Gunther und Gottwald. Der elfte, eigentlich der mittlere Sohn, war Johann."

Markus schmunzelte über ihren Eifer. Ihre Mission, wie sie es nannte, schien ihr wirklich wichtig zu sein und er war versucht, ihr ernsthaft zu helfen. Er überlegte. Lena bemerkte, dass er angestrengt nachdachte. Sie schwieg.

„Pass auf. Es wäre nicht klug, wenn ich mit dir zu den Leuten gehen würde, die heute noch Graber heißen. Da ich von hier weggegangen bin, sind sie nicht allzu gut auf mich zu sprechen. Aber ich habe eine Verwandte hier, Mettie Schwartz. Sie war eigentlich immer recht nett und aufgeschlossen. Wenn ihr Mann es erlaubt, könntest du sie fragen, zu wem du gehen könntest. Vielleicht kommt sie sogar mit. Es kommt dir zu Gute, dass du aus Deutschland kommst. Die Amisch lieben es, über ihre europäischen Wurzeln mehr zu erfahren. Es könnte ja ein Heiliger drunter sein."

Lena fand, dass Markus sich ein wenig ironisch anhörte und wusste nicht genau, wie sie seine letzten Sätze nehmen sollte.

„Warum sagst du das?", fragte sie, mit einem Hauch Missbilligung in der Stimme, nach.

Er grinste. „Die Amisch hören es gerne, wenn einer ihrer Vorfahren aus Glaubensgründen Schlimmes erlebt hat und trotzdem standhaft geblieben ist."

„Du bist nicht ganz ihrer Meinung?"

„Wenn ich ihrer Meinung wäre, wäre ich nicht weggegangen. Aber um ehrlich zu sein: Wenn man beide Welten kennt, hat es schon was für sich, so abgeschottet und eng zu sein, wie sie. Eng sein bedeutet im positiven Sinne, Werte zu haben, die unumstößlich sind. Und das ist nicht immer schlecht. Schlecht ist es, wenn diese Wertevorstellungen dazu benutzt werden, die Menschen in Fesseln zu legen. Vieles von dem, was in meinem Heimatbezirk gepredigt wurde, habe ich nie in der Bibel gefunden. Und vieles von dem, was unsere Prediger gesagt hatten, hat sich nachträglich als wahr herausge-

stellt. Ich wollte es nicht glauben, als ich noch hier lebte und die andere Seite nicht kannte."
In Lenas Ohren klang es so, als hätte er es bereut, weggegangen zu sein, aber sie fragte nicht nach.
„Was hat dich bewogen, zurückzukommen?", fragte sie.
„Oh, das ist eine lange Geschichte. Sagen wir, ich bin zur Erholung hier. Früher mal war ich ein leidlich guter Schreiner. Und es tut ganz gut, mal wieder mit den Händen zu arbeiten." Sie hatten fertig gegessen und es war noch viel übriggeblieben. „Schade um das gute Essen. Ich habe hier noch keinen Kühlschrank. Aber du könntest die Sachen mit ins Hotel nehmen, für deinen Lunch morgen. Es sind noch Sandwiches übrig und einiges von den süßen Sachen. Das hält sich sicher bis morgen. Die Sandwiches kannst du in den Kühlschrank in deinem Zimmer packen."
„Ich habe einen Kühlschrank im Zimmer?"
„Unter dem kleinen Tisch. Schau mal nach." Er grinste wieder sein unwiderstehliches Grinsen.
„Dann werde ich das mal machen." Sie grinste auch und packte die übrigen Speisen in den Karton. Den Abfall steckte Markus in eine der riesigen Mülltüten, die er in der Nähe seiner provisorischen Schreinerwerkstatt stehen hatte.
Er begleitete sie hinaus zu ihrem Auto. „Hör zu. Ich melde mich heute Abend bei dir, wenn ich zurück im Hotel bin. So gegen sieben. Dann könntest du mir deine Unterlagen zeigen. Morgen früh begleite ich dich dann zu Mettie Schwartz."
Lena bedankte sich und stieg ins Auto. Schon wollte sie sagen, wie sehr sie das gemeinsame Essen genossen hatte, doch sie unterließ es. - Wegen der Komplikationen!

Kapitel 5

Sie fuhren gegen acht Uhr früh los. Markus hatte Lena davon überzeugt, dass dies ganz und gar nicht zu früh war für einen Besuch bei den Amisch. Er hatte ihr auch geraten, einen Rock zu tragen und dazu eine Bluse mit einer Jacke darüber. Langärmelig und kniebedeckt. Es war auf jeden Fall besser, als in Jeans und T-Shirt zu erscheinen, wenn sie Erfolg haben wollte. Tatsächlich hatte Lena Rock und Bluse im Koffer, für den Fall, dass sie formellere Kleidung benötigen würde. Markus selbst trug jedoch Jeans und ein T-Shirt. Auf ihre erstaunte Nachfrage hin, belehrte er sie darüber, dass ihn die Leute kennen würden. Und außerdem sei er ein Mann, was Lena dann doch etwas befremdlich fand. Sie erinnerte sich auch wieder daran, dass Markus am Tag zuvor sagte, Mettie würde ihr vielleicht helfen, unter der Voraussetzung ihr Mann wäre damit einverstanden.
Der Hof von John Schwartz war ein Prachtstück. So malerisch wie die Heile-Welt-Bilder auf den Kalenderblättern. Die riesige Scheune strahlte weiß getüncht. Daneben erhob sich ein hohes Silo. Dem gegenüber lag das Wohnhaus, das im Gegensatz zu Markus Holzhaus aus Steinen erbaut war und verschiedene hölzerne Anbauten hatte. Lena war fasziniert vom gepflegten Nutzgarten, der von einem Zaun aus naturbelassenen Holzstöcken umgeben war. In etwa einem Meter Abstand voneinander waren dicke, ast-ähnliche Stöcke in die Erde getrieben, die durch drei dünnere, querliegende Stöcke verbunden waren. Es sah behelfsmäßig aus, doch gerade dieser provisorische Anschein wirkte unglaublich malerisch, so wie die ganze blitzsaubere Hofstelle. Auf einer Weide neben der Scheune trabten drei gewaltige Kaltblutpferde herum. Obwohl Lena vom Lande kam,

hatte sie noch nie derart große Pferde gesehen. Die zierliche Stute, die sie in einer abgetrennten Ecke des Pferches entdeckte, war schon eher ihr Fall. Überrascht stellte sie fest, dass der Hof der Schwartz' ganz in der Nähe von Markus Haus lag. Wohl waren die beiden Anwesen über keine Straße miteinander verbunden, die Zufahrten lagen entgegengesetzt, und ein Hügel erhob sich dazwischen, aber dennoch hatte man Blickkontakt. Markus drängte sie, nicht herumzutrödeln.
Sie war nervös, als sie zur hölzernen Veranda gingen. Markus klopfte an die verschlossene Türe. Kurze Zeit später öffnete ein kräftiger Mann mit wettergegerbtem Gesicht. Seine Haare waren dunkel mit wenigen grauen Strähnen, die auch den unvermeidlichen typischen Bart durchzogen. Bekleidet war er mit einer dunklen Hose, einem weißen Hemd und Hosenträgern. Ihre Nervosität steigerte sich. Er sah nicht direkt unfreundlich aus, aber sicher auch nicht freundlich. Lena suchte nach einem Wort für seinen Gesichtsausdruck. *Verbindlich* war, was ihr dazu einfiel. Bestenfalls verbindlich.
„Markus Troyer? Was führt dich zu uns?"
„Guten Morgen John Schwartz. Ich möchte dir Lena Graber vorstellen. Sie kommt aus Deutschland und ist auf der Suche nach ihren Verwandten. Sie hat Grund zur Annahme, dass diese Verwandten hier in der Gegend leben könnten."
Lena bemerkte, dass Markus ohne Umschweife zur Sache kam, jedoch verstand sie kaum etwas von der Unterhaltung, die in jenem seltsamen Amisch-Dialekt geführt wurde.
„Warum sucht sie diese Verwandten? Sie ist eine Weltliche. Was will sie also hier?" Auch das war nicht direkt unfreundlich gesprochen, eher schwang im Ton des bärtigen Mannes leichte Neugierde mit. Auch Markus

spürte dies und hoffte, dass er John Schwartz über dessen Interesse gewinnen konnte.

„Ich habe sie zufällig getroffen, als sie nach dem Weg fragte. Wir haben uns unterhalten. Dabei erzählte sie mir von ihrer Suche. Ich habe gehofft, dass du Mettie erlaubst, ihr ein wenig behilflich zu sein." Markus wusste, dass sich ein Mann um diese Jahreszeit niemals mit derartig banalen Dingen abgeben würde.

„Ich frage Mettie. Wenn sie es neben ihrer ganzen Arbeit noch einrichten kann, habe ich nichts dagegen." John machte den Weg frei und bat die frühen Besucher in die Wohnstube. Lena staunte, wie groß sie war. Viel heller als jene in Markus' Haus, das winzig war im Gegensatz zu diesem hier. Durch die Größe fiel ihr auf, wie wenig behaglich der nur spärlich möblierte Raum doch wirkte. Der unvermeidliche riesige Tisch in der Mitte, eine Unzahl an Stühlen drumherum, kahle weiße Wände, Fenster ohne Vorhänge, auch sonst kein Schmuck, nichts, was den Raum wärmer machen würde. Auch hier war die Küche nur durch die Andeutung einer Abgrenzung vom übrigen Wohnraum getrennt. Dort herrschte hektische Betriebsamkeit. Drei fast gleich große Frauen, die ihr den Rücken zudrehten, waren damit beschäftigt, Teige zu kneten.

„Mettie, kannst du einmal herkommen?" Der Ruf des Hausherrn klang fast wie ein Befehl und eine der drei Bäckerinnen reagierte sofort.

„Da ist Besuch für dich. Die junge Frau hier möchte dich etwas fragen und ich habe meine Zustimmung gegeben, falls es deine Zeit erlaubt. Ich werde jetzt die Pferde anspannen und aufs Feld gehen. Jonathan und Samuel nehme ich mit. Sie sollten inzwischen mit der Stallarbeit fertig sein."

Die Frau nickte und wusch sich die Hände im Spülbecken. Die Küche bestand aus einfachsten Küchengeräten. Ein Gasherd, eine Edelstahlspüle, ein Kühlschrank. Lena hatte einmal gelesen, dass die Dinge, die eigentlich Strom benötigen würden, mit Gas oder Batterien gespeist würden. Sie nahm sich vor, Markus danach zu fragen, warum die Amisch dem elektrischen Strom so ablehnend gegenüberstanden, legte jetzt aber ihre ganze Konzentration in die Begegnung mit der amischen Frau. Mettie sah hübsch aus mit ihrer weißen Haube und dem akkurat gescheitelten Haar, das nur ansatzweise unter der Kopfbedeckung zu sehen war. Die feinen weißen Bänder, die links und rechts von der Haube herabhingen gaben ihrem faltenlosen Gesicht einen zierlichen Hauch. Die Arbeit in der heißen Küche hatte ihren hellen Teint leicht rosa gefärbt.
„Nun?" Mettie setzte sich an den Tisch und lud auch Markus und Lena ein, sich zu ihr zu setzen. „Wie geht es dir, Markus Troyer?" Markus wusste, dass diese Frage nicht üblich war unter den Amisch. Wie es einem ging, war Privatsache oder besser gesagt: Es hing davon ab, was Gott mit demjenigen Menschen vorhatte.
„Ich werde einige Zeit wieder im Haus meiner Eltern wohnen." Er entschied sich, es nicht *sein Haus* zu nennen. Es könnte anmaßend klingen in den Ohren der aufrechten amischen Frau.
Sie nickte. „Gut. Hast du genug von der Welt draußen." Es war keine Frage und Markus gab keine Antwort darauf. Stattdessen sagte er: „Es wäre gut, wenn wir englisch sprechen würden oder hochdeutsch. Lena versteht den Dialekt nicht."
Wieder nickte sie. Dann drehte sie sich um und rief den beiden Frauen in der Küche zu: „Kommt ihr zurecht, Mädchen?" Die beiden nickten beflissen und arbeiteten

eifrig weiter. Als sie sich kurz umdrehten, erkannte Lena, dass es tatsächlich noch recht junge Mädchen, fast Kinder waren, die dort beschäftigt waren.

Lena versuchte, ihre Geschichte so knapp wie möglich zu erzählen und zeigte Mettie die Bibel und auch die Tagebuchseiten. Mettie betrachtete Lenas Schätze. Nur kurz studierte sie den auf den letzten Seiten der Bibel eingetragenen und immer wieder ergänzten Stammbaum. Viel mehr faszinierte sie die deutsche Bibel, die sie selbstvergessen durchblätterte. Einige Stellen las sie sogar.

Dann legte sie das Buch wieder zurück in den hölzernen Kasten und klappte den Deckel desselben zu. Vorsichtig, als würde sie Eier in den Kühlschrank legen.

„Es gibt noch einige Familien in der Gegend, die Graber heißen. Vielleicht solltest du mit Miriam und Samuel Graber anfangen. Sie sind alt und wohnen im *Großdaddihaus* ihres Sohnes. Sie haben auch die nötige Zeit, um mit dir zu sprechen. Wenn du möchtest, bringe ich dich dorthin und erkläre ihnen, was du wissen möchtest. Was hat dich dazu gebracht, jetzt nach deinen Verwandten zu suchen?"

„Ich habe sonst niemanden. Meine Großmutter war die letzte, sonst ist da niemand." Lena rang mit sich, ob sie den wahren Grund für ihre Suche preisgeben sollte. Es war eigentlich kein richtiger Grund, aber für sie doch Anlass genug, Bescheid zu wissen, ob da nicht noch jemand ist. Sie sah Markus an, der geduldig dabeisaß, und dann Mettie. Die blickte offen zurück.

Lena atmete tief durch und antwortete wahrheitsgemäß: „Meine Mutter starb an Leukämie. Sie war noch keine dreißig Jahre alt. Meine Mutter ist das einzige Kind meiner Großmutter gewesen. Und auch meine Großmutter starb an Leukämie, allerdings war sie fast acht-

zig Jahre alt. Es konnte kein Knochenmarkspender gefunden werden. Auch ich kam nicht in Frage. Um die Wahrheit zu sagen: Ich habe mir überlegt, meine Chancen zu erhöhen, falls mich die Krankheit auch erwischt." Mettie ließ keine Regung erkennen, aber Markus wirkte betroffen. „Du hättest es mir erzählen können", sagte er schließlich.
Lena wusste nicht recht, was sie darauf antworten sollte. „Nun, ich habe die Krankheit ja nicht. Und ja, du hast Recht. Ich hätte es dir auch sagen können."
Sie zuckte mit den Schultern.
Es war Metties Gesicht anzusehen, was sie dachte, aber sie gab es nicht preis. Markus ahnte es. Es war durchaus nicht sicher, ob ein Amisch jemals bereit sein würde, sich mit dieser Krankheit und den Folgen zu beschäftigen. Lena unterbrach seine Gedanken.
„Es könnte ja auch sein, dass unter meinen Verwandten jemand ist, der diese Krankheit bekommt. Dann wäre ich vielleicht diejenige, die helfen kann."
Markus runzelte die Stirn. Es war weltliches Denken. Die Amisch nahmen Krankheit und Tod als Gottes Wille. Aber ein interessanter Aspekt war dieser Hinweis auf jeden Fall.
„Nun gut, wenn du möchtest, Lena Graber, werde ich mit dir zu Miriam und Samuel gehen. Vielleicht reden sie mit dir. Markus Troyer, fährst du uns hin?"

******

Miriam und Samuel Graber waren nicht bereit, mit Lena zu sprechen. Sie machten den Eindruck, als wären sie Mettie Schwartz böse, dass sie zwei Weltliche zu ihnen gebracht hatte. Das war kein guter Anfang. Denn nun würde es sich schnell herumsprechen, dass jemand in

Amischland herumschnüffelte, aus welchen Gründen auch immer. Als sie Mettie zurückbrachten, schrieb diese ihnen noch einige Namen und Adressen auf, bei denen Lena noch nachfragen konnte, aber sie hielt das Unterfangen eher für sinnlos. Ohne weiter darüber nachzudenken, ging sie wieder an ihre täglichen Verrichtungen und Lena und Markus fuhren schweigend zum Hotel zurück.

Markus bedauerte diesen ersten erfolglosen Versuch, aber da er Lena nicht wirklich weiterhelfen konnte, ging er wieder an seine Arbeit. Was sie gesagt hatte, machte ihn nachdenklich. In gewisser Weise war er in einer ähnlichen Situation wie sie. Irgendwie alleine. Wohl konnte er seine Familie besuchen und würde er noch zur amischen Gemeinschaft gehören, käme er, genauso wie alle anderen Gemeindemitglieder, in den Genuss einer gigantischen Solidarität. Dieser Zusammenhalt hörte an den Grenzen einer Familie nicht auf, wenn es sehr hart kam, nicht einmal an den Grenzen des Bezirks. Aber als Abtrünniger, wenn auch ungetauft und damit nicht gebannt, gab es für ihn keine derartige Solidarität. Seine Familie nahm nicht einmal sein Geld an, mit dem er vorhatte, sie zu unterstützen. Er konnte froh sein, dass sie seine Besuche geduldeten und hin und wieder ein Brief von seinen Geschwistern oder seiner Mutter in seinem Briefkasten lag. Aber immerhin hatte er die Option, zum Bischof zu gehen, seine vorrübergehende Abkehr von der Gemeinschaft zu bedauern und sich taufen zu lassen. Dann wäre er nach einer angemessenen Zeit der Reue und persönlichen Erprobung wieder Teil der Gemeinschaft. Doch das war für ihn kein reeller Weg.

Seit zwei Wochen war er nun von zu Hause weg, dem Ort, den er inzwischen sein zu Hause nannte. Zuerst versuchte er seine Spuren zu verwischen, indem er mit dem Flugzeug kreuz und quer durch das Land flog, um schließlich hier aufzuschlagen, in seiner Heimat, von der niemand etwas wusste. Es gab einen einzigen Menschen, dem er die Schlüssel für seine Wohnung anvertraut hatte, damit er hin und wieder nach dem Rechten sehen und seine Post mitnehmen konnte. Es war Jeffrey, einer seiner Kollegen und sein bester Freund. Der einzige in seinem jetzigen Umfeld, der auch wusste, woher er stammte. Jeffrey hatte den Auftrag, ihm die Post nachzuschicken. Postlagernd nach Coatesville, unter einem falschen Namen, um nicht die Spur wieder aufzutun, die er, wie er hoffte, so erfolgreich verschleiert hatte. Als er die Schlafzimmerwand mit weißer Farbe anstrich, überlegte er, warum er die Flucht ergriffen hatte. Einmal davongerannt würde bedeuten, immer davonrennen. Das wusste er, und doch war der Schlag zu hart, den er einstecken musste. Es hatte nichts mit Feigheit zu tun, vorübergehend die Flucht zu ergreifen, nicht, wenn man das erlebt hatte, was ihm widerfahren war.
Markus betrachtete sein Werk und fand, dass die Farbe gut deckte. Er beließ es bei einem einmaligen Anstrich, wollte später irgendwann noch mit roter Farbe ein paar Schmuckelemente hinzupinseln, und räumte die Malersachen hinunter in die Wohnstube. Nachdem er die Veranda-Dielen ausgebessert und auch das kaputte Fenster erneuert hatte, waren die Malerarbeiten noch die dringendsten seiner Tätigkeiten. Dann erst würde er sich an die Feinheiten wagen und die Küche wieder in Betrieb nehmen. Vorerst hatte er sich dazu entschieden, doch noch eine Weile in dem Gästehaus zu bleiben. Er

war dort zwar nicht unter falschem Namen abgestiegen, hatte aber darum gebeten, niemanden Auskunft zu geben, falls jemand anrufen und nach ihm fragen würde.
Umso überraschter war er, als das stets lächelnde Mädchen an der Rezeption ihm mitteilte, dass eine Nachricht auf seinem Zimmer auf ihn warten würde. Bisher hatte er sich sicher gefühlt. Doch nun machte sich dieses entsetzliche Gefühl in ihm breit, wegen dem er mehr oder weniger Hals über Kopf aus seiner Wohnung geflohen war. Er nahm zwei Stufen auf einmal, als er zu seinem Zimmer hochhetzte.
Der Umschlag mit dem Label des Hotels lag in der Mitte des Tisches. Bevor er ihn nahm, sah er sich im Zimmer um, ob irgendetwas darauf hindeutete, dass er aufgeflogen war, dass sein Versteck entdeckt worden war. Alles war so, wie es stets war, nachdem das gründliche Zimmermädchen saubergemacht hatte. Nur der Umschlag schien ihn schier anzuspringen.
Markus atmete tief durch und nahm das Kuvert an sich. Zögernd zog er den zusammenfalteten Zettel heraus, der von einem der Hotelnotizblöcke mit aufgedrucktem Label stammte, die überall herumlagen.
Kommt noch einmal bei Miriam und Samuel vorbei. Gruß Mettie.
Markus war so erleichtert, dass er am liebsten geheult hätte. So nah am Wasser gebaut war er nie gewesen, die letzten Monate erst hatten seine Nerven zum Zerreißen angespannt und mit dazu geführt, dass er nun hier war. Er kritzelte seinerseits eine kurze Nachricht, sammelte sich erst einmal und ging dann hinüber zu Lenas Zimmer. Es war gerade sechs Uhr durch, so dass er annahm, dass sie noch gar nicht zurückgekommen wäre von wasauchimmer sie heute vorgehabt hatte. Deshalb schob er die Nachricht einfach unter der Tür durch. Er

hatte sich noch nicht wieder vom Boden erhoben, als Lena die Tür öffnete und ihn mit erstauntem Blick ansah.

„Was wird das denn, bitte?", fragte sie schmunzelnd, seine Notiz auseinanderfaltend. „Wir sollen noch mal zu Samuel und Miriam kommen? Wieso? Sie wollten doch nicht reden mit uns?"

Markus erhob sich. „Wer weiß, welche Buschtrommeln da wieder unterwegs waren. Vielleicht hat Mettie noch einmal ein gutes Wort eingelegt. Oder die alten Grabers haben mit anderen Grabers gesprochen, die nicht so abweisend waren. Du wirst es herausfinden, wenn du hinfährst."

„Und wann ist der richtige Zeitpunkt, um hinzufahren?" Lena wurde mit jedem Zusammentreffen mit Mitgliedern der Amisch unsicherer in ihrem Benehmen.

„Ich würde sagen, morgen früh. Wir frühstücken zusammen, gegen acht und anschließend brechen wir auf. Einverstanden?", bot Markus an.

„Nein, ich kann dich nicht schon wieder von deiner Arbeit abhalten. Das geht nicht. Ich werde alleine hinfahren."

„Du hältst mich zwar von der Arbeit ab, aber ich lasse mich gerne davon abhalten. Und ich möchte gerne mitkommen. Wenn du nichts dagegen hast." Seine Stimme duldete keinen Widerspruch.

„Gut, dann werde ich dir aber den restlichen Tag über helfen, bei was du auch immer vor hast zu tun", auch ihre Stimme duldete keinen Widerspruch.

„Prima, ich habe gehofft, du würdest meine Spüle reparieren!" Er grinste und ihre Knie wurden weich.

„Na, mal sehen", gab sie mit leicht schwacher Stimme zurück, weil sie sich noch nicht wieder gefangen hatte.

Er war überrascht von dieser wenig originellen Antwort und sagte mit ernsthafter Mine: „Im Ernst. Du könntest mir wirklich einen Gefallen tun. Hättest du nicht Lust nach Coatesville zu fahren, das sind etwa 20 Meilen, und etwas abzuholen? Ich bekomme meine Post dorthin postlagernd. Wenn ich dir eine Vollmacht mitgebe, könntest du das für mich erledigen. Und du könntest dir die Stadt ein wenig anschauen. Sie ist sehr hübsch!"
Nun strahlte sie und ihm wurden die Knie weich. „Fantastisch! Dann kann ich mich endlich revanchieren."
Noch bevor sie so etwas Enttäuschendes wie *Bis morgen dann!* sagen konnte, beeilte er sich, sie zum Abendessen einzuladen. Nur zu schnell nahm sie seine Einladung an, nicht jedoch, ohne bereits vorsorglich zu protestieren, falls er wieder alles bezahlen wollte.

******

„Hier ist sie." Henner Graber hatte seinen Strohhut auf einen der Haken gleich neben der Eingangstüre gehängt. Für eine Jacke war es zu warm und so stand er nun in seinem weißen Arbeitshemd und den schwarzen Hosen mit den Hosenträgern in der kleinen Stube des *Großdaddi-Hauses* von Samuel Graber und deutete auf die Familienbibel, die er mitgebracht hatte. Auf dem dunkelbraunen Ledereinband stand in deutscher Sprache „Bibel". Obwohl das Buch sicherlich häufig aufgeschlagen wurde, war es lediglich am Buchrücken etwas abgestoßen und die ledernen Ecken zeigten Spuren des Alters.
„Es ist die *Biewel,* die ich von meinem Vater geerbt habe, und der hat sie von seinem Vater geerbt. Sie ist über hundert Jahre alt. Und nun sieh her..." Henner blätterte die Bibel von hinten her auf. Auf der Innenseite des fes-

ten Einbands war eine Lasche angebracht, in der mehrere Dokumente steckten. Eines davon zog er nun heraus. Er faltete es auseinander und legte das Papier, das nicht ganz den Umfang von zwei großen Schreibblättern hatte, auf den Tisch. Ein einfacher Stammbaum war darauf gemalt. Ohne Schnörkel. Striche führten zu Namen hin und von dort wieder weg. Eine Unzahl von Namen war zu sehen und Samuel Graber musste sich erst einmal einen Überblick verschaffen, bevor er den Finger auf den bewussten Zweig ihrer beider Familien legte. Er runzelte die faltige Stirn und verfolgte die verwirrend anmutenden Striche bis er unten am Papier angekommen war.

„Jonathan und Brigitte, zehn Namen ihrer Kinder sind aufgelistet, Wolfgang war mein Ururgroßvater und der deines Vaters und damit dein Urururgroßvater, Henner. Die *Englische* hat recht." Er rieb sich nachdenklich den Bart und sah grimmig aus.

Henner zog das Papier zu sich herüber. „Samuel, was denkst du will das *Weibsleit* von uns?"

„Ich weiß nicht. Sie sagt, sie hat keine Familie mehr und sucht nun ihre Verwandten."

„Sie war mit dem *Troyer-bu* da. Was hat er mit ihr zu schaffen? Warum kommt er zurück? Er weiß, dass er hier nichts verloren hat."

Miriam, die auf der hölzernen Bank an der Wand saß und das Gespräch der Männer mit angehört hat, mischte sich nun ein. „Es ist sein Haus, das er repariert. Hier wohnen viele *Englische,* warum soll er hier nicht wohnen dürfen?"

„*Fraa!* Du weißt nicht, was du redest. Er verdirbt unsere jungen Leute. Du weißt, wie sie sich für die englische Welt interessieren. Einige von ihnen gehen nach Coatesville und Harrisburg bei ihrem *Rumschpringa*, sie erkennen ihn womöglich. Was immer ihn in der Welt da draußen auch berühmt gemacht hat, passt nicht hierher."

„Ist unser Leben so schlecht, dass unsere jungen Leute davonlaufen müssen und es nicht vertragen, mit der Welt konfrontiert zu werden?" Miriam gab sich mit der erzürnten Ansprache ihres Mannes nicht zufrieden. Sie war Zurechtweisung gewohnt, so wie jede amische Frau, die ihrem Mann zu folgen hatte.

„Nein, ist es nicht. Pass auf, dass du nicht gotteslästerlich daherredest! Aber unsere jungen Leute sind auf der Suche. Die Jungen wollen ausbrechen. Einer, der aus unserer Gemeinschaft stammt und verweltlicht ist, ist ein schlechtes Vorbild für sie. Es ist seine Sache, aber dann soll er wegbleiben. Außerdem ist Ruben Troyer weggezogen. Der *Troyer-Bu* hat also keinen Grund mehr, hier zu sein", entgegnete Samuel, immer noch mit Schärfe in der Stimme.

„Es ist sein Haus", beharrte Miriam mit sanfter Stimme, während sie in ein weißes Taschentuch mit grünem Garn Blätter stickte.

Samuel schnaubte durch die Nase, legte es aber nicht auf einen Streit mit Miriam an. Er wandte sich wieder seinem Neffen zu. „Ich habe die Weltliche noch einmal herbestellt. Ich will wissen, was ihr Anliegen ist. Und wenn ich das weiß, dann informiere ich den Rest der Familie." Zum Zeichen dafür, dass es so gemacht wird, wie er als der Ältere es sagte, faltete er das Papier vorsichtig, aber bestimmt, zusammen, schob es in die Lasche zurück und klappte die Bibel zu. „Lass mir die *Biewel* deines Vaters da, bis das geklärt ist. Dann kannst du sie wieder mit zu dir nehmen."

Henner nickte. „Grüß Gott! Ich muss *naus geh* aufs Feld und hab keine Zeit mehr." Er nahm seinen Hut vom Haken und verließ das Haus seines Onkels.

Miriam stand auf und ging in die Küche, Samuel legte die Bibel auf das Sideboard, das neben der Bank, auf der Miriam noch eben gesessen hatte, stand. Es war der einzige Schrank im Raum und fasste sowohl das Geschirr als auch einige Vorräte, die in der Küche gebraucht wurden. Die wenigen Schränke der Küche waren zu klein, um alle Utensilien aufzunehmen, die eine amische Hausfrau zum Haushalten brauchte, auch wenn es sich nur noch um einen zwei-Personen-Haushalt handelte.

Samuel sah sich genötigt, das Gespräch noch einmal aufzunehmen. „Miriam, es ist nicht gut, dass du mir vor unserem Neffen widersprichst."

Miriam, die sich in der Spüle daran gemacht hatte, das Gemüse zu säubern, trocknete sich in aller Ruhe die Hände ab und drehte sich zu Samuel herum. Seit mehr als fünfzig Jahren waren sie nun verheiratet, sie kannte ihn in- und auswendig. Was aber noch wichtiger war: Er kannte sie auch. Und Samuel wusste in dem Moment, da er den Satz gesagt hatte, dass er es besser gelassen hätte.

„Samuel, es ist nicht gut, dass du mit *mir* so redest! Deine Kinder, oder auch dein Neffe, haben von mir gewiss nicht gelernt, Widerworte zu geben. Aber du solltest es lassen, Menschen zu verurteilen, die dich eigentlich nichts angehen. Wenn die Erziehung unserer Kinder, und damit meine ich alle Kinder unserer Gemeinschaft, sie dazu geführt hat, dass sie weggehen wollen, dann ist ihnen dieser Weg bestimmt. Wer sind wir zu beurteilen, welcher von Gottes Wegen gut ist und welcher schlecht? Oder möchtest du entscheiden, was Gottes Entscheidung ist?" Samuel wollte noch etwas erwidern, doch da sie sich unmissverständlich wieder ihrer Arbeit zuwandte, ließ er es. Es war jetzt, in der letzten Phase ihres Lebens nicht notwendig, Diskussionen zu führen, zumal er erkannte, dass sie nicht ganz Unrecht hatte. Manchmal neigten amische Männer dazu, den ihnen von Gott gegebenen Stand, der sie über ihre Familien erhob, ein wenig zu übertreiben.

„Ich gehe in den Stall hinüber und schaue, ob ich helfen kann", sagte er nach einiger Überlegung. Miriam hörte, wie er den Hut vom Haken, der etwas locker in der Wand saß und ein klickendes Geräusch verursachte, zog, und hinausging. Was Samuel nicht ahnte war, dass sie sich Zeit ihres Lebens damit schwergetan hatte, diese gottgegebene Rangordnung zu akzeptieren und alleine schon dadurch einige der jungen Leute verstehen konnte, die ihr Leben hinterfragten. Was er außerdem nicht wusste war, dass sie häufig in der Bibel las, wenn sie niemand beobachtete, und dabei durchaus Stellen fand, die diese Rangordnung nicht unbedingt als naturgegeben ansahen. Das allein war noch kein Verstoß gegen ihre strengen Regeln. Aber dass sie sich darüber mit Henners Frau und dessen Mutter Sanna, ihrer Schwägerin, unterhielt, schon. *Keine Auslegung des Schriftwortes durch den einfachen Gläubigen*, warnte der Bischof immer wieder. Wenn ihm das zu Ohren kam, würde sie Abbitte leisten müssen. Vor der ganzen Gemeinde. Miriam konnte diese Aussicht nicht schrecken. Sie würde schon wissen, was sie darauf zu entgegnen hatte. Warum durften Frauen die ersten sein, die Zeugen der Auferstehung wurden? Warum wandte der Heiland sich ihnen im Besonderen zu, wie der Frau am Jakobsbrunnen oder auch der Sünderin, die er vor dem Steinigen bewahrte? Miriam liebte das Neue Testament obwohl sie wusste, dass für viele der Prediger das Alte Testament maßgeblich war - vielleicht weil der strafende Gott sich besser eignete, die Menschen von den Sünden abzuhalten, als der liebende Gott des Neuen Testamentes. Doch auch Miriam war gefestigt im Glauben ihrer Gemeinschaft und sie erkannte für sich selber, dass ihre Lebensweise die einzig gottgefällige sein musste. Ihre Glaubenssicht hatte auf ihr tägliches Leben und ihre Pflichten keinen Einfluss. Sie fühlte sich geborgen und wohl in der Gemeinschaft und der großen Familie, die Samuel und sie umgab. Das war keine Frage der Auslegung des Wortes Gottes. Das war eine Frage allein der Lebensweise, die sie mochte und die sie nie hätte aufgeben können. Wie sie aber ihre Religion in ihrem Herzen lebte, konnte selbst der Bischof nicht herausfinden.

******

Lena war nervös, sehr nervös, als sie vor dem *Großdaddi-Haus* der Grabers aus dem Auto stieg. Sie war kaum in der Lage, sich zu koordinieren, eckte an den Autotüren an und stolperte auf dem Weg zum Haus. Markus konnte sie gerade noch auffangen, bevor sie mitsamt ihrem Holzkästchen die Treppen hinauffiel.
„Atme doch mal tief durch. Und beruhige dich", raunte er ihr kurz zu und sie bemühte sich, ihm ihre Aufregung nicht so sehr merken zu lassen.
Miriam war zur Tür gekommen, als sie das Auto vorfahren hörte.
„Guten Tag, Miriam", grüßte Markus höflich. Er hielt sich hinter Lena, die unschlüssig auf der Veranda stand und sich schließlich seinem Gruß anschloss. Miriam sah nicht unfreundlich aus, aber ein Blick auf den grimmig dreinblickenden Samuel, der nun an seiner Frau vorbei aus dem Haus kam, genügte, um Lena am liebsten wie-

der hätte umkehren lassen. Tapfer blieb sie stehen und wartete. Im Umgang mit den Amisch hatte sie inzwischen gelernt, dass vor allem die Männer diesen bestenfalls als verbindlich zu bezeichnenden Gesichtsausdruck aufsetzten, wann immer ein Fremder ihren Weg kreuzte. Sie fand, dass vor allem die jungen Mädchen freundlich waren, wenn sie Geschäfte mit den Touristen machten. Aber lachen? Hatte sie in den letzten Tagen jemals einen Amisch lachen sehen? Die Konzentration auf diese Frage nahm ihr ein wenig die Nervosität. Was konnte schon passieren? Sie hatte ein Anliegen, einen Beweis und heute auch eine Einladung. Schlimmstenfalls würde man sie des Hauses verweisen und sie würde die restliche Zeit hier Urlaub machen und die Abgeschiedenheit genießen.
„Kommen Sie herein!" Lena folgte den beiden Alten in die Wohnstube. Das *Großdaddi-Haus* war an das große Steinhaus angebaut, in dem ein Sohn der beiden mit seiner inzwischen recht großen Familie wohnte, wie Lena von Markus erfahren hatte. Es war das Austragshaus für die alten Leute, von denen nicht mehr erwartet wurde, dass sie arbeiteten. Ihre Mitarbeit wurde jedoch gerne gesehen, sofern die alten Menschen dazu noch in der Lage waren. Ansonsten wurden sie vom Rest der Familie liebevoll umhegt.
Markus war draußen geblieben, wie Lena nun irritiert bemerkte. Die Aufforderung hatte tatsächlich nur ihr gegolten. Sie sah sich nach ihm um und entdeckte ihn an der Umzäunung der Veranda lehnend und geduldig wartend.
„Nun, junge Frau, Sie haben uns erzählt, dass Sie auf der Suche nach einem Teil Ihrer Vorfahren sind. Und Sie sagten, dass Sie ein Stammbaum darauf gebracht hätte, den Sie in einer Bibel gefunden hätten." Samuel

stellte nicht direkt eine Frage. Er hängte den Satz in die Luft, so dass sich Lena bemüßigt fühlte, ihm zu antworten. „Hier in dem Kästchen, das ich von meiner Großmutter geerbt habe, ist diese Bibel." Sie öffnete den Holzkasten und zog ein vom Format her kleines, aber recht dickes Buch heraus. Es hatte einen billigen Papiereinband, aber die Schrift „Die Bibel" konnte man darauf noch deutlich erkennen. Das Buch war abgegriffen und sah sehr gebraucht aus. Samuel registrierte mit Befriedigung, dass seine Vorfahren wohl fleißige Bibelleser gewesen sein mussten.

Vorsichtig öffnete Lena die Bibel und zog ein Kuvert heraus, in dem die Originale der Tagebuchseiten und der zusammengefaltete Stammbaum lagen. Sie breitete ihre Schätze vor dem alten Mann aus. Miriam hielt sich wie immer im Hintergrund. Samuel war so fasziniert – was er nie offen zugegeben hätte –, dass er nicht weiter auf sie achtete.

Miriam zog sich in die Küche zurück, goss aus einer Karaffe selbstgemachte Zitronenlimonade in vier Gläser, bot Lena und Samuel davon an und trug die anderen beiden hinaus zu Markus.

Er reagierte erstaunt, als sie die Fliegentür, die aufgrund der eingebauten Feder normalerweise recht laut zuschlug, nun leise zuzog und sich auf die Bank im hinteren Bereich der Veranda setzte.

„Setz dich zu mir, Markus Troyer", lud sie ihn ein. Er folgte ihrer Aufforderung, nahm das dargebotene Glas mit der Limonade.

Als er getrunken hatte, sah er sie lächelnd an. „Ich habe schon lange keine so köstliche Limonade mehr getrunken. Genaugenommen, seit ich meine Leute in Ohio besucht habe, und das ist lange her."

Sie sah ihn an und er fühlte sich, als wäre er ein kleines Kind und bei einer Ungezogenheit ertappt worden.
„Warum ist es so lange her, dass du dort warst?"
„Ich bin dort genauso ungern gesehen wie hier auch. Da erspare ich mir die Blicke lieber. Vor allem, was Vater betrifft." Es gab keinen Grund, unehrlich zu ihr zu sein.
„Warum bist du dann hierhergekommen? Um der jungen Frau zu helfen?"
„Sie fragte mich nach dem Weg und ich habe ihn ihr gezeigt. Dann stellten wir fest, dass wir beide bei Schwartz wohnen. Und dann erzählte sie mir von ihrem Vorhaben", berichtete er wahrheitsgemäß. Er kniff die Augen zusammen, weil die Sonne zwischen zwei Bäumen hindurch gerade diesen Bereich der Veranda beschien.
„Warum bist du also hergekommen?" Miriam blieb hartnäckig.
Markus überlegte, was er ihr antworten sollte. Dann entschied er, sie auch jetzt nicht anzulügen. „In der Welt draußen ist es nicht immer einfach. Ich musste an einen Ort gehen, der für Außenstehende nicht so leicht zu finden ist", umschrieb er seine wahren Gründe.
„Was hast du angestellt?"
„Nichts. Menschen brauchen oft keinen Grund, um andere zu hassen. Manche sind einfach verrückt."
„Jemand verfolgt dich?"
„Irgendwie, ja!" Er wollte nicht mehr dazu sagen und lehnte sich, das kühle Getränk in Händen haltend, zurück. Er schloss die Augen und hing seinen Gedanken nach. Miriam erkannte, dass sie nicht weiter fragen sollte. Sie verstand aber auch, dass es ihm bei weitem nicht so gut ging, wie es den Anschein hatte.
Sie erhob sich leise, wie es ihre Art war, von der Bank und ging zurück in die Wohnstube. Es war gut, dass er

ihr zumindest angedeutet hatte, welche Schwierigkeiten er hatte.

Drinnen brüteten Samuel und die junge Frau über dem Stammbaum aus Lenas Bibel. Miriam sah sich in ihrem Verdacht bestätigt, dass Samuel sehr gespannt darauf war, wie sich sein eigener Stammbaum, oder besser: der seines Ururgroßvaters, in der tieferen Vergangenheit gestaltete. Er hatte ganz richtig vermutet, dass ihr Papier Aufzeichnungen beinhaltete, die zeitlich vor seinen eigenen Informationen lagen.

Tatsächlich ging Lenas Stammbaum zwei Generationen weiter zurück, als sein eigener in der Familienbibel. Obwohl Samuels Gesicht weiterhin die verbindliche Gleichgültigkeit zur Schau trug, wie zu Beginn ihres Gespräches, hatte sich der Grimm in seinem Antlitz geglättet. Er beschäftigte sich sehr interessiert mit den Daten. Er hatte Papier und Stift in die Hand genommen, um die Namen aufzuschreiben.

„Ich würde Ihnen gerne eine Kopie davon machen. Dann haben Sie die Ansicht des Originales, und Sie müssen nicht so viel notieren", bot Lena freundlich an.

Samuel brummte etwas, was sie nicht verstand, aber er ließ sich darauf ein. „Gut, junge Frau. Machen Sie mir Ihre *Kopie*." Er sprach das Wort aus, als handelte es sich um saure Milch. „Dann kommen Sie wieder vorbei."

Lena nickte und hatte das Gefühl, dass ihn ihre Unterlagen mehr interessierten, als er ihr gegenüber zugeben wollte. Sie beschloss, sich über diesen kleinen Erfolg zu freuen.

„Gerne. Wäre es Ihnen recht, wenn ich es Ihnen morgen bringe?"

„Hm", machte er und dann bat er sie überraschend: „Würden Sie mir die *Biewel* da lassen? Bis morgen?"

Lena war unsicher. Die Bibel war ihr größter Schatz. Aber dann besann sie sich. Ein Amisch würde sie nicht betrügen. Sie nickte. „Gut. Bis morgen."
Sie grüßte und verließ das Haus nur mit dem Umschlag, dessen Inhalt sie kopieren würde und fand Markus mit geschlossenen Augen in der Sonne dösend.

Durch Miriams Fragen sah sich Markus wieder seinen Erinnerungen gegenüber, die er seit einigen Tagen in seinem Unterbewusstsein abgelegt hatte. Als er noch in seiner Wohnung lebte und täglich mit der Angst konfrontiert war, hatte er Alpträume – falls es ihm überhaupt gelang einzuschlafen. Seit er hier war, fühlte er die frühere Sicherheit wieder zurückkehren. Nun, da er in der Sonne döste, tauchten einige der schrecklichen Bilder wieder auf. Der letzte Vorfall, wegen dem er die Stadt schließlich fluchtartig verlassen hatte, hatte sich eingebrannt und würde ihn sicher sein Leben lang nicht loslassen. Nicht einmal der tätliche Angriff auf ihn im Vorfeld hatte ihm derartige Angst eingejagt, wie das Bild, das sich ihm bot, als er eines Morgens die Wohnung verließ, um mit seinem Auto wegzufahren. Es stand in der Tiefgarage, die nur den Bewohnern des Appartementhauses zugänglich war, in dem er wohnte. Er fuhr mit dem Lift hinunter, betätigte mit der Fernbedienung das Schloss und stellte fest, dass er vergessen hatte, das Fahrzeug abzuschließen. Es stand in einer Nische hinter einer Mauerstütze und als er um die Ecke kam...
Der Anblick, den er vor seinem inneren Auge hatte, schockierte ihn dermaßen, dass er zusammenzuckte und wie im Affekt die Augen aufriss.
Lena stand da und hatte ihn beobachtet. „Du hast wohl geträumt?", fragte sie leichthin, ohne eine Antwort ab-

zuwarten. Sie ging in Richtung des Autos. Markus schüttelte sich, als könne er die grausige Erinnerung loswerden. Aber sie würde immer ein Teil von ihm bleiben.

Lena, die nichts von alldem ahnte, hatte ihm die erfreuliche Mitteilung gemacht, dass Samuel ein wenig auftaute. Markus freute sich darüber – auch, dass sie ihn ablenkte. Als sie am Hotel angekommen waren, gab er ihr die Vollmacht für die Poststelle in Coatesville. Den falschen Namen erklärte er ihr mit einem Pseudonym. Lena hatte die Stirn gerunzelt und mit sich gerungen, ob sie nachhaken sollte, ließ es aber dann doch. Stattdessen versprach sie ihm, mit einem späten Lunch bei ihm am Haus vorbeizukommen.

Kapitel 6

Lena fuhr auf dem Lincoln Highway nach Coatesville. Sie war schon einmal dort gewesen, hatte in einem Diner gegessen und war ein wenig durch die Altstadt gebummelt. Nun folgte sie ihrem GPS, das sie zu der von Markus angegebenen Adresse des Post-Offices führte. Eine Weile stand sie in der Schlange, bevor ihr der freundliche Postmann einen Packen Briefe aushändigte. Sie legte sie in ihr Auto und fuhr zu einem Shopping-Center, das sie auf der Herfahrt gesehen hatte. Zum einen wolle sie dort ein paar Einkäufe erledigen, zum anderen hoffte sie, in einem Schnellimbiss, den es dort sicher gab, einen Kaffee zu bekommen. Sie betrat den riesigen Supermarkt durch einen der gefühlt tausend Eingänge, die sich anboten. Selbst der Einkaufswagen war im Vergleich zu den Märkten daheim riesig. Bedachte man, dass amische Familien mit zum Teil über zehn Familienmitgliedern hier einkauften, gestaltete sich die Größe des Einkaufswagens durchaus angemessen. Aber es waren die ganz normalen amerikanischen Familien, die auch nicht größer waren, als die in Europa, die vollbepackt an den Kassen anstanden. Lena konnte kaum fassen, wie riesig die Packungen waren, die es hier zu kaufen gab. Sie hatte noch nie eine Packung mit einem Dutzend Eier gesehen. Oder einen fünf-Liter-Kanister Orangensaft. Oder eine ein-Liter-Packung Sauercreme. Eine kurze Weile stand sie im Eingangsbereich hinter den Kassen und schaute dem Treiben zu. Dann war sie neugierig geworden auf die Produkte, die sich hier anboten. Sie schob durch die Sperre hinein in den Laden.
Es war ein warmer Tag, so dass Lena mit Jeans und T-Shirt bekleidet war und sofort zu frösteln begann, als sie

die mit Aircondition gewaltig heruntergekühlte Halle betrat. Schon überlegte sie, ob sie nicht noch einmal umdrehte, um sich ihre Strickjacke zu holen, die seit Tagen auf dem Rücksitz im Auto lag. Doch sie entschied sich dagegen. Sie würde in dem hässlichen Gebäude, das ein wenig wie ein Hochregallager aussah, nicht lange bleiben, auch wenn sie sich zuerst orientieren musste. Links von ihr wuchsen riesige Regale in die Höhe, in denen alle möglichen Elektrogeräte, Gartenmöbel, Kleinmöbel in Einzelteilen und vieles mehr an Hausausstattung gestapelt war. Rechts befand sich die Lebensmittelabteilung, ebenfalls ausgestattet mit – sie schätzte an die fünf Meter – hohen Regalen. Bis zu dem Bereich, zu dem ein Mensch, wenn er sich streckte noch heranreichen konnte, befand sich ein unübersichtliches, gigantisches Warenangebot. Weiter oben auf den Regalen ebenfalls überdimensionale, verpackte Einheiten zum Teil auf Holzpaletten gelagert, offensichtlich die eiserne Reserve. In rote Jacken gekleidete junge Leute waren hier und dort beschäftigt, um die Regale aufzufüllen. Interessanterweise sah sie keinen Gabelstapler und sie fragte sich, wie die riesigen Reservepakete von dort oben heruntergeholt würden. Da sie immer noch fröstelte, stellte sie diese Frage zurück und hielt auf die Lebensmittelabteilung zu. Dazu musste sie das Mittelstück passieren, in dem auf niedrigeren Stapel allerlei Kleidung, Schuhe, aber auch Bücher und dergleichen ausgestellt waren. Während die Regalflächen sehr ordentlich bestückt waren, sah es hier aus wie auf einem orientalischen Basar. Sie schmunzelte, als sie beobachtete, wie die Leute inmitten der Kartons Klamotten anprobierten und bei Nichtgefallen achtlos zur Seite warfen. *Es war ein orientalischer Basar!* Sie zirkelte den riesigen Wagen durch die Unordnung und holte zuerst eine

Auswahl an Getränken von verschiedenen Stapeln. Dann nahm sie Brot und verpackte Wurst- und Käsewaren, die aufgrund der Konservierungsstoffe wahrscheinlich nie verderben würden, und steckte Obst in Plastiktüten. Die Riesenpackungen, die es von beinahe jedem Produkt auch gab, vermied sie tunlichst. An der Kasse entdeckte sie ein Regal mit Mode- und sonstigen Magazinen. Das kam ihr gerade recht, da die Romane, die sie sich gekauft hatte, zwar interessant, aber vor dem Schlafengehen doch zu kompliziert zum Lesen waren. Sie stellte den Einkaufswagen an die Seite, um in Ruhe die Auslage betrachten zu können. Zwei Modezeitschriften hatte sie schon im Arm, dann wanderte ihr Blick über die Magazine, die sich um Stars und Sternchen drehten und sie überlegte, wen von den hübschen Gesichtern auf der Titelseite sie auch kannte. Sie zog eine weitere Illustrierte heraus und packte alles mit zu ihren Einkäufen. Da stutzte sie. Irgendetwas an der Auslage zog ihren Blick noch einmal dorthin. Sie wusste nicht, was es war, doch da gab es etwas, was ihrem Unterbewusstsein aufgefallen, aber in ihrem wachen, wenn auch leicht eingefrorenen Gehirn noch nicht angekommen war.
Markus! Sein Gesicht strahlte ihr von einer der Zeitschriften, die sie vorher nicht wirklich beachtet hatte, entgegen. Sein Lächeln, das ihr auch jetzt weiche Knie verursachte, der Ausdruck seiner leuchtenden Augen, eine besondere Art von Lebensfreude. Lena hatte die junge Frau, die neben ihr stand und ebenfalls die Magazine musterte, nicht gesehen. Im Überschwang ihrer Überraschung stieß sie sie regelrecht zur Seite, als sie nach der Zeitung grabschte.
„Oh, tut mir schrecklich leid!", entschuldigte sich Lena verwirrt und die andere, die bereits eine verärgerte Miene aufgesetzt hatte, entspannte sich wieder. Lena

ging an die Kasse, legte die Waren auf das Laufband und ärgerte sich über die endlose Menge an Plastiktüten, die die Kassiererin von einem raffiniert eingefädelten Karussell zog. Sie hätte beinahe jeden ihrer Einkäufe in eine eigene Tüte packen können. *Hatten die hier noch nie etwas von Umweltverschmutzung gehört?* Fast lenkte sie dieser Umstand ein wenig von ihrer gerade gewonnenen Erkenntnis ab: Markus musste ein bekannter Mann sein, wenn das Magazin mit seinem Gesicht warb. Die passende Schlagzeile zum Bild hatte sie bislang nicht gelesen.

Draußen verstaute sie zuerst die Einkäufe im Kofferraum, um sich dann auf eine der Bänke zu setzten, die in einem kleinen Grünstreifen aufgestellt waren.

Neugierig blätterte sie die angegebene Seite mit der Markus-Troyer-Story auf und fand mehr Bilder, die sie wie eine warme Flut trafen. Sie hatte sich in diesen gutaussehenden und netten Burschen verliebt und nun, in diesem Augenblick, musste sie es sich auch eingestehen. Eines der kleineren Bilder zog ihre Aufmerksamkeit auf sich. Die Szene einer Serie, die sie kannte. Jetzt endlich wusste sie auch, wo sie sein Gesicht schon mal gesehen hatte. Nicht im Traum hätte sie gedacht, dass er eine Berühmtheit sein könnte! Ein warmes Gefühl bemächtigte sich ihrer. Sie begann, den Artikel zu lesen. Auf die Serie war Bezug genommen und schließlich erfuhr der geneigte Leser, dass eben dieser Markus Troyer sich eine Auszeit genommen hätte und – einige der Worte verstand sie nicht – wohl abgetaucht wäre. Zumindest entnahm sie das dem Satzzusammenhang. Sein Geheimnis! Und die Komplikationen, von denen er immer wieder sprach.

Lena war so vertieft in die Geschichte, dass sie einen Nachsatz am Ende der Seite erst nach der Lektüre des

Artikels bemerkt hatte: *Wenn Sie gute Nerven haben, blättern Sie um!* – oder so ähnlich lautete der Satz. Da sie in ihrem Wissensdurst den Artikel nur überflogen hatte, traf sie die nächste Seite wie ein Schlag in den Magen. Lena riss die Augen auf! Sie war Polizistin und erlebte so allerlei in ihrem Alltag, aber dieses Bild und die beschreibende Bildunterschrift ließ ihr das Blut in den Adern gefrieren! Ihr wurde regelrecht übel! Jemand hatte in das Auto des Schauspielers Markus Troyer eine aus einer Leichenkühlanlage geklaute Leiche gesetzt und Unmengen von roter Farbe darin und darum herum verschmiert. Allein der Anblick war entsetzlich, doch noch schlimmer fand Lena, dass niemand wirklich wusste, was die Aktion sollte. Wohl wurde Markus gestalkt, wie sie erfuhr, als sie die ausführliche Bildunterschrift so genau wie möglich übersetzt hatte, aber eine derartig abstoßende Tat hatte niemand erwartet. Das Blatt mutmaßte, dass Markus Troyer daraufhin regelrecht geflüchtet sei. Das alles passierte erst vor kurzer Zeit und Lena konnte kaum fassen, dass er mit diesem Alptraum in sich an seinem Haus arbeiten und mit ihr durch die Gegend fahren konnte.

Sie legte das Magazin zur Seite und atmete erst einmal tief durch. Dagegen verblasste ihr Dilemma, ein wenig jedenfalls. Wenn es auch mit ähnlichen Dingen zusammenhing...

Später, nachdem sie einen Kaffee getrunken und weitere Magazine, in denen sie etwas über die Geschichte fand, gekauft hatte, war sie wieder auf dem Rückweg. Es war kurz nach Mittag und so öffnete sie die Brot- und Wurstpackungen und picknickte an einem Rastplatz. Es war wärmer geworden, doch mit dem vergangenen Vormittag hatte sich eine Kälte in ihr breitgemacht, die sie durch die Sonnenstrahlen zu vertreiben hoffte. Sie las alle Berichte über Markus Troyer durch, die sie in ihren Zeitschriften fand und setzte sich die Geschichte, die ihm widerfahren sein musste zusammen. Heute würde sie ihn danach fragen. Es war nichts, was man verschweigen konnte. Lena überlegte sich, was wohl passieren würde, wenn die Leute in Amischland erst davon erfuhren.

Kapitel 7

Ich hasse es, mit dem Einspänner hinüber ins Einkaufszentrum zu fahren. Bei Tag war es zu gefährlich, bei Nacht war es... nun, eben Nacht. Aber immerhin begegnete man um vier Uhr morgens wenig Autos auf der Straße. Unter meinen Nachbarn ist es umstritten, ob es besser wäre, tagsüber zu fahren, bei viel Verkehr, aber immerhin weithin sichtbar, oder nachts bei wenig Verkehr, aber auch weniger Sicht. Trotzdem, John und ich waren darin übereingekommen, die wenigen Male, die wir die beinahe zehn Meilen zum Center hinüberfuhren, frühmorgens zu erledigen. John war sehr vorsichtig und hängte Lampen an den Einspänner. Das letzte Stück der schmalen, hügeligen Straße führte hinaus aus unserer Gegend hinein in die englische Welt. Mit viel zu vielen Fahrzeugen und einer zu großen Geschwindigkeit. Wir sind um drei Uhr losgefahren und würden ohnehin erst am Vormittag zurückkommen. Aber immerhin wären wir das letzte Stück des Weges wieder in unserem Bezirk, wo die Autofahrer zumindest wissen, dass Pferdekutschen zum Straßenbild gehören.
John bog auf den riesigen Parkplatz des Supermarktes ein. Es gab dort eine Parkabteilung für Pferdekutschen und er steuerte darauf zu. Erstaunlicherweise gab es in diesem 24-Stunden-Supermarkt zu jeder Tages- und Nachtzeit Kunden. Nicht nur Amische. Der Markt verwirrte mich, obwohl ich grundsätzlich nicht schreckhaft war. Viel zu viel auf viel zu großem Raum. Und viel zu kalt. Egal ob es Tag oder Nacht war. Manchmal, in den heißen Sommermonaten, ertappe ich mich bei dem Gedanken an eine Air-Condition, vor allem, wenn es nachts zu heiß zum Schlafen ist. Aber wenn ich mich dann in diesem eiskalten Laden wiederfinde, bin ich doch froh, dass unser Herr Wärme werden lässt.
„Nun kumm, Fraa!" John wurde sehr leicht ungeduldig. Normalerweise störte mich seine Ungeduld zuweilen, in diesem Fall hatte er aber Recht. Wir sollten uns beeilen, um die

Nacht noch ausnutzen zu können. Im Markt kaufte ich nur Dinge, die in unseren Läden zu teuer oder gar nicht vorhanden waren. Angetan haben es mir allerdings die riesigen Vorratspackungen, die viel billiger waren, als viele kleine. Das war schon praktisch für unsere große Familie. Und die Kinder freuten sich zur Abwechslung einmal über Orangensaft, den wir selber mangels Orangen nicht herstellen konnten. John brauchte Schrauben und andere Sachen für seine Werkstatt, die es hier viel günstiger und in größeren Packungen zu kaufen gab, als in Johannes Bontragers Laden. Der hatte ohnehin nur eine geringe Auswahl dieser Kleinteile, weil er sehr genau wusste, dass seine Kunden diese bevorzugt hier besorgten. Ich war schon fertig, hatte mir während der letzten Tage eine genaue Liste gemacht, um nur ja nichts zu vergessen, während John noch im hinteren Teil des Ladens beschäftigt war. Müde betrachtete ich die Zeitschriften, die seitlich neben der Kasse aufgebaut waren. Manchmal war es recht lustig zu sehen, was für die Englischen wichtig war. Ich stellte mich in die Nähe der Kochmagazine, überflog aber auch die Titelseiten der Illustrierten. Da blickte mich Markus Troyer an! Ein eitles, selbstgefälliges Bild! Ich mochte ihn gerne, den Troyer-Bu, aber die Art, wie er nun lebte, konnte ich – ebenso wenig wie die Leute in unserem Bezirk – gutheißen. Nun, er war nicht auf meine Zustimmung angewiesen. Trotzdem holte ich das Magazin aus dem Ständer und blätterte darin herum, bis ich zu Markus' Geschichte kam.
Verstohlen sah ich mich nach John um, der immer noch nicht zu sehen war, und so überflog ich hastig den Artikel. Markus hatte Ärger! Kein Wunder, dass es ihn zurück in unsere kleine Welt getrieben hatte.
Während ich den Kopf wieder in Richtung der Werkzeugabteilung wendete, blätterte ich um. Das Bild traf mich wie ein Blitz aus heiterem Himmel! Es war gruselig! Man hatte Markus eine Leiche ins Auto gesetzt! Gottloses Pack! Ich achtete nicht länger auf John, sondern las die Bildunterschrift.

„Was treibst du da?" John entriss mir das Magazin und würde mir nun eine Lehre halten. „Das eitle Zeug bringt dich noch vor den Bischof!" Er bemühte sich trotz seines Ärgers, mit gedämpfter Stimme zu sprechen. Es ging die Weltlichen nichts an, was wir zu bereden hatten. Dafür war ich ihm durchaus dankbar. Obwohl mich Markus' Geschichte furchtbar aufwühlte, behielt ich sie für mich. John hatte das Titelbild nicht einmal angesehen, so dass er nichts davon ahnte. Ich beschloss, mir den Titel der Zeitschrift zu merken, ihm ansonsten aber nichts weiter zu erzählen.

Kapitel 8

Er war weg! Er hatte sich erlaubt, die Stadt zu verlassen. Davongelaufen wie ein Hase. Ein Sieg, sicherlich. Aber nun muss ich den Feind aufspüren. Amerika ist groß. Aber ich kann das. Wenn der Staat ihn nicht findet, dann werde ich ihn eben finden müssen.

Ruland Becker saß in einem Haus im Osten Jacksonvilles und brütete über den Zeitschriften, die er in verschiedenen Läden gekauft hatte. Die Polizei hatte ihm verboten, sich diesem Massenmörder zu nähern. Die Polizei hatte ein Auge auf ihn. Die Polizei jagte Unschuldige und ließ die Schuldigen laufen! So weit war es nun gekommen mit diesem wunderbaren Land! Ruland schnitt die Artikel akkurat aus, schob sie in eine Klarsichthülle und heftete sie in einen Aktenordner.

Er saß auf dem Boden, den er notdürftig saubergemacht hatte. Um ihn herum lagerten Bretter, anderes Baumaterial und eine Unmenge von Staub und Dreck. Seit der Aktion mit der Leiche konnte er sich in seinem Haus nicht mehr sehen lassen. Deshalb hatte er sich hier eingenistet, in diesem baufälligen Reihenhaus, das direkt an einer der belebten Zufahrtsstraßen am Rande einer Siedlung lag und von dem er wusste, dass es seit Jahren leer stand und immer mehr verfiel. Wenn er vorsichtig war, könnte er lange Zeit hierbleiben, er durfte nachts nur keine Kerzen oder die Taschenlampe anmachen und musste tagsüber einigermaßen leise sein. Angesichts des beständigen Verkehrslärmes war es keine große Aktion, so leise wie nötig zu sein. Er hatte sich als Zuflucht den Raum ausgesucht, der zur Straße hin lag, so hatte er einen Lärmpuffer hin zur ruhigeren Siedlungsseite. Mitgebracht hatte er nur einen Rucksack mit den nötigsten Utensilien und eine Reisetasche, in die er einige Kleidungsstücke und eine Decke gepackt hatte. Er würde noch ein paar Sachen brauchen. Entweder stahl er sie in einer anderen Gegend, um nicht die Spur zu nahe an sein jetziges Domizil zu legen, oder er versuchte, sie von zu Hause zu holen. Dazu musste er aber auf der Lauer liegen. Er befürchtete zurecht, dass die Polizei sein Haus überwachte. Ruland entschied sich fürs Stehlen. Der Erfolg heiligte die Mittel. Seine Mitbürger würden froh sein und ihm auf die Schulter klopfen, wenn er dem Massenmörder endlich auf die Spur gekommen wäre. Dann gab es keine Spielchen mehr, so wie mit der Leiche. Die hatte er fein ausgesucht! Und mit dem Lieferwagen in die Tiefgarage und wieder raus zu kommen, war ein Kinderspiel.

Die Artikel in den Zeitschriften gaben nicht viel Auskunft darüber, wo der Feind aller freien Menschen sich befand, also musste er raffinierter vorgehen. Ruland war schlau! Er hatte Markus Troyer lange beobachtet, bevor er zum ersten Mal zugeschlagen hatte. Er wusste, wer in dessen Mietshaus ein- und ausging. Mit einem Trick war es ihm gelungen, einige Male in die Tiefgarage zu kommen, ohne gesehen zu werden. Es war ganz einfach. Er betrat das Hochhaus durch den Haupteingang und zwar immer nach einem bestimmten Mieter. Für den Portier sah es so aus, als würde er zu dem Mann gehören. Dann betrat er mit ihm den Fahrstuhl, wartete, bis der auf seinem Stockwerk ausgestiegen war und fuhr seelenruhig hinunter in die Tiefgarage. Dort wartete er einfach ab, bis Troyer auf seinem Parkplatz parkte, belauschte einige Gespräche, die der mit einem Bekannten führte, und verschwand auf dem gleichen Weg, wie er gekommen war. Manchmal fuhr er sogar mit dem Fahrstuhl zusammen mit Troyer hinauf in den 10. Stock, zu dessen Wohnung. All das ging nur so lan-

ge, wie er nicht aufgeflogen war und keiner sein Gesicht kannte. Als er begann, Scherze mit dem Feind zu treiben, konnte man ihn ganz schnell ausfindig machen. Er war eben nicht vorsichtig genug gewesen. Man glaubte ihm nicht, dass er einen Grund hatte, weshalb er Troyer auf den Fersen war und verbot ihm, sich diesem Massenmörder zu nähern. Ruhland erkannte recht schnell, dass ihn seine Geschichte eher ins Irrenhaus bringen würde, als dass jemand die Wahrheit – seine Wahrheit! - erkannte, dass er offenbar als Einziger wusste, wer sich wirklich hinter diesem Saubermann Troyer verbarg. Aber hatten es nicht alle gesehen? Warum nur waren sie so verbohrt? Ruhland konnte es nicht fassen, aber er würde ihnen die Beweise schon liefern!
Ruland Becker hatte sein ganzes Geld abgehoben. Schon vor langer Zeit. Es war genug für ein paar Monate. Er hatte sparsam gelebt und wusste, dass er irgendwann einmal als einsamer Kämpfer dastehen würde. Warum sah nur keiner, was er sah? Es war zum Verzweifeln, dass unbescholtene Bürger bestraft wurden und die Mörder frei herumliefen.
Dafür würde er in Kauf nehmen, sein ganzes Geld einzusetzen, einige Zeit von Sandwiches hier in diesem Dreckloch zu leben. Die Nation würde ihn als Helden feiern, wenn er seine Mission erfolgreich beendet haben würde.

******

Lena hatte auf dem Weg Zeit, sich zu überlegen, wie sie Markus fragen sollte. Er wollte offensichtlich nicht darüber reden, was sie auch verstand. Sollte er vor einer Wildfremden diese abartige Geschichte ausbreiten? Andererseits wäre sie in Erklärungsnot, wenn sie auf subtilere Weise als auf die direkte Art versuchte, ihn zum Reden zu bewegen und er herausfand, dass sie es längst wusste. Als sie auf die staubige Zufahrt zu seinem Anwesen einbog, war sie entschlossen, die Karten auf den Tisch zu legen.

Er werkelte neben dem Haus, dort wo er den Wasserzulauf zur Küche vermutete. Sie ging hinüber und bemerkte, dass er bereits ein tiefes Loch neben der Hauswand gegraben hatte. Markus hatte sie nicht ankommen hören und zuckte zusammen, als sie plötzlich neben ihm stand.

„Was machst du da?", fragte sie unverfänglich und konnte nicht umhin, seinen muskulösen Oberkörper zu bewundern.

„Nach Wasser graben", gab er mit heiterer Mine zurück, bevor er aus dem Loch kletterte und sich schmutzstarrend neben sie stellte. „Offenbar sind die Leitungen geplatzt, vielleicht durch Einfrieren, vielleicht, weil sie einfach alt und baufällig waren. Ich muss jetzt erst einmal feststellen, wo lang sie führen, bevor ich etwas auswechseln kann."

„Und einfach an die öffentliche Wasserversorgung anschließen?" Sie bemühte sich, ebenso heiter zu klingen.

„Habe ich natürlich als erstes dran gedacht. Aber es wäre ein Riesenaufwand, bis hierher eine Wasserleitung zu legen. Sieh mal...", er deutete an der Scheune vorbei hinüber zur Hauptstraße, „... das Steinhaus mit der weißen Holzverschalung im oberen Bereich. Bis dorthin geht die Wasserleitung. Ich habe mich erkundigt. Da benutze ich doch lieber den alten Brunnen. Es hat immer funktioniert. Ich werde das Leck schon finden. So ein wenig körperliche Arbeit schadet nicht. Ist mal was anderes, Muskeln auf diese Weise zu trainieren, als immer nur im Fitnessstudio." Er nickte hinüber zur Was-

serstelle am Stall. „Ich geh mich mal kurz waschen. Vielleicht möchtest du den Lunch dort oben auf der Veranda hinstellen? Es ist so schön heute, da wäre es doch prima, draußen zu essen?" Es klang wie eine Frage und sie nickte.
„Na klar. Wird gleich serviert."
Wenig später saßen sie auf der alten Holzbank, die sich dort seit Urzeiten befand, vor sich einen kleinen Holztisch, den Markus am Morgen dorthin gestellt hatte. Man sah auch diesem Möbel seine Jahre an, aber es war sauber geschrubbt und – wie Lena mit einem Blick auf die Tischbeine bemerkte – auch renoviert worden. Ein neues Tischbein hob sich deutlich von den anderen ab.
Sie aßen Eintopf, Hackfleischstrudel und als Nachspeise einen köstlichen Kirschstreuselkuchen.
Es war kaum möglich, sich auf der nicht allzu breiten Bank nicht in die Quere zu kommen und Lena ertappte sich dabei, wie sie seine Wärme und die zufälligen Berührungen genoss. Markus seinerseits hätte auf seiner Seite der Bank durchaus noch ein wenig von ihr wegrücken können, aber auch er fühlte sich sehr wohl mit etwas weniger Platz.
Sie aßen und plauderten über das alte Haus und den Stall und darüber, wie die Amisch eine Scheune bauten. Lena war fasziniert von seiner lebhaften Schilderung des *barnraising*, der Art, wie die riesigen Scheunen innerhalb eines Tages in die Höhe gezogen wurden. Alle Nachbarn halfen zusammen. Es war ein Fest, zu dem es gutes Essen gab und viele zufriedene Gesichter, wenn man am Abend der getanen Arbeit gegenüberstand. Zu so einem Scheunenbauen konnten bis zu zweihundert Leute zusammenkommen.
Lena lachte: „Es muss doch unglaublich viele Namensgleichheiten hier geben. Wie haltet ihr euch da ausei-

nander, wenn ihr euch auf die Schnelle mal was zurufen müsst?"

„Da hast du ein großes Problem in einer Amisch-Gemeinschaft erkannt. Aber für alles gibt es eine Lösung. Zum einen gibt es Spitznamen. Also zum Beispiel Melonen-Joe, für den Mann, der Melonen anbaut. Oder auch den *gees*-Jakob. Der wohnt dort oben, hinter dem Hügel. *Gees* sind die Geißen und der gute Jakob wurde einmal von einer in den Weiher geboxt. Seither heißt er so. Da kann er gar nichts machen. Gibt's keine Spitznamen, dann behilft man sich mit den Namen der Vorväter. Also Rubens Markus. Der bin ich. Zumindest war ich der. Jetzt nennen mich viele den *Troyer-Bu*, also den Troyer-Buben. Es ist eher abwertend gemeint. Mein ältester Bruder heißt übrigens auch Ruben. Weils so viele Ruben hier gibt, übrigens auch Troyers, war der arme Kerl der Abrahams Rubens Ruben. Abraham war mein Großvater."

„Oh, Mann!", stöhnte Lena gespielt. „Troyer-Bu gefällt mir aber ganz gut. Besser als *gees*-Jakob."

„Ja, da sagst du was!" Er war gelöst und heiter und Lena beschloss, ihn heute nicht mehr nach dem schrecklichen Vorfall zu fragen.

Sie saßen seit einer guten Stunde bei ihrem späten Lunch und keiner konnte sich dazu überwinden, die aus vielerlei Gründen gemütliche Bank zu verlassen.

Einige Zeit beobachteten sie schweigend einen Fischreiher, der in den kleinen Weiher stieß, um sein Abendessen zu erhaschen. Lena hatte viele Weiher gesehen und auch viele Wasservögel. Aber dieser Reiher und dieser Weiher waren magisch! Die Abendsonne schickte ihre letzten Strahlen über den Hügel und tauchte einen Teil der grünen Wiesen in den Schatten, während ein anderer Teil golden im Abendschein glänzte. Der Weiher dümpelte träge in der Sonne, ganz im Gegensatz zum Vogel, der aggressiv über dem Wasser kreiste.

Markus legte den Arm um sie. Wie zufällig. Er zog sie an seine Schulter und sie ließ ihren Kopf darauf ruhen, während beide nach wie vor in dieselbe Richtung schauten. Ihr Körper schmiegte sich an den seinen. Sein Kopf neigte sich zu ihrem. Es passte. Es war perfekt!

„Wenn es in meinem Leben nicht das eine große Problem gäbe, würde ich dich auf der Stelle küssen", sagte er schließlich unvermittelt. So als würde zu diesem Zeitpunkt kein anderer Satz Sinn machen.

Sie löste sich von seiner Schulter, aber nur, um sich herumzudrehen und ihm in die Augen zu schauen. „Es ist egal, welches große Problem du in deinem Leben hast, ich würde jetzt gerne von dir geküsst werden. Einfach, weil wir jetzt hier sitzen und der Reiher den Fisch verspeist hat." Der Kuss war lang und liebevoll. Sie fühlte Schmetterlinge im Bauch, wie sie es lange nicht mehr gefühlt hatte. Eine tiefe, angenehme Wärme, ein Glücksgefühl, als könnte sie die ganze Welt umarmen. Als sie sich lösten, sah sie an seinen Augen, dass er ähnlich empfand. Und sie sah eine Spur von Traurigkeit darin.

„Ich hätte das nicht tun dürfen."

Aus irgendeinem Grund hatte sie genau diese Bemerkung erwartet. Er wollte sie nicht hineinziehen in sein großes Unglück. Das war ihr klar.

„Ich bin nicht aus Zucker. Ich halte das aus, was du aushalten musst", sagte sie mit fester Stimme.

Er beobachtete sie. Ihr Gesicht, so, als könne er in ihre Seele schauen. „Das nicht, Lena, nicht das, glaube mir."

Es tat ihr zutiefst weh, ihn jetzt verärgern zu müssen, aber es war der Zeitpunkt, an dem sie zugeben musste, dass sie mehr wusste, als er bereit war, ihr zu erzählen.

„Ich weiß, was dir widerfahren ist. Zumindest teilweise." Es war nicht der richtige Moment, um lange drumherum zu reden. „Ich habe heute in Coatesville an einem Zeitschriftenstand eine Illustrierte gefunden, mit deinem Gesicht drauf. Die ganze Zeit schon dachte ich, dass ich dich irgendwoher kenne. Jetzt weiß ich es. Und in der Illustrierten war ein ausführlicher Bericht über die Vorfälle in Jacksonville. Und dann habe ich gesucht und auch in anderen Zeitungen einiges gefunden. Es ist schrecklich und ich dachte die ganze Zeit schon darüber nach, wie ich es dir sagen sollte, was ich herausgefunden hatte." Hilflos brach sie ab. Seine Miene wechselte von überrascht, über einen Anflug von Traurigkeit, bis hin zur Verschlossenheit. Er erwiderte nichts, zog sich von ihr zurück und stand abrupt auf. „Es ist besser du gehst jetzt."
Lena stand ebenfalls auf, hastig. Sie stieß dabei die Getränke um, die auf dem kleinen Tischchen standen. Sie fasste ihn an beiden Armen. „Rede mit mir, Markus! Ich weiß es doch nun schon mal. Ich habe nicht danach gesucht. Es ist mir zugefallen. Ich kann nichts dafür." Fast flehte sie ihn an, sie jetzt nicht wegzuschicken.
„Ich möchte, dass du gehst, Lena! Ich kann jetzt nicht darüber sprechen. Du hättest es nie entdecken dürfen." Seine Stimme klang resignierend.
„Aber ich habe es nun mal entdeckt und ich bin sicher, dass es auch andere entdecken werden. Du musst offen damit umgehen."
„Die Amisch lesen keine Zeitschriften, außer ihren amischen Blättern." Es war ein schwaches Argument und das wusste er. „Bitte, Lena, geh!", fast flehte er sie an und sie folgte seiner Bitte, wenn auch äußerst widerwillig.

„Gut, ich gehe und ich werde auch nicht wieder nachfragen. Aber bitte melde dich heute Abend bei mir, wenn du ins Hotel zurückkommst. Das musst du mir versprechen. Ich mache mir Sorgen."
„Du brauchst dir keine Sorgen zu machen, aber gut, ich werde drei Mal klopfen. Aber bitte öffne nicht. Nicht heute."

Es klopfte, nicht drei Mal und auch recht früh, kaum, dass Lena zutiefst nachdenklich ins Hotel zurückgekehrt war. Sie hatte keine Lust mehr, noch etwas zu unternehmen, auch wenn sie nicht genau wusste, wie sie den ganzen langen Abend noch herumkriegen sollte. Nun wartete sie ab. Sie sollte nicht öffnen, das war sein Wunsch, und konnte es kaum aushalten, nicht zur Tür zu stürmen. Nach einer kurzen Pause klopfte es erneut.
Markus wollte offensichtlich doch reden!
Als Lena öffnete, riss sie vor Erstaunen die Augen auf.
„Mettie! Guten Tag!"
Die Frau in ihrem schlichten dunkelgrünen Kleid und ihrer Ausgehhaube senkte zurückhaltend den Kopf. Die Kleidung machte es schwer, ihr Alter zu schätzen, aber Lena vermutete, dass Mettie vielleicht zehn Jahre älter als sie selber war, auf keinen Fall über vierzig.
„An der Rezeption sagte man mir, dass Sie gerade angekommen und auf Ihrem Zimmer sind. Aber wenn ich störe ..."
Lena beeilte sich, sie in einer einladenden Geste hereinzubitten. „Nein, nein! Es ist wunderbar, dass Sie mich besuchen kommen! Ich hoffe, Samuel Graber hat es sich nicht wieder anders überlegt?"
Mettie stand unschlüssig im Zimmer. Lena stellte ihr den Stuhl hin, so dass sie sich gut unterhalten konnten, wenn sie selber auf dem Bett Platz nahm. Mettie den

eigentlich bequemeren Platz auf dem Bett anzubieten, wagte sie nicht.

„Oh, es geht nicht um Samuel. Ich wollte Sie um einen Gefallen bitten." Sie holte einen Zettel aus ihrer verdeckt eingenähten Rocktasche.

Lena war hocherfreut darüber, dass ihre Beziehung nun nicht mehr einseitig verlief. „Gerne! Was immer Sie möchten."

„John und ich waren heute Nacht im Einkaufszentrum. Es hat rund um die Uhr geöffnet und wir fahren mit dem Einspänner gerne, wenn nicht so viel Verkehr ist", erklärte sie umständlich. „Hier in unserer Gegend ist es nicht so schlimm, aber je weiter weg wir von unserem Bezirk kommen, umso gefährlicher werden die Straßen."

Lena nickte, bemüht ihre Ungeduld zu zügeln, und erwartete, dass sie Mettie noch einmal hinfahren sollte, um etwas zu besorgen, was John nicht unbedingt sehen sollte. Inzwischen hatte sie die patriarchalische Lebensweise verstanden, in der man hier lebte.

„Ich habe eine Zeitschrift gesehen und es ist wichtig für mich, dass ich etwas davon erfahre, was drin steht. Sehen Sie, für uns sind derartige Zeitschriften eitles Zeug. Es gehört zu der Welt da draußen, nicht zu unserer Welt. Ich hintergehe also meinen Mann, wenn ich mir die Zeitschrift besorge. Aber ich habe auch keine Möglichkeit, jemand anderen zu fragen. Wir kennen uns alle zu gut. Und da dachte ich an Sie ..."

Lena hatte ihren weitschweifigen Erklärungen mit wachsender Sorge zugehört. Sie befürchtete, dass es sich um eine ganz bestimmte Zeitschrift handeln könnte. Da die Amisch nicht gezielt Magazine durchblätterten, muss Mettie ein Titelbild aufgefallen sein, genauso wie ihr selber heute Morgen!

In ihrem Kopf rotierte es. Was sollte sie tun? Sollte sie Mettie guten Willen vortäuschen und dann mit der Nachricht kommen, die Zeitschrift ist ausverkauft?
Oder sollte sie sich den Weg ersparen und Mettie die Zeitung gleich zeigen? Sie entschloss sich, den direkten Weg zu gehen, immer vorausgesetzt, sie hatte Recht mit ihrer Vermutung.
Mettie reichte ihr den Zettel und Lena las den Titel. Natürlich hatte sie Recht.
„Ich brauche nicht zu fahren, um Ihnen diese Zeitschrift zu besorgen, Mettie. Ich habe sie hier. Auch ich habe sie heute Morgen in einem Supermarkt entdeckt."
Lena stand auf und zog die Zeitschriften, die sie am Morgen gekauft hatte, aus der Schublade ihres Nachttischkästchens. Sie wollte nicht, dass sie dem Zimmermädchen auffielen. Aber so wie Mettie die Zeitung entdeckt hatte, würden auch andere Mitglieder der Gemeinde Markus' Geheimnis auf die Spur kommen.
Mettie nahm den Stapel und suchte mit unsicherem Griff nach Markus Titelbild. Bevor sie das Heft aufschlug, sah sie Lena in die Augen. „Kennen Sie die Geschichte?"
„Ich habe sie gelesen. Auch in den anderen Illustrierten. Dort stehen auch Berichte drin."
„Ich habe den Artikel rasch durchgelesen, als ich auf John gewartet habe, aber ich konnte ihn nicht zu Ende lesen. Markus scheint Schwierigkeiten zu haben, nicht wahr?", fragte Mettie mit Besorgnis in der Stimme.
„Es sieht nach großen Schwierigkeiten aus. Gefährliche Schwierigkeiten, wenn Sie mich fragen", gab Lena offen zurück.
„Wie können Menschen so etwas tun?" Mettie schien von der *Weltlichen* eine Antwort zu erwarten, die Lena nicht geben konnte.

„Es gibt überall Verrückte. Und dieser Stalker scheint einer zu sein. Leider hat man das zu spät erkannt", sagte sie deshalb.

„Ist Markus deshalb hierhergekommen? Ist er davongelaufen?"

„Ich denke, dass er den Abstand brauchte, und er brauchte eine sichere Umgebung. Ich hatte Markus heute danach gefragt, aber er wollte mir nichts erzählen. Wie es aussieht will er niemandem etwas erzählen." Lena zuckte mit den Schultern.

„Falls irgendwer aus der Gemeinschaft entdeckt hat, was ich entdeckt habe, wird er oder sie sich hüten, es laut zu sagen. Solche weltlichen Magazine hat der Bischof verboten. Von daher kann es zwar sein, dass jemand Bescheid weiß, aber entgegen der üblichen Gepflogenheiten wird sich die Geschichte kaum verbreiten." Über Metties Gesicht zog sich der Hauch eines Grinsens, doch sie wurde rasch wieder ernst. „Sehen Sie, Lena, als Markus weggegangen ist, war das noch keine große Sache. Immer wieder gehen junge Leute in die Welt hinaus, weil sie mit unserer Art zu leben nicht klarkommen. Meistens wird über sie geschwiegen, vielleicht aus Angst davor, dass jemand eher geneigt ist, ihrem Beispiel zu folgen, wenn sie es schaffen, da draußen zu bestehen. Markus Erfolg sprach sich dennoch herum. In erster Linie unter den jungen Leuten, die in den Jahren ihrer *Rumschpringa*-Zeit sind, also die Jahre der Orientierung, in denen sie auch eigene Wege suchen dürfen, ins Kino gehen oder sich eben solche Zeitschriften kaufen. Für die Eltern war das natürlich *arig...*", sie bemerkte, dass sie ein Wort ihrer eigenen Sprache verwendet hatte und verbesserte sich eilig: „... also schlecht. Sein schlechtes Beispiel sollte keine Schule machen unter unseren Jugendlichen."

Lena nickte. „Kann ich verstehen. Aber warum gehen die Jugendlichen weg von hier? Ich meine, verbietet das die Gemeinschaft nicht?"

Mettie lachte. „Oh, Lena, wir sind doch kein Gefängnis oder eine Sekte. Jeder kann gehen, wann und wohin er will. Aber wenn er sich taufen lässt und das ist bei uns meistens nach den Jahren des *Rumschpringa* der Fall, dann weiß derjenige, dass er mit dem Bann belegt wird, wenn er uns danach verlässt. Jeder überlegt es sich gut, ob er das möchte. Denn dann steht er ganz allein in der Welt. Markus wurde nicht getauft, deshalb ist er auch nicht gebannt. Aber vorsichtig sind die Leute ihm gegenüber schon. Eben aus den Gründen, die ich vorher nannte."

„Ich kann nicht sagen, dass ich alles begreife, was ich sehe und höre. Aber ich denke, dass das Leben hier in vielerlei Hinsicht ein erstrebenswertes Leben ist. Sie haben viele Probleme nicht", sinnierte Lena ein wenig abwesend.

„Einverstanden! Aber auch wir haben Probleme ..." Sie holte Luft, um noch etwas zu sagen, unterließ es dann aber. Genaugenommen hatte sie diese Weltliche schon viel zu viel in ihre Gemeinschaft mit hineingezogen. Es entstand eine Pause, in der Mettie die anderen Zeitungen durchblätterte und einige der Artikel überflog, die über Markus berichteten.

„Es ist wirklich berühmt, unser Markus Troyer. Das ist es, was die Weltlichen suchen: Ansehen und Geld." Sie hob den Kopf und schaute Lena an. „Ist es das?"

Lena zuckte mit den Schultern. „Manche schon, ja. Aber die meisten nicht. Die meisten leben gar nicht so unterschiedlich wie Sie hier. Sie gehen ihrer Arbeit nach, sorgen sich um ihre Lieben und hoffen, gesund zu bleiben."

„Und Gott? Welchen Platz hat Gott in diesem Leben?", erkundigte sich Mettie mit sanfter Stimme.

„Ich weiß nicht. Bei manchen hat er Platz, bei manchen nicht." Lena zuckte bedauernd die Schultern.

Mettie stand auf. „Danke, Lena, dass Sie mir weitergeholfen haben. Aber ich sollte jetzt gehen. Ich hoffe, John ist noch nicht vom Feld zurück. Dann muss ich ihm keine Lügen erzählen."

„Nehmen sie die Zeitung mit, Mettie", bot Lena an, während sie vom Bett rutschte und sie Mettie hinhielt.

„Oh nein. Ich müsste sie verstecken und lügen. Das muss nicht sein. Ich weiß jetzt, was ich wissen muss. Ich denke, man sollte darüber informiert sein, wenn einer von uns einer Gefahr ausgesetzt ist", deutete sie vage an und Lena wunderte sich darüber, dass sie Markus nach all dem Vorgesagten als einen der ihren bezeichnete.

Mettie schlüpfte hinaus und wenig später sah Lena, wie sie im Einspänner an ihrem Hotelfenster vorbeifuhr.

Wie konnte ich nur so tief in diese Gesellschaft hineingeraten? Lena sprach ihre Gedanken laut aus und als ihr das Selbstgespräch bewusst wurde, schüttelte sie den Kopf, als mahnte sie sich selbst zur Ordnung. Aber war es nicht das, was sie wollte? – Genau das wusste sie nun ganz und gar nicht mehr.

Kapitel 9

Lena sah Markus zurückkommen. Er klopfte wunschgemäß und sie unterließ es, die Tür zu öffnen, auch wenn es sie wahnsinnig machte, ihn in diesem Zustand, in dem er sich befinden musste, allein zu lassen. Dazu war ihre Bekanntschaft, wie Lena ihr Verhältnis zueinander noch immer nannte, zu weit gediehen.
Umso mehr überraschte es sie, dass er am nächsten Morgen ihre Verabredung einhielt und sie noch einmal zu Samuel und Miriam hinausfuhr.
„Bitte versteh mich", begann er, nachdem sie eine Weile schweigend im Auto gesessen waren. „Aber die Sache ist so …. unangenehm, dass ich es vermeide, darüber zu reden."
Lena hatte sich die ganze Nacht im Bett gewälzt und sich viele Male gefragt, ob sie ihm von ihrem Gespräch mit Mettie erzählen sollte. Eigentlich wollte sie keine Geheimnisse vor ihm haben und irgendwann würde sie sich der Frage gegenübersehen, warum sie ihm nichts davon erzählt hätte, aber dann unterließ sie es doch. Es ging ihr dabei mehr um Mettie, die sie schützen wollte, als darum, ihm mitzuteilen, dass seine Geheimhaltung wohl nicht funktionieren würde.
„Ich kann dich gut verstehen. Aber ich befürchte, dass diese Geschichte zwischen uns stehen könnte. Du machst den Eindruck, als würdest du als Einzelkämpfer durchs Leben gehen und niemanden an dich heranlassen."
„Ich hatte das so nicht geplant, glaube mir", antwortete er vage.
Lena sah ihn an. Seine Haltung verriet, dass er ungemein angespannt war. Die Geschichte hatte ihn eingeholt. „Ich hatte das auch nicht so geplant, Markus. Ich

dachte, ich würde ein paar Wochen hier verbringen, vielleicht Kontakt zu irgendwelchen Verwandten herstellen und dann wieder nach Hause fahren. Ich kann es selbst nicht fassen, wie naiv ich an die Sache herangegangen war. Vor allen Dingen war es nicht geplant, dass ich … nun … einen so guten Freund finden würde", bekannte sie.

„Ja, ich habe wirklich Zuneigung zu dir gewonnen", gab er ein wenig umständlich zu. Von Liebe wagte keiner der beiden zu sprechen. „Wenn du mich genauer kennen würdest, dann wüsstest du, dass ich ganz und gar nicht so leicht jemanden an mich heranlasse. Du hast es geschafft, praktisch von jetzt auf gleich." Das Pferd des Buggys vor ihm hatte einen äußerst gemächlichen Gang eingelegt. Markus machte keine Anstalten zu überholen. Er sah Lena an und aus seinem Gesicht sprach Zuneigung und Wärme – und Anspannung. Lena spürte seine Zerrissenheit beinahe körperlich.

„Markus, ich möchte reden. Könnten wir nicht irgendwo anhalten?", beharrte Lena.

Er gab nach. Sie waren auf einer schmalen, schlecht befestigten Straße unterwegs, auf der bestenfalls zwei Buggys aneinander vorbeifahren konnten, zwei Autos aber Mühe hatten, einander zu passieren. Nach einem kurzen Augenblick hielt er an einer Einfahrt an, die in weiter Ferne zu einem Gehöft führte. Ein einsamer Baum stand an der schmalen Kreuzung und warf seinen Schatten in das Fahrzeug.

„Nun?" Er wandte sich ihr zu in dem Wissen, dass sie eine Erklärung fordern würde.

„Ich möchte verstehen, was du mitmachst. Ich möchte deine Sorgen teilen. Auch wenn wir uns erst ein paar Tage kennen ist es, als würde ich dich in- und auswendig kennen. Dieses Gefühl, das ich für dich empfinde …

es ist etwas Besonderes." Lena wunderte sich darüber, dass sie so viel von ihren Gefühlen preisgab, ohne sicher zu sein, dass er sie erwidern konnte.

„Ich hatte eine schlimme Nacht heute Nacht", begann er, ohne sie anzusehen. „Sie war schlimm, weil zum einen die Geister der Vergangenheit, die eigentlich noch gar keine Vergangenheit ist, aufgetaucht sind. Sie war aber auch schlimm, weil ich daran denken musste, dass ich es nun nicht mehr nur mit mir allein ausmachen musste. Da ist plötzlich noch jemand, den ich sehr …," er suchte nach dem passenden Wort, „…schätze," vollendete er den Satz schließlich. „Ich weiß nicht, wie es dazu gekommen ist, weil ich mich noch nie leicht damit getan habe, rasch Zutrauen zu anderen Menschen zu fassen. In meiner amischen Welt fühlte ich mich unter anderem deshalb fehl am Platze, weil man von mir erwartete, mich früh zu binden. Aber da war niemand, für den ich mehr als Freundschaft oder zumindest die Zuneigung, die für eine Bindung nötig ist, empfinden konnte." Markus zuckte mit den Schultern und Lena schwieg. Sie fühlte, dass er sich nun öffnen würde und wollte ihn nicht drängen. Er atmete tief durch und sprach weiter: „Ich war fast fünfzehn Jahre in der Welt da draußen. In der ganzen Zeit habe ich niemanden gefunden, mit dem ich wirklich mein Leben verbringen wollte. Ich habe ein paar sehr gute Freunde, aber eben nur Freunde. Durch meine Erziehung bin ich viel zu unterschiedlich zu den meisten anderen. Viel lebenspraktischer, nicht so theoretisch wie viele andere. Andererseits verstehe ich vieles von dem nicht, was für die Leute so immens wichtig ist. Immer noch nicht, trotz der langen Zeit." Er machte wieder eine Pause und sah sie schließlich an. So, wie er sich noch nie getraut hatte sie anzusehen. Innig und voller Wärme. „Und dann

kamst du. Ein wenig überspannt, mit einer seltsamen Geschichte – und wunderschön. Ich hatte nie gedacht, mich innerhalb von drei Tagen auf jemanden so einlassen zu können, aber es ist passiert."
Er strich über ihre offenen Haare und zog ihren Kopf zu sich heran, bis ihre Lippen die seinen berührten. Als sie sich nach einiger Zeit voneinander lösten, brachte er sie mit seiner pragmatischen Art wieder in die Wirklichkeit zurück. „Wie wäre es, wenn wir nun den Besuch hinter uns bringen würden, anschließend etwas zu Essen holen und dann in meinem Haus reden würden? Über alles. Versprochen!"
Lena nickte: „Gut, einverstanden." Trotz der prekären Situation musste sie unvermittelt lachen. „Wenn das so weitergeht, wiege ich in vier Wochen hundert Kilo. Immer wenn wir reden, essen wir."
Er erwiderte ihr Lachen und sah wie immer umwerfend dabei aus. „Da hast du nicht Unrecht. Aber was gibt es Schöneres, als zu essen? Sag mal, kannst du kochen?"
Lena beobachtete ihn von der Seite. Sein Blick war auf die Straße gerichtet, die ein kurzes Stück noch enger als ohnehin schon wurde und von hohem Gestrüpp links und rechts gesäumt war. Man konnte nicht wirklich erkennen, ob dieser Bereich befestigt war oder in einen Graben mündete.
„Du isst gerne gut, nicht wahr?", fragte sie statt einer Antwort.
„Wer tut das nicht?"
„Dafür bist du aber mächtig gut bei Figur", neckte sie ihn.
„Das muss man sein in meinem Job. Die Kamera macht einen fünf Kilo dicker. Die muss ich eben weniger wiegen." Er grinste, wurde aber rasch wieder ernst. „Ich bin

nicht von hier weggegangen, um Schauspieler zu werden, falls du das annimmst."

„Hatte ich bisher noch nicht überlegt. Weshalb bist du dann weggegangen?"

„Zuerst einmal, weil ich die Ansichten der Amisch nicht komplett teilte. Natürlich wusste ich, dass die Vorschriften von Bezirk zu Bezirk sehr unterschiedlich sind, aber gerade das war es, was mich so irritiert hat. Weißt du, ich glaube an Gott. Und daran, was die Bibel sagt, sofern ich es verstehe. Von daher war ich immer dankbar dafür, dass die Prediger für uns das Wort Gottes klar gemacht haben. Aber als ich älter wurde, habe ich begonnen, selber nachzudenken. Wieso waren die Vorschriften, die sich aus der Bibel ergaben, von Bezirk zu Bezirk unterschiedlich? Warum sollte ein Amisch in dem einen Bezirk kein Fahrrad fahren dürfen, im anderen aber schon? Wieso war es so wichtig für die Prediger, dass wir uns von der Welt da draußen so abgrenzten? Warum müssen die Amisch den Weltlichen verzeihen, die ihnen etwas angetan haben, die eigenen Leute verbannt man, wenn sie einen Fehler gemacht haben, wobei dieser Fehler im einen Bezirk als geringer erachtet wird als im anderen?" Markus hatte sich in Eifer geredet und Lena hörte stumm zu. Nun schien es, als würde er auf eine Entgegnung von ihr warten. Sie dachte aber über etwas Anderes nach.

„Was hast du denn gemacht, nachdem du weggegangen bist?"

„Ich habe als Schreiner gearbeitet. Bei einem Filmausstatter in der Nähe von Charleston. Dort auf den alten Plantagen werden oft Filme gedreht, worunter ich mir aber nichts vorstellen konnte. Mein Chef schätzte meine Arbeit, weil ich Sachen konnte, die kaum mehr einer beherrschte. Da war es gut, dass ich mir bei Johannes

Bontrager einige alte Kunstfertigkeiten abgeschaut hatte. Jedenfalls musste ich eines Tages ein spezielles Möbelstück restaurieren, das bei der Filmerei kaputt gegangen war. Ich hab das Ding also repariert, während die dort weitergedreht hatten, es war eine Intarsienarbeit, die man auf sehr eigene Art und Weise behandeln musste. Ich konnte ein wenig bei den Dreharbeiten zusehen. Es gefiel mir. Schließlich mussten wir bei einigen Szenen anwesend sein, falls schnell jemand für die Kulissen gebraucht wurde. Da sollte ein Mann einen Deutschen spielen, aber er kam mit seinem Text nicht klar. Er hatte zwar behauptet, er könne Deutsch, den Text dann aber wörtlich vom Blatt gelernt und genauso hörte es sich auch an. Man konnte kein Wort von dem, was er sagte, verstehen. Dann noch der grausige Akzent. Ich vergaß, wo ich war und musste lachen. Der Regisseur war zuerst sauer, aber dann hat er gefragt, warum ich lachte. Ich habe ihm gesagt, dass das, was der Typ da von sich gab, alles Mögliche war, aber sicher nicht Deutsch. Zuerst haben wir versucht, ihm das beizubringen, dann kam der Regisseur auf die glorreiche Idee, ich sollte das einfach mal spielen. Das war die Entdeckung eines neuen Sternes am Schauspielerhimmel." Er grinste wieder und sah sie mit leuchtenden Augen an.

„Du schauspielerst gerne, stimmt doch?" Lena hatte gesehen, wie sein Bericht seine Beklemmungen weggewischt hatten. Er wirkte nun heiter und gelöst, als er von seiner Arbeit erzählte.

„Grundsätzlich ja. Ich mag es, mich in andere Menschen hineinzuversetzen. Die Texte zu lernen fällt mir nicht schwer. Ich habe an diesem Tag gemerkt, dass es das war, was ich gerne tun würde, aber am Anfang musste ich auch Rollen annehmen, die ich eigentlich nicht mochte. Inzwischen kann ich mir meine Arbeit aussuchen. Ich bin ziemlich erfolgreich. Und dass ich so gut Deutsch spreche ist kein Nachteil, zumal ich auch noch deutsch aussehe. Obwohl ich genau weiß, dass man als Schauspieler ganz schnell wieder in der Versenkung verschwinden kann."

„Du bist reich, nicht wahr?" Lena schlug sich die Hand vor den Mund, doch die Bemerkung war ihr zu schnell entwischt. „Tut mir leid, wollte ich wirklich nicht fragen!" Sie lachte über ihre Dreistigkeit.

„Oh, mein Schatz, jetzt liebscht du mich sischer noch mehrrr!" Er ahmte recht gekonnt einen französischen Akzent nach und sie kicherten beide, auch noch, als sie bereits vor Samuel Grabers Haus angekommen waren.

Wie bereits die Tage vorher, betrat Markus das Haus nicht. Da Lena heute ruhiger war, benötigte sie seine Rückendeckung nicht und so ging er hinunter zum Ententeich, um den ein Drahtzaun gespannt war, offensichtlich weil der junge Jake Graber mindestens ein kleines Kind hatte, das sich wie alle Kinder der Welt von Wasser angezogen fühlten. Ein kleiner Abhang führte hinunter zum Teich. Markus setzte sich auf den Saum und betrachtete die friedlich schwimmenden Enten und die Fische, die knapp unter der Oberfläche des klaren Wassers schwammen. Er erinnerte sich, dass Samuel den Teich angelegt hatte und er selbst hatte zusammen mit seinem Freund Wayne, einem Bruder Jakes, Kieselsteine geschleppt, die nun auf dem Grund des Teiches einen natürlichen Wasserfilter ergaben. Damals war er zehn Jahre alt gewesen. Als Miriam ihn nach seiner Familie fragte, war es Markus schmerzlich bewusst geworden, dass gerade sein Vater ihn nicht wirklich willkommen hieß in seinem Haus. Die wenigen Male, da Markus nach Ohio reiste, um seine Familie zu

besuchen, hielt sich sein Vater betont draußen auf. Er verweigerte seinem Sohn nicht das Haus, vermied aber, mehr als unbedingt nötig mit ihm zu sprechen. Auch während seines ersten Besuches hier im Bezirk, entzog Ruben sich einem Gespräch mit Markus.
Wieder griff dieses garstige Gefühl von Einsamkeit nach seinem Herzen. Markus verstand Lena sehr gut, dass sie sich nach Familie sehnte. Sie hatte ihre kleine Familie unverschuldet verloren, er war an seinem Schicksal nicht ganz schuldlos. Hätte er Malia Hostettler heiraten sollen, die ihn anbetete und sich ständig irgendwie in seiner Nähe herumdrückte? Er mochte sie ganz gerne, aber gerade jetzt, da er Lena kennengelernt hatte, war ihm klar geworden, welches unglaubliche Gefühl echte Liebe wirklich war.
Er hörte ein Rascheln hinter sich und fuhr herum. Ein kleiner Junge von vielleicht fünf Jahren hielt in seine Richtung. Als er bei ihm angekommen war, nahm er seinen Strohhut ab und schaute Markus neugierig an.
„Bist du ein *Englischer*?", fragte er altklug in dem Bewusstsein, dass er sich hier auf heimischem Terrain befand, der Fremde dagegen der Eindringling war.
„Irgendwie ja", gab Markus zur Antwort. „Ich bin Markus und du?"
„Luis. Luis Graber und die da ist meine Mama." Er deutete auf eine junge hübsche Frau, die gerade Wäsche aufhängte. Das war recht ungewöhnlich, weil hier normalerweise sehr früh am Montagmorgen die Wäscheleinen herausgeholt wurden. Er hatte schon als Kind immer darüber geschmunzelt, dass jede Hausfrau den Ehrgeiz hatte, montags als erste die Wäsche auf der Leine hängen zu haben. Bei genauerem Hinsehen erkannte Markus, dass es sich um Babywindeln handelte, die dort oben fröhlich im Wind flatterten.

Er erhob sich und ging die paar Schritte hinauf zum Haupthaus der Grabers.

„Grüß Gott! Ich bin Markus Troyer und warte auf jemanden, der gerade mit Samuel spricht", stellte er sich höflich vor.

Sie sah ihn mit jenem Blick an, den er so gut kannte. Mit zusammengekniffenen Augen und einer wenig freundlichen Miene.

Die arme Lena. Sie lernt die Menschen so unfreundlich kennen, weil ich bei ihr bin! schoss es ihm durch den Kopf.

„Ich kenne dich, Troyer-*Bu*", sie sprach seinen Namen so abfällig aus, wie es ihr nur möglich war. „Ich bin Lizzy. Die Schwester von Malia. Erinnerst du dich noch? Sie war recht traurig, als du sie verlassen hast."

Lizzys Gesichtszüge verrieten Abneigung.

Markus erinnerte sich an sie, die kleine Schwester von Malia, die ständig an ihrem Rockzipfel hing.

„Du hast inzwischen eine große Familie. Das freut mich für dich", sagte er unverbindlich und ohne wirklich zu wissen, wie viele Kinder sie haben mochte. Zwei auf jeden Fall, da die Windeln nicht Luis gehörten.

„Vier. Die letzten waren Zwillinge. Viel zu waschen", gab sie knapp zur Antwort. Immerhin war sie nicht gleich wieder verschwunden. „Du hast meinem Schwiegervater diese *Englische* angebracht. Was hast du mit ihr zu schaffen?"

„Ich habe sie zufällig kennengelernt, weil wir im gleichen Hotel wohnen. Und sie ist Deutsche. Wie es den Anschein hat, ist Samuel nicht uninteressiert an dem, was sie mitgebracht hat."

Lizzy ignorierte den zweiten Teil seiner Antwort. „Du wohnst im Hotel? Ist dein Haus nicht gut genug für dich?"

„Warum so patzig, Lizzy? Ich habe nichts weiter getan, als einen anderen Weg zu wählen als ihr anderen. Und nur um das klarzustellen: Ich konnte Malia gar nicht verlassen, weil wir nie zusammen waren." Er war es leid, wie ein Stück Treibholz behandelt zu werden. Aus dem Wasser gezogen, um es wieder hineinzuschmeißen. Wenn sie nicht mit ihm reden wollte, hätte sie auch ins Haus gehen können. Sein Nervenkostüm war zurzeit nicht dazu angetan, sich besonders diplomatisch zu verhalten.

Nach seinem letzten Satz schwieg sie, sah ihn noch einen kurzen Moment an, hob dann ihren Wäschekorb auf und ging ohne ein weiteres Wort ins Haus. Luis folgte ihr, die gleiche selbstbewusste Art wie seine Mutter in seinem Gang.

Markus atmete tief durch und stand unschlüssig mitten im sauber gefegten Hof der Grabers. Dann ging er zu seinem Auto und setzte sich hinein, in der Hoffnung, dass Lena bald wieder auftauchen würde. So sehr er ihr einen Erfolg wünschte, so sehr wünschte er sich auch weg von hier.

Die Erkenntnisse des letzten Tages hatten Lenas eigenes Anliegen in den Hintergrund treten lassen. Fast lustlos betrat sie das Haus Samuels, als dieser ihr die Tür geöffnet hatte. Miriam war nirgends zu sehen. Ihr Holzkästchen stand mitten auf dem Tisch. Es war geöffnet und die Bibel lag auf einem weißen Tuch daneben.

„Ich habe überlegt, was ich tun soll und bin zu dem Entschluss gekommen, dass ich die Familie informieren möchte über das, was du mir erzählt hast. Eines möchte ich dir aber jetzt schon sagen: Wir sind tatsächlich verwandt. Jonathan Graber ist auch mein Vorfahr und der Vorfahr von ziemlich vielen Menschen hier in der Gegend. Ich werde deinen Stammbaum an unsere Familie weitergeben. Es sind einige dabei, die sich für ihre Vorfahren interessieren."

Lena nickte und freute sich über sein Interesse. Auch wenn er, wie immer, nicht übermäßig freundlich klang.

Sie gab ihm die Kopie des Stammbaumes. Er kontrollierte, ob auch alle Informationen aus dem Original den Weg auf die Kopie gefunden hatten. Lena, die ihm direkt gegenüberstand, musste sich ein Schmunzeln verkneifen.

Schließlich schaute er sie an. „Wie lange bist du noch in Bird-in-Hand?"

„Noch etwa zweieinhalb Wochen", gab sie Auskunft.

„In zwei Wochen treffen wir uns wieder zum Gottesdienst. Dann werde ich mit der Familie sprechen. Wenn du möchtest, kannst du an diesem Gottesdienstsonntag am späten Nachmittag - sagen wir um fünf Uhr? - kommen."

„Mr. Graber…," es war das erste Mal, dass sie ihn direkt ansprach und verwendete die englische Höflichkeitsform dafür. „Ich wollte nur wissen, ob ich irgendwo noch eine Familie habe oder Menschen, die zumindest dieselben Wurzeln haben wie ich. Ich möchte nicht in Ihre Familien eindringen oder irgendetwas durcheinanderbringen. Ich freue mich darüber, dass Sie mir dabei geholfen haben. Wenn ich nur noch erfahren könnte, wie groß diese Familie ist, wäre ich sehr zufrieden."

„Komm an diesem Sonntagabend wieder. Dann werde ich dir sagen, wie groß diese Familie ist." Lena glaubte, einen freundlichen Unterton zu hören und nickte erfreut.

„Nur noch eines: Könntest du mir die Bibel noch hierlassen bis zu diesem Sonntag? Ich würde sie den anderen gerne zeigen."

Das passte Lena nun wieder nicht. Sie wollte nicht hingehalten werden, aber im Moment gab es noch keinen Grund, Samuel zu misstrauen. Warum auch? Es ging nur um ein Buch, wenn auch um ein wertvolles.

„Ja, gerne." Sie verabschiedete sich höflich von ihm und trat nach draußen, wo sie die Helligkeit der schräg vor ihr stehenden Sonne unvermittelt traf. Sie kniff die Augen zusammen und drehte sich suchend nach Markus um. Schließlich entdeckte sie ihn dösend in seinem Auto. Langsam schlenderte sie hinüber und setzte sich auf den Beifahrersitz.

„Wir können", verkündete sie in heiterem Ton.

Während er den Wagen startete und den Hof verließ, fragte er: „War wohl erfolgreich, deine Suche?"

„Irgendwie ja, ich glaube, ich habe eine riesige Familie."

Kapitel 10

Markus hatte Wort gehalten. Sie saßen auf einer der hübschen Quiltdecken, die er kürzlich gekauft hatte, in der Nähe des Weihers, dort, wo eine ausladende Buche ihnen Schatten spendete, und hatten ihr Essen ausgebreitet. Es war zu spät im Jahr, um noch von Mücken geplagt zu werden und doch wärmte die Spätsommersonne auf angenehme Art und Weise. Hinter dem Weiher erstreckten sich gelbwogende Getreidefelder, auf denen Bauern mit von Pferden gezogenen, vorsintflutlich anzusehenden Gerätschaften mit der Ernte begannen. Viele Menschen, die alle Hände voll zu tun hatten, Stroh und Körner einzubringen, gruppierten sich um die Fuhrwerke herum. Noch waren sie sehr weit entfernt, so dass Markus und Lena ihren idyllischen Platz und das gute Essen ungestört genießen konnten, wäre da nicht das unangenehme Gespräch gewesen, das Lena einforderte und Markus viel Kopfzerbrechen bereitete.
„Ich rede nicht gerne darüber", begann er zögernd, nachdem ihn Lena vorsichtig dazu aufgefordert hatte, ihr endlich alles zu erzählen.
„Aber ich weiß doch nun schon mal einen Teil. Da ist es doch besser, ich höre die Geschichte von dir, als sie aus irgendwelchen Illustrierten zu erfahren", lockte sie ihn. Genaugenommen empfand sich Lena wie ein Voyeur, der sensationslüstern auf die Aufdeckung von schlimmen Geheimnissen wartete. Sie gestand sich ein, dass ein Teil von ihr neugierig war auf dieses unglaubliche Geschehen. Ein anderer Teil aber empfand Anteilnahme und wollte da sein für ihn, der ganz offensichtlich kaum fertig wurde mit dem, was er erleben musste.
Markus sah sie an, während er ein Stück Karotte in einen leckeren Dip tauchte.

„Ich rede wirklich nicht gerne darüber ...,"
Sie wartete ab.
Er brauchte Zeit, um sich die Dinge in Erinnerung zu rufen, die er so tief in sich vergraben hatte. Aber er sah auch die Notwendigkeit, sich endlich anzuvertrauen, anders, als er dies der Polizei gegenüber getan hatte. Und auch anders, als er es seinem Kumpel Jeffrey mitgeteilt hatte: von Mann zu Mann, in aller Stärke und mit viel Betonung auf: *Kann mich alles gar nicht belasten!*
Hier und jetzt konnte er ehrlich darüber berichten. Seine amische Erziehung sagte ihm, stets stark zu sein, ein Mann, der nach Möglichkeit nicht allzu viele Gefühle preisgab. Manchmal sprach man mit seiner Frau darüber, was man in sich trug, aber grundsätzlich wurde alles als von Gott gegeben betrachtet und stoisch angenommen. Markus dachte an seine Mutter, die ihrem Vater nie widersprochen hatte, zumindest niemals so, dass er oder seine Geschwister es hören konnten. Er wusste, dass sie oft traurig und in sich gekehrt war. Anvertraut hatte sie sich niemanden. Sie machte es mit Gott aus, wie viele *Weibsleit* bei den Amisch. Keiner wollte sich darin bloßstellen, Gottes Plan nicht zu verstehen oder nicht anzunehmen. Das alles ging ihm durch den Kopf, während er Lena beobachtete, die ihre Augen auf ihn gerichtet hatte und geduldig abwartete.
Draußen in der Welt zeigten auch Männer Gefühle. Und das war gut so. Anders als Frauen, sicherlich, zumindest hatte er es so erlebt bei den Menschen, die er näher kannte. Keinem von ihnen fühlte er sich so nahe wie der Frau, die neben ihm saß, vermeintlich gelassen ihr Sandwich vertilgte und doch auf eine Erklärung von ihm wartete. Er räusperte sich.
„Es fing vor einigen Jahren an. Ich bekam Drohbriefe, in denen ich als Massenmörder und Ungeheuer be-

schimpft wurde. Es hat mich natürlich schockiert, aber ich dachte im 10. Stock eines von Portiers überwachten Wohnhauses wäre ich sicher. Und außerdem bekamen viele Schauspieler hin und wieder derartige Drohungen. Das heißt, vorderhand waren es noch keine Drohungen, nur eben verrückte Beschimpfungen. Im fünften Brief kam dann die erste Drohung. Man würde mich ... nun ... eben irgendwie töten. Als Rache für die vielen Menschen, die ich ermordet hätte." Markus erinnerte sich noch gut an die abscheulichen Formulierungen, die er Lena ersparen wollte. „Da habe ich die Briefe zum ersten Mal jemanden gezeigt. Jeffrey, der mir jetzt auch meine Post nachschickt. Er riet mir, sofort zur Polizei zu gehen. Das tat ich dann auch und wir rätselten, mit wem dieser Irre mich wohl verwechseln könnte. Dann begann der Terror. Ich bekam einen Brief geschickt, in dem sich ein weißes Pulver befand. Erst nach einem Test fand man heraus, dass es harmlos war, aber es hätte auch ein Gift oder so was sein können. Und dann, eines Tages wurde ich auf offener Straße überfallen und zusammengeschlagen. Ziemlich übel. Ich verbrachte einige Tage im Krankenhaus. Der Typ wusste genau, wohin man schlagen musste. Bei dieser Aktion konnte man ihn festnehmen. Einige Zeugen, die den Überfall beobachtet hatten, hatten sich mutig auf ihn gestürzt. Bei Gericht sagte er, dass das mit den Beschimpfungen und Drohungen nur ein schlechter Witz war. Und an dem Tag, als er mich überfallen hat, hätte er eben einen schlechten Tag gehabt. Er gelobte feierlich Besserung und nahm an einem Schulungsprogramm gegen Aggressionen teil. Er musste sogar für ein paar Monate ins Gefängnis, wegen Körperverletzung. Aber er konnte entkräften, dass er komplett irre war. Ganz ehrlich: Ich habe ihm das auch geglaubt. Fortan durfte er sich mir nicht mehr nähern. Ich hatte dann zwei Jahre Ruhe. Und vor gut zwei Wochen ist das mit der Leiche passiert. Er hat aus einer Pathologie eine tote junge Frau gestohlen und sie in mein Auto gesetzt. Und einen Haufen roter Farbe drumherum geschmiert." Markus musste tief durchatmen und nahm einen großen Schluck aus seiner Coladose. Lena hatte mit wachsendem Entsetzen zugehört.

„Das ist ja noch viel schlimmer, als ich mir aus den Zeitungsberichten zusammengereimt hatte", flüsterte sie schockiert. „Wie konnte er das mit der Leiche hinkriegen?" Natürlich wusste sie, dass das in diesem Moment die denkbar schlechteste Frage war. Aber sie konnte sich einfach nicht vorstellen, wie jemand so etwas Barbarisches bewerkstelligen konnte.

„Er arbeitete einige Zeit als Aushilfe in der Pathologie. Ich glaube als Reinigungsmann. Die arbeiten in der Nacht, wenn nur wenig Personal anwesend ist. Er hat die Frau zu einem Lieferwagen gerollt, aufgeladen und ist dann weggefahren. Es war eine klein gewachsene Asiatin. Nicht so arg schwer. Und er ist ja stark, wie ich am eigenen Leib festgestellt habe. Die haben erst am nächsten Morgen gemerkt, dass jemand fehlt. In der Nacht noch ist er in unsere Tiefgarage gefahren und hat dort die Frau in meinen Wagen gesetzt. In die Tiefgarage kam er hinein, weil er sagte, er wäre vom Gaswerk und es wären erhöhte Verbrauchswerte festgestellt worden. Das wäre doch recht seltsam so mitten in der Nacht, so dass das überprüft werden müsse. Und es wäre nicht genug Zeit, jetzt lange herumzutelefonieren, es müsse schnell geschehen, wenn nicht das ganze Haus mitten in der Nacht in die Luft fliegen solle."

„So einfach ging das?"

„So einfach!" Markus räusperte sich, weil die Erinnerung ihn übermannte.
Lena schwieg und drang nicht weiter in ihn.
„Kannst du dir vorstellen, wie es ist ... dieses ... dieses Bild am Morgen vorzufinden? Du ahnst nichts Böses und dann das?" Markus wollte nicht weiter beschreiben, wie er vor wenigen Tagen nichtsahnend in die Tiefgarage kam und die tote Frau mit roter Farbe verunstaltet auf dem Fahrersitz sitzen sah. „Jedenfalls konnte er entkommen und ist bis heute untergetaucht. Und jetzt habe ich Angst. Im Auto lag ein Brief. Er werde mich töten, so wie ich Tausende von Menschen getötet hätte. Und jetzt wussten wir, die Polizei und ich, was sein Problem war."
„Was war es? Wie kommt er auf so etwas?"
„Ich habe einen sehr erfolgreichen Film gedreht. Darin ging es um einen Flugzeugentführer, der seine Maschine absichtlich in ein Wohnviertel steuert. Dabei wird ein ganzer Stadtteil ausgelöscht. Ich spielte diesen Entführer. Wir gehen davon aus, dass mein Stalker Fiktion und Wirklichkeit nicht auseinanderhalten kann."
„Was dir aber jetzt nicht wirklich weiterhilft." Lena nickte.
„Was mir aber jetzt nicht weiterhilft, richtig", bestätigte Markus seufzend.
„Und nun bin ich hier und hoffe, dass er mich nicht findet. Bisher weiß niemand, dass ich amische Wurzeln habe. In meiner Kartei steht als Geburtsort ‚Philadelphia'. Keine weiteren Angaben. Es wurde auch nie in einem Interview erwähnt. Außer den Leuten meines Heimatbezirkes und einige Vertraute, vor allem aus meiner Anfangszeit, weiß es niemand. Und du hast ja erlebt, wie vorsichtig die Amisch damit sind, jemanden Auskunft zu geben, der nach einen der ihren fragt. Und

bei mir würden sie erst recht nichts sagen, weil ich praktisch nicht vorhanden bin für die meisten."

„Gute Chancen also, dass er dich nicht findet", stellte Lena fest.

„Ich hoffe es, auch wenn ich nie sicher sein kann. Die Polizei sucht ihn, aber die haben auch noch anderes zu tun, als einen Irren zu suchen, der Leichen klaut. Er hat sie ja nicht selbst ermordet."

„Das ist echt gruselig!" Lena zog fröstelnd die Beine an den Körper und umklammerte sie. Ihre Kälte kam von innen. „Und jetzt hast du vor, Pause von der Filmerei zu machen und hier zu bleiben?"

„So lange der auf freiem Fuß ist, auf jeden Fall." Markus zuckte mit den Schultern. „Aber die Wege Gottes sind oft seltsam. Vielleicht sollte ich hierher zurückkommen und dir begegnen."

„Ja, vielleicht", antwortete sie vage. Ihr eigenes Verhältnis zu Gott war eher ... labyrinthisch.

„Du hast es nicht so mit Gott und seinen Wegen?", erriet Markus, der ihr Gesicht beobachtet hatte, als sie ihm antwortete. Sie hatte die Stirn in Falten gezogen und sah sehr skeptisch aus.

„Wie kommst du darauf?"

„Weil du bei einem Gespräch über Gott eher einsilbig wirst. Wie ist das mit deinem Glauben?", forderte er sie heraus.

Nun zuckte sie die Schultern. „Ich weiß nicht. In Deutschland wird Gott eher totgeschwiegen. Euer Präsident fleht bei beinahe jeder Rede, dass Gott eurer großen Nation helfen möge. Sogar auf euren Geldscheinen steht drauf, dass ihr in Gott vertraut. Ich bin in Bayern auf dem Land aufgewachsen. Dort wächst man in die Kirche hinein, ob man will oder nicht. In der Schule unterrichtet der Pfarrer Religion und jeder geht zur

Erstkommunion und zur Firmung. Wenn man dann mal raus ist aus dieser Abhängigkeit der Schule, ist man soweit, dass man erst mal die Flucht ergreift und gar nichts mehr davon wissen will. Als ich später nach Berlin ging, war das ohnehin kein Thema mehr. Da spielt Religion nur noch bei den Einwanderern eine Rolle. Die Randgruppen sind religiös, nach welcher Richtung auch immer, Moslems, Buddhisten, Juden, irgendwelche Splittergruppen verschiedenster Art. Aber die Christen halten sich eher im Hintergrund. Falls jemand ein Christ ist und das auch praktiziert, spricht er nicht drüber."
„Und du?", hakte er noch einmal nach. Ihre Antwort befriedigte ihn nicht.
„Ich bin katholisch. Auf dem Papier. Mehr kann ich dir dazu nicht sagen, weil ich mehr nicht weiß. Außer, dass ich nicht in die Kirche gehe und ich die Geschichten der Bibel bestenfalls noch aus der Schule im Kopf habe."
Sie grinste, ein wenig verlegen. „Tut mir leid, Markus-*Bu*! Mit mehr kann ich dir nicht dienen."
„Vorerst nicht, hoffe ich."
Markus letzte Bemerkung hatte sie tatsächlich zum Nachdenken gebracht. Gab es nicht auch Sicherheit, an etwas glauben zu können? Fühlte sie sich deshalb so allein, dass sie diese ungewisse Reise unternommen hatte, die nebenbei bemerkt ihre ganzen Ersparnisse auffraß, weil sie keinen wirklichen Halt hatte? Einen Halt, den ihr die Religion vielleicht bieten konnte?
Sie schwiegen, während sie aßen und die arbeitenden Menschen und Pferde in der Ferne beobachteten. Nach geraumer Zeit war es Markus, der zu sprechen begann. „In der großen Stadt war ich stets umgeben von Hektik und Lärm und es war normal für mich. Seit ich wieder hier bin, fehlt mir nichts. Kein Fernseher, nicht die Mu-

sik, kein Lärm, kein Verkehr. Ich könnte mich problemlos hier wieder zurechtfinden."

„Ich tue mich schwer damit. Mit all dem bin ich aufgewachsen, nicht mit dem Verkehr, aber mit Strom und Autos und Fernseher. Ich denke gerade daran, dass im Haus meiner Großmutter, als ich noch ein ganz kleines Mädchen war, es zwar Strom und einen Fernseher gab, das Klo aber draußen neben dem Haus stand. Schon seltsam, nicht wahr?", sie lachte.

„Das Außenklo nicht, aber der Fernseher innen schon!" Nun brachen beide in befreiendes Gelächter aus.

„Dabei war Großmutters Haus selbst für damalige Verhältnisse vorsintflutlich. Sie kochte auf einem Holzofen, ganz ähnlich wie der, der bei dir in der Küche steht. Sie hatte zwar einen Kühlschrank, in dem Butter und Milch lagerten, aber sie machte die Butter selber von der Milch der drei Kühe, die sie fütterte, so lange sie noch dazu in der Lage war. Sie hatte einen großen Gemüse- und Obstgarten und sie machte endlos viel ein. Sie kochte Marmeladen und Relishes, sogar Fleisch und Wurst kochte sie in Gläsern ein. Die Sachen verkaufte sie im Dorf. Ihre Spezialitäten waren sehr beliebt."

„Sie wäre eine wunderbare amische Frau gewesen", flachste Markus grinsend.

Lena sah ihn an. „Das Wunderbarste daran ist, dass sie mir alles beigebracht hat", sagt sie mit Stolz in der Stimme.

Nun blickte er sie erstaunt an. „Du willst mir nicht gerade erzählen, dass du dich in so einem Haus wie dem meinen zurechtfinden könntest?", neckte er sie.

„Ich kann auf deinem Ofen kochen, backen und Kaffee kochen. Ich kann Geschirr von Hand spülen und einen Boden ohne Staubsauger sauber halten. Ich könnte sogar von Hand waschen, wenn auch ungern. Und ich

kann Gemüse und Obst im Garten ziehen. Und das sogar ganz gerne." Sie hatte mit humorvoller Stimme gesprochen, wurde dann unvermittelt ernst. „Es hat mir in Berlin gefehlt, diese Naturverbundenheit und die Ruhe. Weißt du, wir lebten wirklich alleine auf einer Anhöhe. Es gab eine unbefestigte Straße zu uns hinauf. Ich musste drei Kilometer zu Fuß zur Schule laufen, was nicht so schlimm war, weil's bergab ging. Mittags bergauf war da schon weit anstrengender." Ihr Blick war in die Ferne gerichtet, als hätte sie die Welt um sich herum vergessen.
Markus ließ sie in dieser Stimmung. Er lag seitlich auf der Picknickdecke und hatte seinen Kopf in die rechte Hand gestützt. Mit der linken holte er sich das Essen, von dem sie bisher nur wenig genommen hatten.
Einige Augenblicke später kehrte sie zu ihm zurück. Sie wendete den Kopf, beobachtete ihn beim Essen und legte sich ihrerseits auf die Seite, den Kopf in ihre linke Hand gestützt. „Wie im alten Rom. Fehlen nur die Sklaven, die einen füttern", sinnierte sie wieder in fröhlicher Stimmung.
„Oder den Kotzkübel halten", ergänzte Markus trocken.
„Oder an deren Haaren man sich die fettigen Pfoten abwischen kann."
Wieder brachen sie in Gelächter aus und ließen sich den köstlichen Nusskuchen, den Lena nun aus dem Korb holte, schmecken. Da beide nur eine Hand frei hatten, hielt sie das Plastikbehältnis fest, während Markus mit viel Fingerspitzengefühl den Deckel abmachte.
„Was machst du eigentlich in Berlin?", fragte Markus unverbindlich und mit vollem Mund.
Lena antwortete nicht sofort. Berlin war so weit weg! Sie empfand Unbehagen, als sie an ihre eigene Situation

denken musste. Aber fairerweise sollte sie Markus einweihen. Vielleicht nicht in jede Einzelheit ...

„Ich bin Polizistin", antwortete sie deshalb. Sie war aufgewühlt und setzte sich auf. „Und bevor du fragst: Das hat durchaus etwas damit zu tun, dass ich jetzt hier bin."

Markus schwieg und beobachtete, wie ihre Anspannung zusehends wuchs.

„Es ist keine lange Geschichte. Berlin ist kein leichtes Pflaster für Polizisten. Man gerät in Auseinandersetzungen und in Familientragödien, die man sich als Außenstehender kaum vorstellen kann." Sie verstand plötzlich, wie Markus sich vorhin gefühlt haben musste, als er sich ihr öffnete. Um sich etwas sammeln zu können, trank sie ausgiebig von ihrer Wasserflasche. Das Wasser war inzwischen warm und schal geworden. Fahrig strich sie sich die Haare aus dem Gesicht, eine Geste, die Markus schon öfter an ihr bemerkt hatte, wenn sie nervös war. Er aß in aller Ruhe seinen Kuchen, beobachtete sie aber weiter.

„Ein Mann hatte seine Frau übel zusammengeschlagen. Als wir, mein Kollege und ich, dort ankamen, war er vollkommen betrunken und führte sich auf wie ein Wilder. Er ging auf meinen Kollegen, der näher an ihm stand, mit einem Messer los. Da ging ich dazwischen. Der Mann starb. Genaugenommen habe ich einen Menschen getötet. Auch wenn es Notwehr war." Sie presste die Lippen aufeinander und zuckte mit den Schultern. „Das war's dann auch schon."

„Oh, du liebe Zeit! Und ich dachte, ich habe Probleme!", brach es aus Markus heraus und er bereute seine Worte sofort.

„Es gab zwar eine Untersuchung, aber erstaunlicherweise hat sogar die Frau des Mannes für mich ausgesagt, was die Sache recht schnell erledigte. Aber das Wissen, dass ich einen Menschen auf dem Gewissen habe, ob nun in Notwehr oder nicht, macht mir schwer zu schaffen. Ich bin eigentlich krankgeschrieben, was bedeutet, dass ich etwas weniger Geld als mein eigentliches Gehalt bekomme. Aber das passt schon." Sie setzte ein schiefes Lächeln auf. Ganz die Wahrheit war es nicht. Denn sie hatte zu Hause laufende Kosten, die einen Großteil ihres ohnehin nicht üppigen Gehaltes beanspruchten. Lange würde sie sich das Gästehaus nicht mehr leisten können.

„Und da hast du dir gedacht, du kommst hierher und versuchst, deinen Frieden zu finden?", mutmaßte er.

„Zuerst bin ich heimgefahren. In mein Haus im Wald. Aber da ist mir die Decke auf den Kopf gefallen. Ich habe mich regelrecht gefürchtet. Dann habe ich nachgefragt, ob ich quasi in Urlaub fahren darf. Der Polizeipsychologe hielt es für eine gute Idee und ... nun, da bin ich."

Sie atmete tief durch, so als hätte ihr die lange Rede die Luft geraubt.

„Wie lange kannst du bleiben?" Seit ihrem ersten Lunch in seinem Haus beschäftigte ihn diese Frage. Aus irgendeinem Grund war es ihm unglaublich wichtig, was sie nun antworten würde.

„Ich habe das Hotel für vier Wochen gebucht. Eine Woche ist fast um. Also ...", sie wiegte den Kopf hin und her als wolle sie sagen: *Rechne selber!*

„Nur noch drei Wochen. Ich habe das Gefühl, dich ewig zu kennen, obwohl wir uns erst vor wenigen Tagen begegnet sind. Der Gedanke, dass du in drei Wochen aus meinem Leben verschwindest..." Er brach ab und betrachtete ihr sie nachdenklich, „... es macht mich verrückt, daran zu denken!"

„Ja, mich auch", bestätigte sie. „Aber vielleicht sollen wir diese drei Wochen intensiv nutzen und nicht an den Abschied denken", schlug sie vor, obwohl sie sich kaum vorstellen konnte, in Berlin wieder ihrer Arbeit nachzugehen – aus vielerlei Gründen und Markus war einer davon.
„Siehst du, ich muss was arbeiten. Man wird mich nicht ewig mitziehen. Irgendwann muss ich über meinen Schatten springen und zurück in den Dienst gehen."
Markus senkte den Kopf. „Ja, das Leben fordert uns beide irgendwann zurück. Es wäre so schön, wenn ..." Er ließ offen, was er meinte, beschäftigte sich angelegentlich mit einem Käfer, der sich auf die Picknickdecke verirrt hatte. Aber Lena wusste auch so, was in ihm vorging.
Die Erntegruppe kam näher. Sie hatten weit unten begonnen, um eine Bahn in ihre Richtung zu ziehen. Je näher sie kamen, umso deutlicher wurde, dass sie ohne Hast und Hektik arbeiteten, mühsam wohl, aber mit einer so offensichtlichen Befriedigung, dass Lena Neid in sich aufkeimen fühlte, wenn sie an ihre eigene Arbeit zu Hause erinnert wurde. „Fast möchte man sie beneiden, so fernab jeglicher Eile." Lena war sich nicht bewusst, dass sie laut gesprochen hatte.
Markus lachte: „Auch Amisch werden hektisch, wenn ein Gewitter am Himmel steht. Der Weg vom Feld zum Haus ist zu Fuß länger, als im Auto oder Traktor. Und die Arbeit ist ganz schön schwer."
„Natürlich. Ich wollte auch gar nicht damit sagen, dass es einfach wäre, oder leicht. Ich glaube ich bin nur neidisch, weil hier alle zu wissen scheinen, was sie tun und warum sie es tun. Ich weiß nur, dass ich Geld verdienen muss, weil da sonst niemand ist, der mich stützen könnte. Ich kann mich nicht selbst verwirklichen, nur weil

ich vielleicht Lust darauf hätte, weil ich den nötigen finanziellen Rückhalt gar nicht habe."

Lena wusste selbst nicht so genau, warum sie so heftig reagierte, doch Markus blieb gelassen.

„Glaube mir, Lena, ich kenne beide Welten. Verwirklichen können sich die wenigsten Amisch. Aber sie haben das Talent hinzunehmen, was auf sie zukommt. Weil sie an das Leben glauben, das nach dem Tod kommt. Und zwar vorbehaltlos. Das ist eine Gabe und ein Wert, den man nicht unterschätzen sollte."

„Ja, ich denke, dass du Recht hast. Was nicht bedeutet, dass ich mit meinem Leben rundum zufrieden wäre. Nicht im Moment." Sie stutzte und sah ihn offen an: „Doch, im Moment eigentlich schon. Ich darf nur nicht daran denken, was in drei Wochen sein wird!"

Markus hatte, während sie den Arbeitern zugesehen hatte, die Reste ihres Picknicks in den Korb geräumt. Nun war der Platz zwischen ihnen frei. Er robbte hinüber. Lena wurde verlegen, wischte wieder die imaginäre Strähne aus ihrem Gesicht. Er folgte ihrer Handbewegung und strich ihr sanft über die Haare. „Ja, Lena, jetzt im Moment bin ich auch schrecklich zufrieden." Sie küssten sich innig, und das schien in diesem Moment das Selbstverständlichste auf der Welt zu sein.

Kapitel 11

Es machte ihn wahnsinnig! Er musste etwas übersehen haben! Nirgends eine Spur von Troyer! Es ärgerte ihn maßlos, dass er so lange gebraucht hatte, um überhaupt mitzukriegen, dass der abgehauen war. Verlorene Zeit. Zwei ganze Wochen verloren.
Ruland Becker wusste genau, dass sein Todfeind ein gut gefülltes Konto hatte und durchaus auch ins Ausland geflohen sein konnte. Niemand würde ihn daran hindern. Warum auch? Keiner schien zu sehen, was er – Ruland – sah. Vielleicht war Troyer aber auch abgetaucht, um seinen nächsten Coup zu planen? Irgendeine eklige Sache, wie eine Bombe in einer Schule oder der Einsturz einer Brücke oder eines Flughafens, oder...
Ruland kratzte sich nervös an den Armen. Seit Tagen juckte es ihn überall am ganzen Körper. Immer, wenn er daran dachte, was Troyer demnächst anstellen würde. Dann fühlte er sich, als würden Millionen von Ameisen über ihn herfallen.
Er saß noch immer in dem baufälligen Haus, hatte sich ein wenig komfortabler eingerichtet. Fühlte sich sicherer. Inzwischen besaß er auch einige Utensilien, um sein Aussehen zu verändern. Einen falschen Bart, dichte Augenbrauen, natürlich auch falsch, eine Hornbrille, die nicht viel von seinem Gesicht preisgab, dazu ganz normale Klamotten, wie jeder zweite Amerikaner sie trug: Jeans und bunte T-Shirts. Er hatte das Zeug aus seinem Haus geholt, weil er festgestellt hatte, dass es nur zu bestimmten Zeiten überwacht wurde. Die Polizei hatte offensichtlich Besseres zu tun, als einen vermeintlich Irren rund um die Uhr zu suchen. Oh, die würden sich noch wundern! Er würde ihnen einen Irren ausliefern.

Einen Kranken, der Tausende von Menschen auf dem Gewissen hatte.
Ruland wurde mit jedem Tag besessener. Es war schwierig, die Spuren von Markus Troyer nachzuverfolgen. Aber Ruland war gewieft. Nur wenige Anrufe genügten, um zumindest herauszufinden, dass Troyer letztendlich in Philadelphia landete, nachdem er kreuz und quer durch die Staaten gejettet war. Er folgte Troyers Reiseroute und versuchte sein Glück dort, wo die Spuren nicht direkt weiterführten. Nicht alle Fluggesellschaften waren gleich auskunftsfreudig, aber diejenigen, auf die es ankam, schluckten seine Lügenmärchen und gaben ihm die gewünschte Auskunft. Troyers Internetprofil verriet, dass er auch in Philadelphia geboren wurde und im Telefonbuch standen eine Menge Troyers. Aber wirklich weiter half ihm das nicht, außer, dass es seine Suche eingrenzte. Ruland vermutete, dass Troyer bei irgendeinem Verwandten untergekommen war. Schon überlegte er, selber dorthin zu fahren, um sich vor Ort auf die weitere Suche zu machen. Vorher wollte er noch einen anderen Pfad beschreiten. Jeffrey Rosenberg war der beste Freund Troyers. Wenn es sonst niemand wusste, wo sich der aufhielt, Rosenberg wusste es. Mit Sicherheit! Ruland dachte darüber nach, wie er es am geschicktesten anstellte, sich über Rosenberg Informationen einzuholen, ohne dass dieser das selber merkte.
Blöderweise kannten alle sein Gesicht, seit er Troyer eine Abreibung verpasst hatte. Damals hatte er sich nicht unter Kontrolle. Sonst hätte er ihn nicht mitten auf der Straße überfallen. Oh, was hätte er mit diesem feigen Hund anstellen können, wenn er ein wenig nachgedacht hätte!

Ruland beobachtete gedankenverloren eine fette Fliege, die auf dem Fenster herummarschierte. Direkt vor dem Fenster hielt ein Truck der Postgesellschaft im Stau vor einer roten Ampel. Ruland schoss plötzlich durch den Kopf, dass Troyer ja irgendwie seine Post erhalten musste. Ob nun sein Büro sie ihm nachschickte, ob ein Nachsendeantrag bei der Post gestellt wurde oder ob es vielleicht sogar Jeffrey war, der das erledigte – das wollte er als Nächstes herausfinden.
Er trug den Bart und die Hornbrille, dazu ein Basecap und Arbeitskleidung. Ruland war sich nicht sicher, wie rasch er erkannt werden würde, wenn er sein richtiges Gesicht zeigte. Er glaubte eigentlich nicht daran, dass die Leute nichts Besseres zu tun hatten, als ausgerechnet Ausschau nach ihm zu halten. Doch er wollte vorsichtig sein! Also verkleidete er sich, bevor er zu Troyers Appartementhaus marschierte.
Nun hielt er sich seit längerer Zeit sein Handy, das er vorsorglich ausgeschaltet hatte, um nicht aufgespürt werden zu können, ans Ohr und tat, als ob er ein immens wichtiges und intensives Telefongespräch führen würde. Ruland lehnte am Rande der gläsernen Fassade des Eingangsbereiches und beobachtete, ob der Briefträger, der gerade auf das Haus zusteuerte, etwas in den bewussten Briefkasten einwarf. Er hatte Glück! Ein ganzer Packen von Briefen landete in Troyers Briefkasten, der trotz der schlechten Sicht, die Ruland durch das spiegelnde Fenster hatte, gut zu erkennen war. Es war derjenige an der oberen linken Ecke, ziemlich nah an seinem Fensterplatz.
Gut, die Post wurde also ganz normal ausgeliefert. Da der Kasten aber die vielen Briefe nicht klaglos aufnehmen konnte, musste er auch regelmäßig geleert werden. Der Portier tat es nicht, das wäre sofort passiert, oder

die Briefe wären direkt bei ihm abgegeben worden. Nun musste Ruland warten. Nicht mehr gezwungenermaßen direkt vor dem Gebäude. Durch seine ungezählten Spitzelstunden kannte er die Bewohner des fünfzehnstöckigen Hauses recht gut. Sogar einige ihrer regelmäßigen Besucher konnte er identifizieren. Und ein Gefühl sagte ihm, dass es Jeffrey Rosenberg war, der die Post abholen würde.

Während Ruland es sich für einige Zeit in der Bushaltestelle an der Ecke gemütlich gemacht hatte, von wo aus er den Eingangsbereich von Troyers Mietshaus gut im Blick hatte, dachte er über seinen Plan nach. Er, Ruland, hatte bewiesen, dass er prima Tricks drauf hatte, um Dinge herauszufinden, die eigentlich geheim waren. Troyer würde annehmen, dass ein einfacher Nachsendeantrag bei der Post ziemlich leicht auszuspionieren war. Am sichersten war es, wenn jemand den Briefkasten leerte und ihm die Briefe weiterschickte. Und darauf hoffte Ruland nun. In den nächsten Stunden wechselte er seinen Standort mehrmals, ging kurz um die Ecke, um seine Arbeitsjacke auszuziehen und sich nur im T-Shirt und ohne Base-Cap zu präsentieren. Irgendwann zog er einen Pullover über, den er in seinem Rucksack mitgebracht hatte und wieder einige Zeit später trug er ein andersfarbiges und andersartiges Cap. Gegen Abend wurde seine Ausdauer belohnt. Schon mehrere Personen hatten das Gebäude betreten, die Ruland nicht kannte, doch keiner von denen ging in Richtung der Briefkästen. Mehrere Mieter, die er sehr wohl kannte, holten ihre eigene Post ab. Die junge Frau, die nun durch das Türenkarussell trat, hielt direkt auf die Postkästen zu und machte sich ganz links außen daran zu schaffen. Sie war nicht besonders groß und Ruland beobachtete in einer Art Hochgefühl, wie sie sich strecken

musste, um den obersten linken Kasten zu erreichen. Sie steckte die Briefe ein und verließ das Haus. So lange es ging, verfolgte Ruland sie. Es war nicht schwierig, sich an ihre Fersen zu heften. Sie ging um die Ecke zu einem teuren Hotel. Dort standen immer einige Taxis parat, von denen sie nun eines bestieg. Ruland nahm das nächste und wies den Fahrer an, nach seiner Anweisung zu fahren. *Ich kenne nur den Weg, leider nicht den Namen der Straße!* Es war so einfach!
Doch auf der vielspurigen Innenstadtumfahrung verlor er die junge Dame aus den Augen. Bei nächster Gelegenheit ließ er sich absetzen und bezahlte zähneknirschend die Marge. Er musste sparsam mit dem Geld umgehen. Wer weiß, wie lange er noch im Untergrund leben musste. Aber zur Not konnte er sich bei einigen unvorsichtigen Zeitgenossen noch etwas ausleihen, aber nur zur Not. Nicht, weil ihn wegen der Raubzüge Skrupel belästigen würden, es war eher das Problem, dass er blöderweise erwischt werden konnte.
Für heute jedenfalls war die Verfolgungsjagd beendet. Ruland ging einige Meilen bis zur Innenstadt und leistete sich dann eine Busfahrkarte bis in die Nähe seines Domizils.

******

Todmüde war Lena zu Bett gegangen, obwohl es kaum zehn Uhr war. Offensichtlich machte sich noch immer der Jetlag bemerkbar. Vielleicht war es aber auch die Anspannung, die sie empfand, wenn Dinge nicht so liefen, wie sie es sich vorgestellt hatte.
Hergekommen war sie, um zu erfahren, ob noch Nachfahren ihrer Familie leben. Nun war da jemand aufgetaucht, der drauf und dran war, sich in ihr Herz zu schleichen. Es war, als würde sie Markus schon Jahre

kennen, so vertraut waren sie vom ersten Augenblick an. Er empfand es ähnlich, das hatte er ihr mehrmals gesagt. Aber was sollte daraus werden? Markus Schwierigkeiten waren so überdimensional, dass er zum jetzigen Zeitpunkt kaum aus seiner verfahrenen Situation herausfinden würde. Und ihre eigenen Probleme gestalteten sich nicht minder klein, nur hatte ihr der Tapetenwechsel gutgetan und sie dachte nicht mehr täglich daran. Auch wenn die Bilder nachts doch sehr präsent waren.

Sie dachte an sein baufälliges Haus. Er arbeitete besessen daran, es wieder bewohnbar zu machen und er kam schnell voran. Inzwischen hatte er sogar wieder fließendes Wasser in der Küche, da er das gebrochene Rohr gefunden und ausgetauscht hatte. Auch die Veranda hatte neue Dielen bekommen. Sicher würden auch die übrigen Räume rasch wieder heimelig werden, vielleicht waren sie es ja schon, aber Lena hatte bisher nur die Wohnküche in Augenschein nehmen können. Es wäre ihr nicht eingefallen, einfach so im Haus herumzulaufen.

Sie drehte sich auf die andere Seite und knüllte das Kissen unter ihrem Kopf zurecht. Was würde in drei Wochen sein, wenn sie abreisen musste? Natürlich konnte sich Markus nicht vorstellen, dass ihre Mittel langsam zu Ende gingen, schon deshalb nicht, weil sie in angeflunkert hatte. Es war schon richtig, dass sie Krankengeld bekam, so lange sie krankgeschrieben war. Psychische Gründe, so hieß es, die ihr auch erlaubten, eine derartige Reise zu unternehmen. Aber mehr als die drei Wochen würde sie sich auf keinen Fall leisten können. Der Abschied, von dem sie bei ihrem Picknick gesprochen hatten, kam also unausweichlich auf sie zu. Und Lena war so realistisch, nicht davon auszugehen, dass

eine derart kurze Beziehung auf eine so große Entfernung funktionieren könnte. Es war ein Urlaubsflirt. Nicht mehr. Das Beste wäre sicherlich, gleich auf Abstand zu gehen. Darüber hatte sie noch gar nicht nachgedacht. Warum zog sie nicht ihr ursprünglich beabsichtigtes Programm durch und hielt sich von Markus fern? Sie mussten sich nicht begegnen, wenn sie darauf achtete, wann er aus dem Haus ging und wieder zurückkam. Vielleicht würde er es nicht verstehen, aber sie konnte nicht zulassen, dass sie mit tränendem Herzen nach Hause flog. Noch, so hoffte sie, konnte sie relativ unbeschadet von ihm loskommen.
Dieser tapfere Entschluss brachte ihr leidlich Frieden, so dass sie irgendwann in dieser Nacht doch noch einschlief.

******

Markus lauschte den Geräuschen der Dunkelheit. Die Veranda seines Hauses erwies sich als gemütlicher Ort, da der kühle Nachtwind von einem Gebüsch am Rande des Vorbaus abgehalten wurde. Die Natur hatte ihm nie Angst gemacht. In seiner Kindheit gehörten Abendspaziergänge, vor allem in den Wintermonaten, in denen es früh dunkel wurde, zum täglichen Leben. Im Winter besuchte man Freunde und Nachbarn, mal mit mal ohne Einspänner, je nachdem, wie weit entfernt die Anwesen lagen. Ein paar Meilen zu Fuß zu laufen, war für die Amisch nichts Besonderes. Einer der grundlegenden Unterschiede zwischen der Welt draußen und der Welt der Amisch bestand in der fehlenden Hektik. Irgendwo hatte er mal gelesen, dass es nicht gelingen würde, einen Amisch zur Eile anzutreiben. Das war zwar übertrieben, es gab auch in der Idylle hektische Momente, aber meistens stimmte es. Die Arbeit, die geschafft wurde, war geschafft, was übrigblieb, wurde am nächsten Tag erledigt. Wie von Zauberhand gelang es immer, alles Nötige abzuarbeiten, auch wenn man arg in Verzug geraten war. Markus seufzte. Geriet eine Familie in Not, packten die Nachbarn dort mit an, wo es hakte. Es ging sogar so weit, dass ältere Kinder von Verwandten und Freunden sich bei der Familie einquartierten und so lange blieben, wie die zusätzlichen Hände gebraucht wurden. Wäre er, Markus, noch Teil der Gemeinschaft, würde sein Haus bereits blitzeblank und komplett renoviert dastehen. So aber beobachteten die Nachbarn, was er so trieb und sicherlich würde sehr viel getratscht werden, über ihn, aber auch über Lena.

Er seufzte noch einmal hörbar und musste über sich selber lachen, als es ihm bewusst wurde. *Was für ein Theater! Jetzt reiß dich zusammen, Troyer!* Natürlich wusste er in seinem tiefsten Inneren, dass die Beziehung zu Lena, sofern man überhaupt von einer Beziehung sprechen konnte, mehr als brüchig war. Sie hatten sich ihre Zuneigung gestanden, wie zwei Drittklässler, die zum ersten Mal das andere Geschlecht entdeckten. Welche Basis gab es? Lena würde in drei Wochen nach Hause fahren. Sie musste fahren, das war ihm klar, weil sie kaum die nötigen finanziellen Mittel besaß, um länger zu bleiben. Soweit er verstanden hatte, könnte sie es zeitlich sogar einrichten. Doch zwischen den Zeilen realisierte er, dass Geld eine große Rolle spielte. Er konnte ihr keine Unterstützung anbieten. Sie würde es als Almosen missverstehen.

Er mochte den Gedanken nicht fertig denken. Wie es dazu kommen konnte, dass eine fremde Frau ihm in der kurzen Zeit so viel bedeutete, war ihm ein Rätsel. Seit er wahrgenommen hatte, dass es zwei Sorten von Menschen gab, war er äußerst vorsichtig mit den Mädchen umgegangen, die ihn interessierten. Mit dem Erfolg, dass diejenigen, die ihm wirklich etwas bedeutet hatten, rasch anderweitig vergeben waren. In der englischen Welt gab es keine, die auch nur annähernd mit den jungen Frauen seiner Heimat mithalten konnten. Wieso nun Lena? Weil sie Dinge konnte, die andere weltliche Mädchen nicht konnten? Oder weil die Sprache ihm ein neues Gefühl von Heimat vermittelte, anheimelnd, warm, orange...

Er verzog das Gesicht zu einem Grinsen. Alles, was für ihn der Inbegriff von Gemütlichkeit und Wärme war, färbte sich in seinem Gehirn orange. Seine Familie, dieses Haus hier, das einfache Schulhaus seiner Kindheit ... alles orange.

Markus seufzte noch einmal, diesmal, ohne es selber zu bemerken. Er erhob sich, schloss die Türe ab und fuhr zurück zum Hotel. Er durfte Lena nicht mehr so oft begegnen, eigentlich sollte er ihr aus dem Weg gehen, wenn diese Freundschaft nicht in einer Katastrophe enden sollte. Und damit meinte er nicht sein eigenes verkorkstes Leben, damit meinte er den Abschied, den weder er noch sie ertragen würde.

******

„Was bringt mir die Ehre des Besuches unseres Bischofs?" Miriam Graber trat zur Seite um James Schwartz, den Bischof ihres Bezirkes, und Melvin Nolt, einen der Prediger, eintreten zu lassen. Für einen Höflichkeitsbesuch war es bereits recht spät, so fürchtete Miriam zurecht, dass dem Bischof Verfehlungen ihrer Familie zu Ohren gekommen war, von denen sie selbst noch nichts wusste. Zuweilen gestaltete sich das Leben recht schwierig. Zuviel konnte man falsch machen, unbewusst oder bewusst, weil man nicht realisierte, warum dieses oder jenes nicht erlaubt sein sollte. Die moderne Welt der *Englischen* schritt so schnell voran, dass amische Vorschriften nicht immer alles sofort auffangen konnten, was sich bereits in die einfache Lebenswelt eingeschlichen hatte.

Noch während Miriam darüber nachdachte, was dem Bischof und dem Prediger bewogen haben könnte, ihnen einen Besuch abzustatten, hatte Samuel die Gäste bereits begrüßt und am Tisch Platz nehmen lassen. Die Petroleumlampe, die dort stand, warf ihr flackerndes Licht kaum über die Tischgruppe hinaus und Miriam musste zuerst eine weitere Lampe anzünden, um in der Küche den Tee vorzubereiten, der von Samuel angeboten und vom Bischof angenommen wurde.

„Samuel Graber. Mir ist zu Ohren gekommen, dass mehrmals bereits eine *Englische* bei euch zu Besuch war", begann der Bischof ohne Umschweife. Aufrecht und respekteinflößend saß der alte Mann da mit einer Miene, die Ehrerbietung einforderte. Sein Amt war gottgegeben, durch das Los bestimmt, auf die gleiche Art wie einst der Apostel Matthias zu den elf übriggebliebenen Aposteln dazu bestimmt wurde.

Bischof Schwartz vermutete, dass – so wie er vor fast zwei Jahrzehnten - keiner gern das Los dieser Würde annahm, da sie zum einen auf Lebenszeit ausgerichtet war, zum anderen ein noch tugendhafteres Leben einforderte, als von den übrigen Gemeindemitgliedern ohnehin schon verlangt war. Er wusste von Amtsbrüdern, die kaum mehr Schlaf fanden aufgrund dieser Bürde, so vieles richtig machen zu müssen, sich um so vieles kümmern zu müssen.

Nun musste er dieses Amt mit der ganzen Größe seiner Person ausfüllen. Dazu gehörte auch, Verfehlungen der ihm anvertrauten Gemeinde im Keim zu ersticken.
„Ja, das ist richtig, Bischof Schwartz." Samuel begegnete dem Gleichaltrigen mit Anstand und Respekt, so wie es sich dem Würdenträger gegenüber gehörte. Er hatte noch nie die herausragende Stellung der Gemeindeleiter in Frage gestellt und würde es diesmal auch nicht tun. Das Losverfahren bedeutete ein Gottesurteil, also die Sicherheit, dass Gott selbst sich diese Person erwählt hatte.
„Wer ist sie?", fragte der Bischof, während sich der Prediger, viel jünger an Jahren, zurückhielt.
„Sie kommt aus Deutschland und ist auf der Suche nach ihren Ahnen", gab Samuel korrekt Auskunft. „Wir wollten zuerst nicht mit ihr reden, aber dann habe ich in unserer Hausbibel, die sich bei meinem Neffen Henner befindet, genau die Namen gefunden, die sie als ihre Vorfahren angegeben hat."
„Ihre Vorfahren haben den falschen Weg eingeschlagen, was geht es uns an?", warf der Bischof ein. Er seinerseits respektierte Samuel Graber als aufrechten, ehrlichen Mann, doch er musste die Vorgänge hinterfragen.
„Nun, Bischof Schwartz, ich gebe zu, dass es mir einerlei war, was sie wollte oder welche Gründe sie hierher gebracht haben. Aber eine Sache erschien es mir doch wert, noch einmal nachzufragen. Beim zweiten Mal habe ich sie in mein Haus gebeten..." Er hob beschwichtigend die Hand, als der Bischof zu einer Widerrede ansetzen wollte. „Sie besitzt ebenfalls eine sehr alte Familienbibel. Älter noch als unsere. Und du weißt, Bischof, dass die Bibel und der Stammbaum der Grabers einer der wenigen ist, der bis in die Siedlungszeiten zurückführt. Nun, ihr Stammbaum geht zurück bis zu den

Wurzeln ihrer Familie in der Schweiz. Und bis ins 17. Jahrhundert. Ich habe ihn hier. Möchtest du ihn sehen?" Ein wenig hoffte Samuel, dass sich der Bischof locken ließe, das Papier anzusehen. Damit wäre seine Neugier geweckt und er wäre Teilhaber an einem eventuellen falschen Tun, das dann nicht mehr so falsch wäre.

„Du sprichst wie ein Hausierer, Samuel Graber!", mahnte der Bischof nicht unfreundlich. „Erzähle, was es mit dem Stammbaum auf sich hat."

„Ich weiß es noch nicht, Bischof. Ich hatte noch keine Zeit, ihn genauer anzusehen und zu erkunden, welche Namen aus unserer Gründerzeit dort verzeichnet sind. Die junge Frau jedenfalls hat keine Ahnung, welchen Schatz sie in den Händen hat. Wäre es nicht wunderbar, die Wurzeln unserer Gemeinde bis in die Anfänge zurückverfolgen zu können? Du weißt, wie viele Familien direkt oder indirekt mit den Grabers verwandt sind."

Der Bischof kraulte seinen Bart, was zwar nicht uneitel, aber seine langjährige und unbewusste Gewohnheit war. „Es wäre von Interesse für praktisch jede Familie in unserem Bezirk", sinnierte er mehr zu sich selber als zu Samuel Graber gesprochen. Dann trank er in langsamen, vorsichtigen Schlucken den heißen Kamillentee, den Miriam ihm hingestellt hatte.

„Nun gut. Es ist zu spät heute und auch zu dunkel, um irgendwelche Schriften zu erkunden. Wann passt es dir, Samuel? Dann gehen wir beide die Unterlagen zusammen durch." Er wandte sich zu dem stillen Mann, der das Gespräch schweigend verfolgte. „Bist du damit einverstanden, Prediger Nolt? Du kannst gerne dabei sein, wenn du das möchtest."

Der Prediger nickte. „Was du für richtig erachtest, ist richtig, Bischof. Ich bringe gerade die Apfelernte ein. Da braucht die Familie jedes Paar Hände, das sie kriegen kann. Wenn du also nichts dagegen hast, könntest du mich informieren, zu welchem Ergebnis ihr gekommen seid."

„Dann ist es so. Passt es dir morgen früh, Samuel? Oder musst du auch etwas ernten?" Miriam stand abseits im Halbdunkel an die Küchenspüle gelehnt und trank ihrerseits eine Tasse Tee. Sie schmunzelte. Der Bischof war wohl ebenso neugierig wie ihr lieber Mann es vor wenigen Tagen noch gewesen war.

Kapitel 12

Markus war noch vor Sonnenaufgang zu seinem Haus zurückgekehrt und hatte die weißgetünchten Schlafzimmerwände verschönert. Ein warmer Rotton zierte nun in einem dekorativen Muster die hölzernen Wände. Durch die geöffneten Fenster wehte ein Hauch von beinahe herbstlicher Luft, aber es versprach, wieder ein sonniger Tag zu werden. Die Farbe sollte schnell trocknen. Es trieb ihn an, den Raum fertig zu möblieren. Das alte hölzerne Bett seiner Eltern stand mit Planen abgedeckt in der Mitte des Zimmers. Ebenso die schwere Kommode. Er zog die dicken Planen von beiden Möbeln und trug sie, zusammen mit der Maler-Auslegware hinunter in die Scheune. Dann wusch er sich an der Wasserpumpe mit eiskaltem Wasser und zog sich um. Da er vorhatte, heute nach Coatesville zu fahren, um wieder nach der Post zu sehen, hatte er sich Kleidung zum Wechseln mitgebracht. Zuvor nahm er den Karton, der vollbepackt in einer der Ecken der Scheune stand, und trug ihn hinauf ins Schlafzimmer. Dann plagte er sich mit der neuen Matratze über die schmale, steile Treppe, legte sie in das Bettgestell, packte die beiden Kissen und die gekauften Bezüge aus und richtete das Bett. Er breitete ein Laken darüber und als Krönung die wunderschöne Quiltdecke, deren Farbenspiel ausgesprochen gut zu den rotgemusterten Wänden passte.
Die Weltlichen würden über die Schönheit staunen! dachte er, nicht ohne Ironie. Dabei fiel ihm einmal mehr auf, dass er sich mit seinen amischen Wurzeln deutlicher identifizierte, als mit dem Leben *da draußen.*

Diesmal hatte der Bedienstete im Postamt von Coatesville ein großes Paket für ihn auf Lager. Keine weiteren

Briefe. Im Postbüro wollte er kein Aufhebens machen, doch draußen auf dem Parkplatz beäugte er den großen Karton erst einmal misstrauisch. Er horchte sogar daran, was einige Passanten, die auf dem nahen Gehweg vorbeigingen, zu Getuschel und Gelächter animierte. Dann beschloss er, darauf zu vertrauen, dass das Paket wirklich von Jeffrey kam, ganz so wie auf der Absenderadresse vermerkt war. Erst jetzt bemerkte er, dass es sich eindeutig um Jeffreys Schrift handelte.

Er packte das Riesending auf den Rücksitz, wo es gerade so Platz fand und ihm die gesamte Sicht nach hinten nahm und fuhr in einen Discounter. Dort besorgte er sich einige Utensilien, die er für die Renovierung brauchte, nur Kleinigkeiten natürlich, da er keine großen Stücke mehr transportieren konnte, und etwas zu essen für einen Tag.

Markus traute dem Frieden dennoch nicht. Er packte den sperrigen und schweren Karton draußen aus, für den Fall, dass ... Doch nichts passierte! Zum Vorschein kamen zwei Postsäcke mit Briefen von der Art, wie sie Fans ihrem Schwarm schickten, ein Packen mit geschäftlicher Post und noch vier große Kuverts, die, dem Absender nach zu urteilen, Drehbücher enthielten.

Fanpost! Er hatte immer viel davon bekommen. Und normalerweise wurde sie erledigt vom Büro seines Managers, der regelmäßig Studenten für die Beantwortung der Autogrammwünsche einsetzte, und jetzt ebenso wie alle anderen den Weg über Jeffrey gehen musste, um ihn zu erreichen. Der verstand das ganz und gar nicht und war der Meinung, dass die Agentur des Managers durchaus auch die Nachsendeadresse verwalten hätte können, aber Markus blieb eisern. Die Situation war zu belastend, als dass er zu vielen seine neue Adresse mitgeteilt hätte, zumal sein Manager bis heute keine Ah-

nung von seiner wirklichen Herkunft hatte. Jeffrey hatte ihn einmal gefragt, wieso er diese Abstammung nicht offenlegte, doch Markus wollte auf keinen Fall *seine* Leute ins Spiel bringen. Sie lebten abgeschieden und wollten dies auch weiterhin tun. Irgendwelche Fernsehteams, die nach Hintergrundberichten suchten, waren da absolut fehl am Platze. Jeffrey hatte genickt und ihm letztendlich recht gegeben.
All dies ging Markus durch den Kopf, als er das Paket ins Haus und die Treppe hinauf ins Schlafzimmer schleppte. Es war der Raum, der die Gemütlichkeit ausstrahlte, die er brauchte. Bis er unten fertig war, würde er sich hier einrichten und auch die Post hier bearbeiten. Obwohl er vorhatte, wieder an die Arbeit zu gehen, lockten ihn die Postsäcke. Es war lange her, dass er einen der Fanbriefe selbst gelesen hatte. Nun schüttete er einen Sack auf das Bett und begann, darin zu wühlen.

******

Auf dem blankpolierten Tisch hatten die Männer die Urkunden gebreitet, die Auskunft über die Herkunft der Familie Graber gaben. Aufmerksam verfolgte der Bischof den Weg der Familie aus Henner Grabers Bibel bis zum vermeintlichen Anfang: der aus dem damaligen Königreich Bayern eingereisten großen Familie Graber, die aufgrund ihres amischen Glaubens unter Mühen von dort geflohen waren, nachdem sie bereits aus der Schweiz vertrieben worden waren. Unabhängig voneinander ging beiden Männern durch den Kopf, wie viel Unbill die damaligen Auswanderer auf sich nehmen mussten, um überhaupt die Überfahrt bezahlen zu können, ohne zu wissen, was sie am Ziel, sofern sie es überhaupt erreichen würden, erwartete. Doch sie schienen mit Hoffnung im Herzen gefahren zu sein. Mit der Hoffnung, dass sie ihren Glauben frei leben durften, nicht in der Angst und Unterdrückung, aus der sie geflohen waren. Dazu hatten sie nichts weiter, als ein Gerücht, das besagte, dass ein gewisser Herr Penn jedem Siedler Religionsfreiheit garantierte, der sich in einem bestimmten Gebiet niederließ. Tatsächlich fanden sie nach einer dramatischen Überfahrt ihren Frieden in Pennsylvania, jenem Staat, der nach Mr. Penn benannt worden war.

Bischof Schwartz ging alle Namen durch, überlegte, wen aus der neueren Linie von Henners Aufzeichnungen er noch gekannt hatte, und kam auf eine ganze Menge von Personen, an die er sich noch erinnern konnte. Er und Samuel unterhielten sich eine Weile über diesen oder jenen, bis der Bischof auf einen Namen tippte, der auch für ihn etwas Besonderes darstellte.

„Hier: Jakob Graber. Er war der Urgroßvater meiner Rachel." Dann, nachdem er diesen Zweig insbesondere zurückverfolgt hatte, zog er das von Lena kopierte Blatt heran und studierte die Zweige der Familie. Samuel hatte recht gehabt mit seiner Andeutung, dass der Plan bis in die Anfänge des 17. Jahrhunderts zurückgehen würde.

1693 wirkte Jakob Ammann im Emmental in der Schweiz. Bischof Schwartz war aufgeregt, was bei Männern seines gesetzten Alters selten vorkam. Die letzte Eintragung auf Lenas Stammbaum lautete auf *Michael und Dorothea Graber, Schneidermeister, Bern, Hochzeitsdatum: 11. November 1701.*

„Deine Familie könnte unseren großen Vorfahren gekannt haben. Wie man sagt, war auch Jakob Ammann ein Schneider. Und er lebte zur Zeit der Grabers im Emmental", stellte der Bischof sachlich fest. „Wir sollten nicht in der Vergangenheit leben, aber wenn wir damit konfrontiert werden, sollten wir sie auch nicht wegschieben."

„Das war auch meine Meinung, als ich mir einen Abend lang überlegte, noch einmal mit der jungen Frau zu sprechen", stimmte Samuel zu und lehnte sich in seinem Stuhl zufrieden zurück, während der Bischof weiter die Namensliste der alten Urkunde durchforstete. Nach einer Weile beendete Bischof Schwartz seine Forschungen. Er setzte sich zurück. „Aber wir dürfen auch nicht vergessen, dass die junge Frau Nachfahrin eines Abtrünnigen ist."

„Nun, eigentlich ist die Sache ja schon erledigt. Ich habe zu ihr gesagt, sie solle nach dem Gottesdienst wieder herkommen, der bei uns hier stattfindet. Dann wollte ich mit den Verwandten sprechen. Wer sie kennenlernen möchte, kann dies tun. Sie hegt weiter keine Absichten. Wie sie erklärte, hat sie keinerlei Verwandte mehr. Es ist die traurige Geschichte vieler Weltlicher, die keine Hoffnung in sich tragen. Viele ihrer Vorfahren starben im Kindesalter oder als Soldaten. Sie wollte lediglich wissen, ob es noch Grabers gibt. Und sie wird wieder nach Hause fahren. Immerhin hat sie uns eine wichtige Urkunde gebracht", erklärte Samuel ausführlich, nachdem er erkannte, dass er den Bischof auf seiner Seite hatte.

„Ja, das ist wahr. Du kannst der Familie davon berichten und wer möchte kann sie kennenlernen. Ich habe nichts dagegen einzuwenden", sagte Bischof Schwartz behäbig. Er nahm seinen Hut, den er neben sich auf einen Stuhl gelegt hatte und stand auf. „Was mir eher Sorgen macht ist, dass sie mit diesem *Troyer-Bu* hergekommen ist. Ich habe gehört, dass er an dem alten Haus arbeitet."

Samuel wusste nicht recht, ob der Bischof von vorneherein die Absicht hatte, über Markus Troyer zu sprechen, oder ob es ihm gerade eingefallen war. Miriam, die hinter dem Bischof aber im Sichtfeld Samuels stand, hob den Kopf. Samuel sah es mit Sorge. Er wusste, dass seine Frau eine Schwäche für den jungen Mann hatte, der die Welt draußen der engen Gemeinschaft vorgezogen hatte. Nun würde sie ganz Ohr sein, was Bischof Schwartz zu dem Thema zu sagen hatte.

„Soweit ich weiß hat er ihr den Weg gezeigt, als sie sich verirrt hatte", antwortete Samuel deshalb vorsichtig. Es war nicht nötig, Mettie mit hineinzuziehen, die zwischen ihm und der Fremden vermittelt hatte.

„Wäre er ein Weltlicher, wie die anderen auch, hätte ich kein Problem. Sie leben ihr Leben und wir unseres. Aber das schlechte Beispiel Troyers kann unseren jungen Leuten den Kopf verdrehen. Sie könnten ihn als Beispiel nehmen und denken, dass es sich mit all dem modernen Schnickschnack leichter leben lässt, als mit unserer althergebrachten, gottgefälligen Lebensweise."

Samuel nickte, mehr in Richtung seiner Frau, der er vor wenigen Tagen das Gleiche gesagt hatte.

„Er soll Schwierigkeiten haben", sprach der Bischof weiter. „Habt ihr etwas davon gehört?"

Samuel sah nun offen zu Miriam hinüber, die sich erschrocken den Männern zugewandt hatte, als sie den letzten Satz des Bischofs vernahm.

„Nein! Was ist denn sein Problem?" Miriam bemühte sich, nicht allzu besorgt zu klingen.

„Ich weiß es nicht genau. Es scheinen Gerüchte im Untergrund zu rumoren. Offen hat noch niemand mit mir gesprochen und auch mit keinem der Prediger."

„Das Problem scheint zu sein, dass er hier aufgetaucht ist. Schon kursieren Gerüchte, die keiner gebrauchen kann", brummte Samuel.

„Nun, wenn ihr etwas hört, informiert mich darüber. Es ist meine Aufgabe, unsere Gemeinschaft zu schützen. Da kann ein kleiner Funken schnell zum Buschfeuer werden." Der Bischof ging zur Türe, grüßte und marschierte mit kräftigen, selbstbewussten Schritten hinüber zu seinem Einspänner.

Samuel sah ihm nach und als er den Hof verlassen hatte, wandte er sich Miriam zu. „Frau, wenn du etwas weißt über diesen Troyer, dann sag es. Der Bischof hat recht, wenn er sagt, dass er zu einer Gefahr werden kann!" Es klang nicht unbedingt wie ein Befehl, war aber sehr eindringlich formuliert.

Miriam nickte und knetete weiter ihren Brotteig. „Wenn ich etwas höre, werde ich es dir sagen."

******

Ruland Becker hatte inzwischen herausgefunden, wer die Post für Troyer abholte. Er hatte nach dem missglückten ersten Versuch einfach abgewartet und bekam Routine darin, nicht allzu auffällig vor dem Mietshaus herumzuhängen. Außerdem hatte er es inzwischen zu einer hervorragenden Fertigkeit gebracht, was unterschiedliche Erscheinungsformen betraf. Mit Bart, ohne Bart, verschiedene Brillen, Frisuren, eine Langhaarperücke, Mützen, Hüte, Arbeits- und sonstige Kleidung. In seinem eigenen Haus konnte er sich holen, was immer er brauchte. Die Polizei war dabei keine Gefahr und die sicherlich informierten Nachbarn auch nicht. Nachts schlummerten alle selig im Bett oder vor dem Fernseher. Da brauchte es keine übermäßige Vorsicht. Außer, dass er nicht unbedingt über den Garten des rechts neben ihm wohnenden Nachbarn in sein Haus gelangte. Der hatte einen scharfen, recht aufmerksamen Hund.

Nun hatte er alle möglichen Verkleidungen, Proviant und was er sonst so brauchte in seinem verkommenen Versteck gebunkert. Der Zufall wollte es, dass er bereits am vierten Tag seiner Lauer Jeffrey Rosenberg entdeckte, der die Post abholte. Für Ruland bestand kein Zweifel darüber, dass Jeffrey seinem Freund die Post nachschickte. Nun brauchte er einen Plan, wie er an die nötigen Adressen kommen konnte, die von Jeffrey und die von Troyer. Er war sich sicher, dass Jeffrey die Nachsendeadresse bei sich zu Hause aufbewahrte. Das war eine harte Nuss. Solche Adressen von wichtigen Leuten wurden normalerweise geheim gehalten. Und Jeffrey war, ebenso wie Troyer, durchaus eine Persönlichkeit, nicht nur in Jacksonville. In Ruland Beckers Gehirn tauchte plötzlich ein Bild auf, das ihn verwirrte. Markus Troyer als Astronaut. Ein weiteres Bild: Markus Troyer als Polizist. Und dann noch: Markus Troyer als der Attentäter, der dieses Stadtviertel und damit Tausende von Menschen untergehen ließ.

Irgendetwas stimmte an diesen Bildern nicht. Jeffrey Rosenberg war Troyers Freund. Dieses Wissen lagerte in derselben Schublade von Rulands Gehirn, in der sich auch die Einzelheiten über das Attentat befanden. Troyer war ein Massenmörder, Rosenberg ein Schauspieler. War Troyer auch ein Schauspieler?

Ruland schlug mit der flachen Hand gegen die eine Seite seines Kopfes, so als müsse er sich die verwirrenden Gedanken im wahrsten Sinne des Wortes aus dem Kopf schlagen. *Massenmörder... Schauspieler... beste Freunde ....* – es ging nicht zusammen. Nicht in diesem fast lichten Moment seines vernebelten Verstandes. Etwas rumorte in Ruland Becker, ein komisches Gefühl in der Magengrube, ein Gefühl, das er schon als Kind kannte, wenn da etwas war, was er nicht verstand.

Er schloss die Augen und atmete tief durch. Eine Weile saß er so auf der Bank in dem Park, in den er gegangen war, nachdem er Rosenberg mit Troyers Post gesehen und sein Tagwerk erfüllt hatte. Dann kamen Kinder des Weges, kleine Kinder in Zweierreihen. Am Anfang und am Schluss der kleinen Kolonne zwei Frauen. *Wie viele von ihnen hatten ihre Väter, ihre Mütter verloren bei dem Attentat? Troyer war ein Massenmörder!* Nun stimmte seine Gedankenwelt wieder. Alles war klar, sonnenklar! Troyer war Massenmörder, getarnt als Schauspieler. Jeder Schwerverbrecher hatte ein Leben neben dem Verbrechen!

Entschlossener denn je stand er auf und hatte stehenden Fußes einen Plan!

Kapitel 13

Markus hatte die Briefe geöffnet und gelesen. Viele von ihnen waren recht kurz gehalten und enthielten lediglich einen Autogrammwunsch, einige mit dem Hinweis, dass sie Markus Troyer *wahnsinnig toll* fänden. Einige waren aber recht ausführlich. Die Schreiber beschrieben ihr Leben und wie er, Markus, einen Platz darin einnahm. Er war gerührt darüber zu entdecken, wie wichtig sein Dasein für manches einsame Herz wohl sein mochte. Und er erkannte, in welcher Traumwelt der eine oder andere Verfasser ganz offensichtlich lebte. Dennoch, der Zuspruch tat ihm gut. Einige ganz neue Briefe waren dabei, die Bezug nahmen auf die schrecklichen Vorkommnisse der letzten Wochen und die ihm Trost zusprachen.

Er war Jeffrey dafür dankbar, dass er die Briefe, die ansonsten von Fremden mechanisch bearbeitet wurden, indem sie eine Autogrammkarte in ein Kuvert steckten und es mit der jeweiligen Adresse versahen, an ihn geschickt hatte. Obwohl er seit dem Vorfall nicht mehr mit ihm gesprochen hatte, schien der Freund sehr wohl zu spüren, wie nahe ihm die Geschichte ging.

Markus nahm sich vor, die persönlich formulierten Briefe selbst zu beantworten, jeden einzelnen von ihnen. Er hatte bei vierhundertfünfzehn aufgehört zu zählen, ein schönes Stück Arbeit wartete da auf ihn!

Nachdem er Stunden mit der Fanpost zugebracht hatte, war er wieder an die Arbeit gegangen und hatte sich um die Küche gekümmert. Der verdreckte Holzofen war gesäubert, die Pumpe funktionierte wieder, lediglich der antike Kühlschrank war schrottreif. Er würde sich einen neuen anschaffen müssen.

Nun ging er an die Fenster. Er baute sie aus, reparierte diejenigen, die sich reparieren ließen und fertigte ein Neues für jenes an, dessen Rahmen total verzogen und an mehreren Stellen aus der Halterung gebrochen war. Nun fehlten noch zwei geborstene Fensterscheiben der alten Fenster und die komplette Verglasung des neuen Fensters. Doch fürs erste machte er eine Pause.

Seit zwei Tagen hatte er es geschafft, Lena aus dem Weg zu gehen. Da sie bei ihm auf der Baustelle nicht vorbeischaute, hatte sie offensichtlich Ähnliches im Sinn. Es sollte ihm recht sein, auch wenn er darunter litt, wie er sich selber offen eingestand. Mehr als einmal war er versucht, ihre Telefonnummer, die sie ihm gegeben hatte für den Fall, dass ihre Recherchen etwas Neues ergaben, anzurufen. Er beließ es bei dem dringenden Wunsch. Es war besser so!

Der Tag hatte regnerisch begonnen. Es war feucht und kalt und die Kälte drang durch die offenen Fenster in die Stube. Markus hatte nicht daran gedacht, eine Arbeitsjacke oder einen Pullover mitzubringen und noch einmal zum Gästehaus zurückzufahren kam nicht in Frage, nicht, dass ihm Lena doch noch über den Weg lief. Nun schaute die Sonne hinter den schweren Wolken hervor und er setzte sich auf die Veranda, um sich ein wenig von ihren Strahlen wärmen zu lassen. Auf dem Tischchen vor ihm lagen die drei großen Kuverts, von denen er nun das erste öffnete. Sie waren an seine Agentur adressiert, offensichtlich auch dort geöffnet, begutachtet und wieder notdürftig zugeklebt worden.

Das Drehbuch handelte von einem Wissenschaftler, der allerlei Abenteuer zu bestehen hatte, um irgendwas Aufregendes zu finden. Markus grinste! Alles schon mal dagewesen und außerdem textlich total überfrachtet. Er

legte das in seinen Augen misslungene Machwerk beiseite.
Im zweiten Drehbuch fanden sich lange Beschreibungen einer bizarren Handlung, die beinahe ohne Dialoge auskam, wie er nach einem ersten groben Durchblättern bemerkte. Bei genauerem Hinsehen entpuppte sich die Story als bestenfalls erotisch, schlimmstenfalls als Sexstreifen. Warum schickte ihm seine Agentur überhaupt solche Angebote? Sie wussten, dass er einen derartigen Film niemals machen würde, wenn sie auch seine Beweggründe dafür nicht kannten.
Oh Mann, dachte er bei sich selber, *gibt's keine guten Angebote mehr?*
Er nahm sein Sandwich zur Hand und aß es hungrig auf. Für heute war es seine erste Mahlzeit, da er das Hotel noch vor dem Servieren des Frühstücks verlassen hatte.
Die Sonne hatte ihre wärmende Kraft noch nicht verloren, so dass der Platz auf der Veranda ganz gemütlich war. Er blieb noch eine Weile sitzen und öffnete das dritte Kuvert. Hier lag ein Brief von Lou, seinem Agenten bei, der es ihm dringend ans Herz legte. Es sollte eine Kurzserie werden.
Markus las das Exposé. Schon nach dem ersten Absatz, als er begriff, worum es im Buch gehen sollte, war er Feuer und Flamme für das Projekt. Es war die Geschichte seines Volkes! Die Auswanderung der Amisch und Mennoniten in die neue Welt. Wunderbar geschrieben und sehr nah an der Wahrheit. Keine unnötige Dramatik, aber auch keine Heile-Welt-Geschichte, das Leben eben! Er verschlang die fünfundvierzig Seiten des ersten Drehbuches und war begeistert. Glaubte man dem Exposé sollten fünf weitere folgen. Obwohl er nicht wusste, wie der Autor weiterarbeiten würde, wollte er die

angebotene Rolle unbedingt haben. Das Konzept gab darüber Auskunft, dass geplant war, den gleichen Schauspieler in die Rolle der jeweiligen Nachfahren des Titelhelden zu besetzen. Die Dreharbeiten sollten bereits im nächsten Sommer beginnen, was Markus ziemlich knapp erschien. Aber er würde es machen! Drehorte sollten in den Schweizer Bergen, im Elsass und in Pennsylvania sein. Er beschloss, seinen Agenten auf die Rolle anzusetzen, um für ihn die Verhandlungen zu führen.

Ob es ein Stoff war, den die Amerikaner lieben würden, wusste Markus nicht. Geschichtliches war so manchem Serienliebhaber zu schwierig, außerdem waren im Moment die Fantasy- und Science-Fiction-Serien in Mode. Er hoffte dennoch, dass das Vorhaben gelingen würde!

Diese neuen Pläne rissen ihn ein wenig aus seiner Lethargie. Neuer Schwung trieb ihn an, um endlich mit der Renovierung zugange zu kommen. Er sammelte Kuverts und Schriftstücke ein, brachte sie in sein Schlaf- und Arbeitszimmer und ging mit neugewonnenen Tatendrang zurück an seine Arbeit. Nichts konnte darüber hinwegtäuschen, dass ihm Lena fehlte, selbst wenn die wenigen Tage, die sie sich jetzt kannten, kaum zu einer tiefen Beziehung geführt haben konnten.

Doch sie hatten über ihre Zuneigung offen gesprochen. Markus fühlte Unbehagen, wenn er daran dachte. Er hätte es lassen sollen! Wie konnte ein erwachsener Mensch ernsthaft daran denken, einem anderen nach drei Tagen seine Liebe zu gestehen? Gut, er hatte das Wort tunlichst vermieden und auch Lena hatte es nicht ausgesprochen, aber dennoch fühlte er sich ertappt, peinlich berührt und kam sich reichlich dumm vor.

Um sich abzulenken, machte er eine Liste darüber, was noch zu tun war. Dann begann er eine neue Liste, auf der er schrieb, was er dazu noch besorgen musste.

Wenn es ihm gelang, möglichst schnell einen Kühlschrank aufzutreiben, könnte er schon morgen oder übermorgen endgültig hier in seinem eigenen Haus wohnen.

******

Lena war nach Philadelphia gefahren. Ihr selbst auferlegtes Besichtigungsprogramm verlangte einige Disziplin, aber die schöne Stadt nahm sie letztendlich doch schnell für sich ein. Drei Museen standen auf ihrer Liste, ein besonders empfohlenes Lokal, die Altstadt mit ihrer reichen Geschichte, ein Shopping-Center, das allein der Ablenkung diente. Erst am Abend schlug sie wieder den Weg zu ihrer Pension ein. Es war bereits dunkel, als sie aus dem Wagen stieg und schnell hinübereilte zu Yoder's, um sich einen Imbiss zu besorgen. Einerseits war sie zu Tode erschöpft von der quirligen Stadt, der langen Fahrt und dem wechselhaften Wetter, andererseits tobte in ihr eine Unruhe, als würde sie auf einer Nussschale über sturmbewegte See schippern.
Markus hatte es ihr nicht leicht gemacht. Selbst in Philadelphia lachte sein Konterfei von Illustrierten, die die Kioskbesitzer als Kaufanreiz ausgestellt hatten. Seine Geschichte wurde breitgetreten, jetzt, da langsam immer mehr Details bekannt wurden. Abgesehen davon gab es trotz aller Ablenkung kaum eine Minute, in der er sich nicht in ihre Gedanken drängte.
Eine andere Sache, über die sie sich bisher noch nie den Kopf zerbrochen hatte, begann sie den ganzen Tag umzutreiben: Sie fühlte sich allein. Ihr ganzes Leben lang war sie eine Einzelgängerin gewesen. Durch ihre Kindheit auf dem Einödhof und die spärliche Anzahl der Familienmitglieder war sie praktisch dazu gezwungen,

sich mit sich selber zu beschäftigen. Erst im Beruf hatte sie gelernt, im Team zu arbeiten, doch in ihrer Berliner Wohnung war sie wieder allein. Und bisher hatte es ihr nichts ausgemacht.

Seit sie jedoch hier war spürte sie die Einsamkeit deutlicher denn je. Allerdings nicht immer, denn wenn sie mit Markus zusammen war, dann nicht. Dann machte sich in ihr ein Glücksgefühl breit, das sie so noch nie empfunden hatte. Ihr selbstauferlegter Rückzug aber schmerzte sie körperlich.

Lena war vor einigen Minuten zurückgekommen, stand nun mit dem köstlichen Thunfischsandwich in der Hand vor dem Fenster ihres Zimmers und schaute hinaus auf die Straße, auf der um diese Zeit nur wenig Verkehr war. Lediglich das Restaurant zog Auto- und Kutschenfahrer an. Die Neumondnacht war stockdunkel. Lena hatte das Licht in ihrem Zimmer ausgemacht, um besser nach draußen sehen zu können. Die Dunkelheit passte zu ihrem momentanen Befinden. Es ließ sich nicht wegleugnen, dass sie sich nach Markus sehnte. Jede einsame Pore ihres Körpers sehnte sich nach seiner Gesellschaft. Ohne, dass sie es wahrnahm, liefen Tränen über ihre Wangen. Erst als sie ihr Gesicht kitzelten, bemerkte sie sie. Mit dem Handrücken wischte sie die salzige Feuchtigkeit weg, doch der Damm war gebrochen. Sie schluchzte laut auf, legte ihr Sandwich achtlos auf den kleinen Beistelltisch, warf sich aufs Bett und weinte heiße Tränen in ihr Kopfkissen. Sie konnte nicht ahnen, dass Markus in seinem Zimmer gesenkten Hauptes an der Wand stand und ihren Gefühlsausbruch mit Schmerzen in der Seele wahrnahm.

Auch ihn trieb ein und derselbe Gedanke wieder und wieder um: Wie konnte es sein, dass er bereits so vertraut war mit Lena, die er doch erst seit wenigen Tagen

kannte? Auch wenn es schmerzte, die Gedanken an die junge Frau, die sich auf der anderen Seite der dünnen Wand die Augen aus dem Kopf heulte, lenkten ihn von seiner eigenen Misere ab.
Würde sein Leben jemals wieder normal verlaufen?
Lena ihrerseits war über ihrer Trauer und Erschöpfung tief eingeschlafen.

******

Ruland Becker kannte inzwischen eine Menge Tricks, um an die Informationen zu kommen, die er benötigte. Jeffrey Rosenbergs Adresse war es, die er am dringendsten brauchte. Er forschte im Internet nach Meldungen über Stars und Sternchen, Informationen, die die Welt nicht brauchte, die aber vielleicht eine Spur im Gefüge seines Planes sein konnten. Schon hatte er einige kleine Splitter über Jeffrey und die Crew der erfolgreichen Serie gefunden, in der er und Troyer die Stars waren. Eine Wildwestgeschichte, die Ruland Becker durchaus spannend fand. Wieder war da dieses komische Gefühl, das sich in ihm ausbreitete. Eine Art Hilflosigkeit, als ob da etwas wäre, was er nicht im Griff hatte. *Aber er hatte alles im Griff! Was war es also? Wieso sah keiner ein, dass Troyer in Wirklichkeit ein Attentäter war? Einer der nicht davor zurückschreckte, einen Jumbojet in ein Wohnviertel zu versenken.*
Da war ein Gedankenblitz, ganz tief in den Windungen seines Gehirnes, der besagte, dass das alles großer Blödsinn war. Troyer war Schauspieler! Was wäre, wenn er diesen Attentäter nur gespielt hatte? ... *Das* war Blödsinn! Ruland ertappte sich bei der Überlegung, dass es ganz schön enttäuschend wäre, die Jagd jetzt aufzuge-

ben. Zuviel hatte er bereits darin investiert. Zu viel aufs Spiel gesetzt.

Warum nur drängten sich dann immer wieder diese Bilder in sein Bewusstsein? Diese Bilder, die besagten, dass er, Ruland, vielleicht irgendetwas nicht bedacht hatte?

Rastlos stand er auf und marschierte in dem dreckigen Raum herum, in dem er nun seit gut zwei Wochen hauste. Aus seinem Haus hatte er sich eine Isomatte und einen Schlafsack geholt, so dass er zumindest nachts nicht fror. Seit er herausgefunden hatte, dass die Polizei sein Haus kaum mehr observierte, hatte er sich sogar getraut, sich Mahlzeiten auf seinem Ofen zuzubereiten und seinen PC zu benutzen. So gesehen musste er zwar vorsichtig sein, aber seine Lage hatte sich durchaus gebessert. Die Nacht in seinem eigenen Haus zu verbringen getraute er sich jedoch nicht.

Die Gedankenfetzen und irritierenden Bilder hatten sich wieder in ihre stillen Winkel zurückgezogen. Ruland trank ein Schluck aus der Coladose und widmete sich wieder den Ausdrucken, die er sich aus dem Internetanschluss seines PCs in seinem Haus gezogen hatte.

Da entdeckte er es! Jeffrey Rosenberg hatte in seinem malerisch gelegenen Küstenhaus in Ponte Vedra eine Party gegeben... - Was dort passierte, war Ruland Becker egal. Ponte Vedra! Das Viertel der Reichen und Schönen in Jacksonville. Aber auch nicht übermäßig überwacht. Es gab keine Absperrungen oder Umzäunungen, wie das in anderen Wohneinheiten der Fall war. Die einzelnen Villen hatten gute Alarmanlagen oder einen hohen Zaun, oder beides. Und irgendwelche Sicherheitsdienste zogen wohl ihre Runden, aber nichts, was einen Profi wie Ruland abschrecken konnte.

Der Druck des Bildes von Jeffreys Haus war mit seinem alten Drucker nicht besonders gut geraten, aber man konnte durchaus den Schnitt des Gebäudes von der Küste aus erkennen. Nun musste Ruland nur noch nach Ponte Vedra hinausfahren, um dort einen ausgiebigen Spaziergang am Meer zu machen.

******

Mettie klopfte bei Miriam an der Hintertür. Kaum jemand betrat das Haus seiner Nachbarn durch die offizielle Vordertür. „Mettie! Was für eine Überraschung!", rief Miriam aus, als sie Mettie durch die Fliegentür erkannte. „Komm doch herein!" Sie hielt der jüngeren Nachbarin, deren Hof doch einige Felder weit entfernt lag, die Tür auf, da diese eine Auflaufform in beiden Händen hielt.
„Ich habe dir einen Hackfleischauflauf mitgebracht, Miriam. Ich dachte, vielleicht hast du so viel zu tun mit deinen Äpfeln, dass du kaum zum Kochen kommst. Und ich war ohnehin bei der Arbeit mit dem Auflauf."
Mettie stellte die Form auf den kleinen Küchentisch ab, der an der Wand stand und als Stauraum für die oft recht umfangreichen Vorbereitungen eines Essens diente. Obwohl Samuel und Miriam im Großvaterhaus wohnten und eigentlich mit der Familie im Haupthaus mitessen konnten, kochte Miriam sehr gerne selber.
Mettie lugte in den Wohnraum, der viel kleiner als der in den Familienhäusern war, und bemerkte, dass Samuels Hut nicht am Haken hing, so wie dies der Fall wäre, wenn er sich im Haus aufhalten würde.
„Ist...äh...ist Samuel gerade nicht da?", erkundigte sie sich beiläufig.

Miriam runzelte die Stirn. Es war absolut unüblich, wenn nicht gar undenkbar, ein Geheimnis vor seinem Mann haben zu wollen, aber Mettie zielte allem Anschein nach genau darauf ab, etwas in dieser Art loswerden zu wollen.
„Samuel ist mit den Jungen im *baamgaarde*." Sie bedachte Mettie mit einem langen, forschenden Blick und fügte dann hinzu: „Sie werden nicht ins Haus kommen, bevor ich die Essensglocke läute. Heute essen alle bei mir, weil alle anderen so beschäftigt sind."
„Wenn ich dir beim Zubereiten der Mahlzeit helfe, hättest du dann ein paar Minuten Zeit für mich?", fragte Mettie vorsichtig.
Miriam wusch sich den Strudelteig von den Händen, den sie gerade am Zubereiten war. Dann gab sie je zwei Teelöffel voll getrockneter Minzeblätter in zwei Tassen und goss mit dem heißen Wasser auf, das immer am Rande des Holzofens vor sich hin köchelte.
„Dann setz dich zu mir, Mettie Schwartz." Sie setzte sich an den Esstisch, der für den kleinen Raum fast zu groß erschien, aber immerhin alle Familienmitglieder fassen konnte, wenn es nötig war, und bot Mettie einen Platz ihr gegenüber an.
„Hör zu, Miriam. Vielleicht möchtest du keine Geheimnisse vor Samuel haben, dann sag es bitte. Ich möchte dir keine Gewissensprobleme bereiten."
„Du machst sie sehr rätselhaft, deine Geschichte", lächelte Miriam und fügte schelmisch hinzu: „Und jetzt ist sie für mich so interessant, dass ich alles dafür tun würde, sie zu hören."
Mettie lächelte kurz, wurde aber rasch wieder ernst. „Also gut, Miriam. Es geht um Markus Troyer. Wenn du also jetzt nicht weiter..."
„Jetzt sag schon!"

„Es ist nichts Verbotenes oder so. Er ist ja nicht gebannt..."

„Du machst mich ein wenig ärgerlich, *kind*!"

Nun runzelte Mettie die Stirn. Sie mochte es nicht, wenn die älteren Frauen die Alterskarte ausspielten und sie mochte es noch weniger, wenn sie jemand mit ihren achtunddreißig Jahren als *kind* bezeichnete.

Sie schluckte ihren Ärger hinunter, weil sie schließlich aus einem wichtigen Grund hier war. „Jemand will Markus etwas Böses. Er ist hier, weil er sich ... nun ja ... versteckt."

Miriam reagierte erschrocken. „Der Bischof machte schon eine Andeutung, dass Markus Ärger haben könnte. Hat er etwas angestellt?"

„Nein, du weißt doch, Miriam, dass er in der Welt da draußen recht berühmt ist. Ein Verrückter stellt ihm nach." Mettie legte vor Miriam offen, was sie selber wusste.

„Denkst du, dass wir dem Bischof davon erzählen sollten?", fragte Miriam nach einer kurzen Bedenkzeit. Sie war so schockiert wie jeder, der je von der Sache erfahren hatte.

„Was würde er wohl tun?" Ratlos zuckte Mettie mit den Schultern.

„Auch, wenn Markus keine Schuld daran hat, dass ein Verrückter hinter ihm her ist, die Ursache liegt nun einmal darin, dass er der Gemeinde den Rücken gekehrt hat", überlegte Miriam laut. „Aber die Männer sind jetzt schon sehr reserviert ihm gegenüber und viele der Frauen auch. Schlimmer kann es eigentlich nicht werden."

„Und wenn sie ihm nahelegen, von hier wegzugehen?"

„Sie haben keinen Einfluss auf einen Nicht-Getauften. Es kann schon sein, dass der Rat ihm das vorträgt. Aber was wollen sie machen, wenn er es nicht tut?" Miriam stand auf, um in einem der Kochtöpfe umzurühren und das Fleisch im Backofen mit Brühe zu begießen. „Ich denke eher, dass es gut sein könnte, zumindest Bescheid zu wissen, dass einer in der Gegend in Gefahr sein könnte. Ich glaube, sie werden gar nichts unternehmen, höchstens ein wenig wachsamer werden, falls nach Markus gefragt wird."

„Ich werde also John einweihen und du Samuel?", fasste Mettie zusammen.

„Ich denke, Mettie, dass es das Beste ist. Stell dir vor, es passiert etwas und wir haben unser Wissen nicht weitergegeben." Miriam vollendete ihre Gedanken nicht, stand stattdessen auf, nahm die leeren Teetassen vom Tisch und trug sie zur Spüle. „Kommt heute Abend her, du und John. Dann werden wir unsere Männer einweihen. Sie entscheiden, wie es weitergeht."

Mettie stimmte zu und verabschiedete sich rasch von Miriam, die noch alle Hände voll zu tun hatte, das opulente Mittagessen zuzubereiten, ihre Hilfe aber dankend ablehnte.

Kapitel 14

John und Samuel reagierten gleichermaßen erzürnt. Sie hielten Markus Troyers Anwesenheit für falsch und machten daraus keinen Hehl. Ihre kaum zu zügelnde Erregung ergoss sich über die beiden Frauen, die mit gesenkten Köpfen am Tisch saßen und – jede für sich – insgeheim darüber staunte, wie heftig die Reaktion der Männer ausfiel.

„Er zieht das Unglück in unsere Gemeinde!", rief John gerade aus und schlug mit der Faust auf den massiven Küchentisch der Grabers. Im Zwielicht der Öllampe konnte man sein vor Wut rot angelaufenes Gesicht erahnen. Mettie kannte ihren Ehemann und wusste, dass die Wut schnell über ihn kam, ebenso rasch aber auch wieder verrauchte.

„Ich habe es wieder und wieder gesagt: Der Troyer-*Bu* gehört nicht hierher", bekräftigte Samuel Johns Meinung. Doch während Mettie ruhig abwartete, mischte sich Miriam ein. Sie war klein gewachsen, eine schmale, zerbrechliche Person, deren Gewänder immer ein wenig zu groß aussahen, wenn der Wind draußen mit der Stofffülle spielte oder sie sich streckte, um die Wäsche aufzuhängen. Nun stand sie auf und war stehend kaum größer als John sitzenderweise.

„Markus Troyers Problem ist schwerlich unsere Schuld, die von Mettie und mir", sagte sie mit ruhiger, aber sehr bestimmter Stimme.

„Das…", unterbrach sie Samuel und erhob die Hand, um sich Gehör zu verschaffen.

Miriam wischte die Unterbrechung mit einer energischen Handbewegung zur Seite. „Es geht auch gar nicht darum, wessen Schuld es ist." Sie sah den viel jüngeren

John über den Rand ihrer Brille mit zusammengekniffenen Augen an.
„Es geht darum, was wir mit diesem Wissen anfangen. Mettie und ich sind zufällig darauf gestoßen und ja, wir mögen Markus Troyer. Darüber gibt es nichts zu diskutieren." Den letzten Satz sprach sie betont und mit erhobener Stimme in die Richtung Samuels.
„Wir sind beide der Meinung, dass wir dem Bischof darüber berichten sollten."
Mettie staunte über Miriams energischen Auftritt und nickte, als Miriams Blick sie dazu aufforderte.
„Was bildet ihr *Weibsleit* euch eigentlich ein, so eine Entscheidung zu treffen?" John hatte zwar in verminderter Lautstärke, nicht aber in versöhnlicherem Ton gesprochen. Samuel war es, der ihm antwortete: „John Schwartz! Was meine Frau tut oder nicht tut, das ist nicht deine Sache. Und in diesem Fall hat sie recht. Wer sind wir, dieses Problem, das die ganze Gemeinschaft, eigentlich die ganze Umgebung betrifft, alleine zu entscheiden? Wir werden heute Abend noch zum Bischof fahren!"
Er erwartete keine Entgegnung, weder von den Frauen noch von John, sondern stand auf, schlüpfte in seine Jacke und nahm seinen Strohhut vom Haken. „Komm, Frau!", befahl er und Miriam eilte sich, seiner Aufforderung nachzukommen. Mettie blickte zu John hinüber, der ganz offensichtlich noch am Rüffel des Älteren zu kauen hatte. Dann nickte auch John und er und Mettie folgten den Grabers hinaus in die Dämmerung.

Der Bischof reagierte weniger aufbrausend, als die beiden Männer zuvor. Er sah sehr wohl ein, dass die Frauen nur weitergaben, was sie zufällig in Erfahrung gebracht hatten. Der Weg, zuerst dem eigenen Ehemann und dann dem Bischof davon zu berichten, war absolut angemessen. Das machte James Schwartz seinem Neffen John, der, immer noch in Rage über die Eigenmächtigkeit der Frauen, von dem Problem berichtete, deutlich. Diese Zurechtweisung wirkte. John lehnte sich zurück und legte die Hände, nun ruhiger geworden, auf die Tischplatte im Haushalt des Bischofs. Dessen Frau war gerade dabei, Tee aufzutragen und so beschäftigte er sich erst einmal mit dem warmen Getränk, obwohl die Erregung immer noch in ihm arbeitete.

Der Bischof indessen war ein besonnener Mann, der dafür bekannt war, viele Seiten eines Problems zu bedenken. Nach einigen Minuten des Schweigens sah er von einem zum anderen und wiegte dann bedächtig mit dem Kopf.

„Ich hatte schon mitbekommen, dass im Untergrund Gerüchte rumorten, aber dass es dabei um solch ernste Angelegenheiten ging, ahnte ich nicht."

Er nahm einen Schluck des heißen Kamillentees und sprach langsam weiter: „Wir sind uns sicherlich darin einig, dass es besser wäre, wenn Markus Troyer wieder gehen würde. Aber keiner von uns kann das von ihm verlangen. Er wohnt in seinem Eigentum, so wie jeder unserer englischen Nachbarn auch. Dieser Mensch, der ihm nachstellt, hat keinen Grund für seine Taten. So wie Mettie und Miriam es berichtet haben, scheint es sich um einen Verrückten zu handeln. Was würden wir also tun, wenn einem unserer englischen Nachbarn solches widerfahren würde? Wir würden unseren Nachbarn nicht verurteilen, sondern die Augen offenhalten, ob uns nicht etwas Verdächtiges auffällt." Bischof Schwartz sah niemanden in der Runde an, sprach in Richtung der Wand, so als ob er seine Gedanken erst sortieren müsse. Nun nickte er. „Doch, das würden wir tun, nicht wahr,

John Schwartz und Samuel Graber?" Jetzt sah er in die Gesichter der Angesprochenen, die beide nickten.
„Nun, dann sind wir uns ja einig. Wir werden mit den anderen aus der Gemeinde sprechen und sie bitten, die Augen offen zu halten. Und nun wünsche ich euch eine gute Nacht. Der Tag war lang und voller Arbeit. Das wird auch der morgige wieder werden."
Mettie und Miriam warfen sich einen verstohlenen Blick zu, während die Männer sich verabschiedeten. Genau das war es, was sie erreichen wollten.

******

Irgendwann war Lena eingeschlafen und erwachte nun im Dunkel der tiefen Nacht. Zuerst war sie orientierungslos, wusste nicht, wo sie sich befand und lauschte angstvoll in die Neumondnacht hinaus. Dann kehrte ihr Denken zurück, aber auch pochende Schmerzen in ihrem gepeinigten Kopf. Nach dem Lichtschalter neben ihrem Bett tastend setzte sie sich auf und wartete, bis sich der Anflug eines Schwindels legte. Endlich gelang es ihr, das kleine Lämpchen auf ihrem Nachttisch anzuknipsen. Ein Blick auf ihre Armbanduhr sagte ihr, dass es halb vier Uhr morgens war. Taumelnd wankte sie hinüber in die kleine Nasszelle, um das Blister mit den Kopfschmerztabletten herauszukramen und zwei davon herauszudrücken. Sie nahm sie mit dem Rest aus der Wasserflasche, die sie am Abend achtlos auf dem Tisch abgestellt hatte. Das gedämpfte Licht tat ihr gut. Inzwischen hatte sich auch ihr Kreislauf wieder gefangen. Sie ging ein paar Schritte im Zimmer herum und stellte sich dann an das Fenster. Lena hatte die Dunkelheit immer gemocht. Ihre Augen hatten schon in Kindertagen sehr lichtempfindlich reagiert, so dass sie im Freien meistens

eine Sonnenbrille trug. Nachts hingegen sah sie recht gut, besser als so manch anderer. Nun, da sie aufrecht auf ihren Beinen stehen konnte und sich stabilisiert hatte, knipste sie das Licht wieder aus und sah hinunter auf die ruhige Straße. Ein Pferd mit einem Buggy trabte vorbei. Das Gefährt war zu allen Seiten hin mit Öllampen beleuchtet. Lena hatte einmal gelesen, dass diese umfangreiche Beleuchtung für die amischen Fahrzeuge vorgeschrieben war, um die Unfallgefahr im Dunkeln zu mindern. Als Autofahrer sah man die vor allem von der Seite und von vorne schlecht beleuchteten Kutschen zu spät, so dass schlimme Unfälle die Folge waren. Dem versuchte man mit strengen Vorschriften vorzubeugen.
Das Klapp-Klapp der Pferdehufe verstummte langsam. Von der anderen Seite her kamen die Scheinwerfer eines Autos in weit größerer Geschwindigkeit herangeschossen. Dann lagen die Straße und die Gebäude auf der gegenüberliegenden Seite wieder friedlich vor ihr.
Sie konnte sich von ihm nicht fernhalten! Die Sehnsucht nach Markus zerriss ihr beinahe das Herz und die Tränen saßen schon wieder verdächtig locker. Sie atmete tief durch. Nicht mehr weinen. Ihr Kopf pochte, in ihren Ohren pulsierte ihr Herzschlag. Nicht mehr weinen. Sie hatte das unbedingte Verlangen danach, dass es ihr wieder besser ging, dass sich ihr Kopf und ihr Herz beruhigten. Lena ging noch einmal in die Nasszelle, benetzte mit handwarmem Wasser ihr Gesicht, trocknete es ab und benutzte Hautcreme, um die trockene Haut um Wangen und Nase zu beruhigen. Dann legte sie sich wieder ins Bett. Einen Plan hatte sie nicht.

Markus hatte die ganze Nacht wach gelegen. Ihm war nicht zum Weinen zumute, doch sehnte er sich so sehr nach Lena, dass er mehrmals aufgestanden und zur Tür gegangen war, um den Griff in die Hand zu nehmen und dann wieder loszulassen. Sie wollte Abstand gewinnen, genauso wie er auch. Andererseits sah er das Problem, dass sie beide auf verschiedenen Erdteilen zu Hause waren, nicht so überdimensional wie es Lena offenbar tat. Er gestand sich ein, dass leicht reden war mit all den Ersparnissen im Rücken, die ihm praktisch alle Wege offenhielten, während sie natürlich mit jedem Cent rechnen musste.

Ein anderer, bereits tausendmal gedachter Gedanke stand bei ihm im Vordergrund. Wie konnte es passieren, dass sie sich in dieser kurzen Zeit so sehr ineinander verlieben konnten, dass es so sehr schmerzte? Gerade er hatte nie an Liebe auf den ersten Blick geglaubt. Er hatte es nicht einmal fertiggebracht, länger mit einer Frau zusammen zu sein, um überhaupt ihr Lieblingslokal herauszufinden. Markus schmunzelte. Lena liebte Yoder's, und nicht nur, weil es praktischerweise gegenüberlag. Lena mochte jeansfarbene Jeans und T-Shirts, bevorzugt in weiß. Sie hielt ihr Haar zumeist mit einem Gummi zusammen und wenn sie sie offen trug, störten sie die fliegenden Strähnen im Gesicht, so dass sie sie mit einer Hand eine Weile hinten zusammenhielt, dann wieder losließ und das Spielchen von vorne begann. Sie mochte Familie, sonst wäre sie nicht hier und sie konnte auf einem Holzofen kochen und wusste, wie man die Spinnen auf einem Außenklo beseitigte, und dass man besser vorher nachsah, wenn man keine Schlangen mochte. Alle Frauen, mit denen er bisher befreundet war, hätten es niemals in Betracht gezogen, sich einem Außenklohäuschen mehr als hundert Meter zu nähern.

Er begann zu erkennen, warum er so fasziniert von Lena war: Weil sie hierher *passte!* Oder in eine ähnliche Umgebung, so eine, in die auch er passte.

Plötzlich kam ihm ein Gedanke in den Sinn. Wieso war ihm das nicht schon früher eingefallen? Was hielt ihn hier? Der Verrückte, der ihm ans Leben wollte? Oder die Nachbarn, die nur das Nötigste mit ihm sprachen? Sofern sein Manager erfolgreich war, würde er die nächsten Dreharbeiten ohnehin in Europa beginnen. Dort waren die Wege kurz und auch dort gab es Flugzeuge. Oder Autos. Oder Züge. Er war sich nicht sicher, ob es etwas Ähnliches wie die Überlandbusse gab, die hierzulande überall hin fuhren. Unwillig schüttelte er den Kopf, um sich dieser unwichtigen und überflüssigen Details zu entledigen.
Langsam angehen lassen! Er sprach es laut aus, um es für sich selber zu bekräftigen: *„Langsam angehen lassen, Troyer! Nichts überstürzen. Sie nicht zu etwas zwingen, was sie vielleicht gar nicht möchte."*
Plötzlich verspürte er einen Bärenhunger. Kurze Zeit später hielt er im Frühstücksraum Ausschau nach der einzigen Frau, die ihn wirklich interessierte.
Lena war nicht da. Sie war am frühen Morgen ohne Frühstück aufgebrochen, mit dem einzigen Ziel, Markus nicht zu begegnen.
An diesem Tag hatte sie sich ein ambitioniertes Ziel gesteckt: Washington, das etwa drei Autostunden entfernt lag und wohin sie eigentlich nicht vor hatte hinzufahren. Nun bot es sich regelrecht an, um einen weiteren Tag auszufüllen und nicht ständig an Markus zu denken.
Irgendwo auf der Interstate 95Süd hielt sie an, um aufzutanken und ein kleines Frühstück zu sich zu nehmen. Beinahe genau drei Stunden nach ihrem Aufbruch war sie in der Hauptstadt der Vereinigten Staaten angekommen. Nun, noch relativ früh am Vormittag, bevölkerten Massen von Fußgängern die Straßen, die sie –

glaubte man der Anzeige am GPS – direkt in das Zentrum der Macht, zum Weißen Haus, führten. Tatsächlich vergaß sie ihr drängendstes Problem für einige Zeit, da das plötzliche Auftauchen des weltberühmten Bauwerkes ihr den Atem raubte. Noch drei Runden um einige Blöcke waren notwendig, um endlich einen Parkplatz zu finden und selbst dann war sie sich nicht sicher, ob sie nicht doch abgeschleppt werden würde, da sie die Parkordnung nicht zur Gänze verstand. Aber mit einem gehörigen Pfund an fatalistischer Einstellung versehen, fand sie, dass das nun auch egal war. An der nächsten Kreuzung jedoch, legte sich diese übermütige Stimmung bereits wieder und sie fragte einen Passanten, der an einer roten Fußgängerampel wartete und einen sicherlich recht teuren Nadelstreifenanzug trug, ob die Gefahr des Abgeschlepptwerdens nun wirklich bestünde. Sie erfuhr zu ihrer Zufriedenheit, dass man bis um vier Uhr nachmittags getrost parken dürfe und ließ sich dann mit der Menge dorthin treiben, wo sie das Weiße Haus vermutete, das sie auf ihrem Weg entlang der Häuserwände vorübergehend aus den Augen verloren hatte. Der unverhoffte und kurzentschlossen geplante Ausflug bezauberte sie. Das Hochgefühl hielt selbst dann noch an, als sie todmüde nach Hause fuhr, um gegen acht Uhr abends wieder am Gästehaus anzukommen und prompt mit Markus zusammenzustoßen.
Er hatte unübersehbar gemalert. Rot, Blau und Orange, den Flecken nach zu urteilen, die sein Haar, sein Gesicht und seine braungebrannten Arme gesprenkelt hatten. Markus seinerseits hätte sich dafür ohrfeigen mögen, dass er ausnahmsweise kein kaltes Bad im Trog genommen hatte, sondern sich eine heiße Dusche im Hotel gönnen wollte. Nun stand er etwas verlegen und angeschmuddelt vor ihr und war begeistert über ihren An-

blick. Sie trug die Haare offen, in weichen Wellen, die ihr lebhaftes Gesicht umrahmten. Jeans und weißes T-Shirt – Markus schmunzelte in sich hinein, als er an seine Überlegungen vom frühen Morgen dachte – und eine über die Schulter geworfene leichte Strickjacke ließen sie aussehen wie eine seiner Kolleginnen. Mit dem Unterschied, dass sie wieder ungeschminkt war.

Ohne an ihre selbstauferlegte Zurückhaltung zu denken, sprudelte es förmlich aus Lena heraus: „Ich war in Washington! Das war der Hammer! Ich hatte gar nicht vor, dahin zu fahren und bin dann immer nur rund um das Weiße Haus gelaufen. Dann habe ich ein paar Botschaften gesehen und auch ein paar unheimlich wichtig aussehende Menschen."

Er lachte. „Ja, unsere Hauptstadt kann schon sehr beeindruckend sein."

„Oh, Mann! Ich spreche ja gerne Englisch, aber jetzt gerade bin ich froh, dass ich mit dir deutsch reden kann. Ich würde die Worte alle gar nicht kennen, die ich für meine Begeisterung brauche."

Markus fluchte nie, aber in diesem Moment fiel ihm nur ein Wort ein: *Verdammt!* Er musste sie auf der Stelle küssen und sie umarmen und ganz nahe bei ihr sein. Auch wenn das in dieser Umgebung mehr als unpassend war.

Lena hatte ihren Satz noch nicht vollendet, als er sie ganz eng zu sich zog und sie innig und ausdauernd küsste. Zuerst war sie überrascht, aber dann erwiderte sie den Kuss nur zu gerne. Sie schmiegte sich an ihn und es war ihr egal, wie bunt ihr geliebtes weißes T-Shirt hinterher aussehen würde. Außerdem hatte sie noch mindestens drei weitere im Koffer liegen. Die Idee, dass man sich für den Rest von Lenas Aufenthalt aus dem Weg gehen könnte, war damit auch gestorben.

Kapitel 15

Ponte Vedra überraschte Ruland Becker. Er war lange nicht mehr da gewesen. Einmal hatte er die Verwandten seiner Frau mit dem Auto durchgefahren, damit die sich einmal richtig schöne Häuser anschauen konnten. Aber dann war seine Frau auf und davon – Ruland dachte kaum mehr an sie – und er war nie wieder nach Ponte Vedra gekommen. Nun hatte er sich ein Auto geholt. Sein eigenes. Er war nachts zu seinem Haus gegangen, hatte sich sorgfältig umgesehen, war mit seinem Auto aus der Garage gefahren, hatte alles wieder versperrt und war weggefahren. Es war alles ruhig geblieben. Keiner der Nachbarn war zu sehen, nicht mal der Hund. Ob die Polizei jemals herausfinden würde, dass sich das Auto nicht mehr in der Garage befand? Er zweifelte sogar daran, dass nach seinem Auto überhaupt gefahndet wurde, da es ja, wie die Polizei sicherlich überprüft hatte, unerreichbar für ihn zu Hause stand. Zumindest auf die Verkehrsregeln musste er achten. Und vorausschauend fahren, damit er keiner Streife auffiel.
Genau wusste er nicht, wo Rosenberg wohnte, aber es musste am Strand sein. Mit dem Computerausdruck von Jeffreys Haus auf dem Beifahrersitz fuhr er den Ponte Vedra Boulevard hinunter. Da entdeckte er das freie Grundstück, das einige Autofahrer vor ihm bereits als Parkplatz für den Strand entdeckt hatten. Es gab auch kein Schild, das das Parken untersagt hätte. Ruland parkte in der Nähe eines Busches und stieg aus. Zwischen Busch und Auto zog er sich um und sah nun wie einer der durchgeknallten Strandläufer aus, die Tag für Tag kilometerweise am Strand auf und ab trabten, um sich fit zu halten, oder um sich ein paar junge Mädchen aufreißen zu können. Ruhland hoffte, dass er

sportlich genug aussah, wenn er den Strand hinunter marschierte. Interessanterweise war nichts los hier am Ufer. Zwei drei Pärchen, die sich auf ihrer mitgebrachten Decke ein Picknick schmecken ließen, konnte er weiter oben erkennen. Es war Niedrigwasser. Die Wellen rollten weit draußen über den weißen Sand. An einem breiten Küstenstreifen konnte man die Hinterlassenschaften des Flutwassers sehen: Seetang, Muscheln, sogar einige winzige Krabben waren darunter. Sie lagen in einzelnen Feldern über den ganzen Flutstreifen verteilt, nicht etwa in einer langen Linie. Die Strömung und die daraus entstehenden Wirbel hatten sie zu diesen Knäueln zusammengedreht. Während Ruland noch völlig entspannt über die Schönheiten des Strandes nachdachte, lief ein sportlicher junger Herr an ihm vorbei. Das riss ihn aus seinen Gedanken und ließ ihn wieder zu seiner eigentlichen Mission zurückkehren. Er zog das Papier aus der hinteren Tasche seiner kurzen Laufhose.

Das Bild zeigte Rosenbergs Haus von der Strandseite her. Deshalb hatte er es bis jetzt von der Straße aus nicht identifizieren können. Nun, vom Strand aus gelang es ihm recht schnell, den besonderen Zuschnitt des Gebäudes zu erkennen. Es entdeckte es nur wenige Häuser vom Parkplatz aus strandaufwärts, was nicht schwer war angesichts der Größe, die sich selbst für Ponte Vedra erstaunlich ausnahm. Ein riesiger Pool nahm praktisch den gesamten hinteren Garten ein, eine Brücke führte über den wildbewachsenen Streifen, der den Strand von der Siedlung trennte und sicherlich mit Schlangen und anderen unsympathischen Tieren bevölkert war, bis zum Garten. Überquerte man die, stand man praktisch im Pool. Ruland runzelte die Stirn während er behäbig weitertrabte. Langsam ging ihm die Luft aus und er beschloss, ein wenig aufs Meer hinaus zu sehen und so zu tun, als würde er Muscheln oder sonst etwas aufsammeln.

Seine Gedanken hingegen drehten sich nach wie vor um Rosenberg, das Haus und wie er, Ruland, bewerkstelligen konnte, was er vorhatte. Die Hütte war riesig! Da etwas zu finden, was ihn weiterbringen würde, war sicher nicht einfach. Wie Ruland Becker bei seinen Recherchen herausgefunden hatte, war Rosenberg nicht alleinstehend. Eine Frau war an seiner Seite, Modelfigur, vollkommen normal für Stars von seinem Format. Angeblich waren die beiden seit vier Jahren verheiratet, allerdings ohne Kinder. Vielleicht konnte der Hungerhaken keine bekommen. Wer weiß das schon. Es interessierte ihn auch nicht. Was Ruland interessierte war, dass im Haus wenigstens drei Leute wohnten, wahrscheinlich außer den Hausherren noch mindestens ein Hausmädchen, eher aber mehrere Bedienstete. Was also tun? Ruland wandte sich wieder seiner ungeliebten Joggingrunde zu und überlegte fieberhaft. Hier in dieser Gegend konnte er nicht so einfach vor der Tür stehen und die Hütte beobachten. Er musste rein und wieder raus. Und dabei hoffentlich das finden, was er brauchte. Allein bei dem Gedanken, sich irgendwie in das Haus schleichen zu müssen, obwohl dort einiges an Leuten unterwegs war, stieg ein komisches Gefühl in ihm auf. Aber andererseits war das Haus groß genug, um sich bis zur Nacht dort zu verstecken und dann, wenn hoffentlich irgendwann mal alle schliefen, auf Tour zu gehen. Nachts einzusteigen verbot sich von selbst, weil er keine Lust hatte, von der Alarmanlage erwischt zu werden. Also rein in einem unbeobachteten Augenblick, abwarten und wieder raus. Günstigstenfalls. Übers Knie brechen wollte er aber nichts. Zumindest hier am Strand konnte er sich noch ein paar Tage aufhalten, ohne aufzufallen. Vielleicht ergab sich ein Muster im Verhalten der Rosenbergs und ihres Anhangs. Wenn nicht, wollte er in spätestens drei Tagen loslegen. Dann war Wochenende und die Möglichkeit bestand, dass zumindest die Dienstboten Ausgang hatten. Wenn er daran dachte, wie viel Geldadel hier versammelt war, wunderte er sich, dass die Häuser von der Strandseite her größtenteils ungesichert waren. Natürlich besaß jedes einzelne der Gebäude ein ausgeklügeltes Alarmsystem, aber es gab keine Mauern oder sonstige Abgrenzungen, sah man einmal von den stellenweise recht dicht bepflanzten Buschreihen ab.

Wie alles bisher, verfolgte Ruland Becker auch dieses Vorhaben mit äußerster Entschlossenheit. Und wie fast immer bisher spielte ihm der Zufall in die Hände. Er ging am dritten Tag seiner Observation, dem Samstagvormittag, auf der Landseite spazieren. Geschmackvoll gekleidet, mit den hier üblichen kurzen Hosen, einem gepflegten Oberlippenbärtchen und einem schmucken Barett. Zur weiteren Tarnung hielt er eine Zeitung unter dem Arm. Vollkommen unverfänglich. Er war offensichtlich zu Besuch bei einem der stinkreichen Schnösel in der Nachbarschaft. Niemand kümmerte sich um ihn. Gerade war er am bewussten Haus vorübergegangen, als sich das Portal öffnete und Rosenberg zusammen mit seiner Frau in einem Oldtimer herausgefahren kam. Das kleine schnittige Sportcabriolet hatte keinen Kofferraum. Also war ein in Stil und Farbe zum antiken Fahrzeug passender Koffer hinten aufgeschnallt. Die Rosenbergs selber trugen zum Gesamtbild passende Vintageklamotten.

Ruland hatte sich umgedreht und beobachtete den stilvollen Auftritt vermeintlich bewundernd. Freundlich grüßte er den Vorbeifahrenden zu, indem er an seine

Kappe tippte und dabei das halbe Gesicht verdeckte, wartete kurz ab und ging dann zurück zum Rosenberg-Haus. Eine Bedienstete war dabei, die Auffahrt zu fegen. Ein Mann mit einem Karton kam aus dem Haupteingang. Ruland meinte etwas zu verstehen wie: „Ich liefere das dann mal ab. Ich bin in einer Stunde wieder da."

Dann setzte der Bedienstete sich in das kleinere Auto, das neben dem Haus stand, und verließ das Gelände ebenfalls durch das Portal. Ruland beeilte sich, um zu der Stelle zu gelangen, von der aus er von hinten an das Haus herankam. Jetzt oder nie! Vorsichtig äugte er nach links und nach rechts, wo er weder da noch dort jemanden entdeckte und ging ganz normal über die Brücke, so als würde er in das Haus gehören. Er umrundete die eine Hälfte des Pools und erst, als niemand mehr den Garten einsehen konnte, ging er in Deckung, um das Haus zu beobachten. Keine Sekunde zu früh, denn die Frau kam aus dem hinteren Ausgang, mit Gartenutensilien bewaffnet, um sich an den Rosenbüschen zu schaffen zu machen. Mit ein wenig Glück würde sie damit nun beschäftigt sein und das Haus war leer. Ruland schlüpfte frech durch den hinteren Zugang, der aus einer gläsernen Front bestand und den sie hatte offenstehen lassen, hinein und schlich sofort aus dem riesigen offenen Wohnraum zu dem geschlossenen hinteren Bereich des Hauses. Er nahm an, dass er das, was er suchte, im Arbeitszimmer finden musste. Schnell und leise inspizierte er die Räume, die links vom Garteneingang aus gesehen lagen. Dort gab es eine Unmenge von Klamotten in drei verschiedenen Zimmern und drei immens große Schlafzimmer, von denen er eines genauer begutachtete, und ein kleineres, zum Raum gehöriges Badezimmer. Er schlich hinüber in den rechten Bereich, wo er eine ausladende Küche und einen noch größeren Essbereich fand, dazu so etwas wie ein Geschirrzimmer. Überdies ein gigantisches Bad und eine extra Toilette. Sowohl vom linken als auch hier vom rechten Bereich aus führte eine geschwungene Treppe hinauf in den oberen Stock. Genau über dem riesigen offenen Wohnraum, der das Erd- und Zwischengeschoss umfasste, lag ein ebenfalls nach dem Garten hin offener Raum, dessen Höhe durch einen breiten Giebel gestreckt wurde. Es war im Wesentlichen eine Bibliothek mit einem – natürlich! - riesigen Schreibtisch in der Mitte. Zwei Couchgarnituren, die eine links vor den Bücherwänden, die andere rechts vor einem offenen Kamin gruppiert – wer brauchte in Florida einen offenen Kamin? – vervollständigten die Einrichtung. Vorsichtig spähte er hinunter in den Garten und sah die Hausdame auf den Knien sitzend sich mit einem Rosenbusch beschäftigen. Er durchsuchte hektisch den Schreibtisch, bemüht, keine Unordnung zu hinterlassen. Niemand sollte auch nur daran denken, dass hier ein Unbefugter am Werke war. Der Schreibtisch war gänzlich unverschlossen. Ruland wurde fündig in einer der unteren Schubladen, in der sich Briefe befanden, die allesamt an Markus Troyer adressiert waren. Ein großes Kuvert lag unter dem Poststapel. Es war bereits fertig adressiert und sollte an John Dolan gehen, der postlagernd in Coatesville wohnte.

******

Es war, als hätten sie nie voneinander unabhängig den Beschluss gefasst, sich aus dem Weg zu gehen. Im Gegenteil: Nun waren sie sich inniger zugetan als die Tage zuvor. Markus telefonierte mit Lou, dem Manager, um nähere Informationen über das von ihm favorisierte

Projekt zu bekommen, während Lena die Möbel im Baderaum schrubbte. Sie war einfache Wohnverhältnisse durchaus gewohnt, aber dies hier spottete jeder Beschreibung. Der Raum lag an der Hinterfront des Hauses und maß vielleicht drei auf drei Meter. Zwei Maschinen standen darin in der einen Ecke, von denen sie eine als vorsintflutliche Waschmaschine identifizierte, die andere als eine Art Wäschemangel. Die restliche Wand unter dem großflächigen Fenster wurde von einem langen schmalen Holztisch eingenommen, auf dem die Wäsche vor- und nachbereitet wurde, wie Lena annahm. Sie konnte sich in dem schmalen Gang kaum umdrehen, weil gleich in ihrem Rücken eine Blechbadewanne aufgebaut war, hinter der ein großer runder Badeofen ziemlich viel Platz einnahm. Dieses System kannte Lena, da es auch im Haus ihrer Großmutter nur fließend kaltes Wasser gab und das Warmwasser mittels eines ähnlichen Ofens erwärmt wurde. Erst viel später ließ ihre Großmutter auch das Badezimmer modernisieren und einen elektrischen Warmwasserboiler einbauen, der dann auch die Küche mitversorgte.

Markus hatte sein Telefonat beendet. Mit zufriedener Miene kam er in die Kate, die Lena gerade entstaubt hatte.

„Na, wie geht's dir hier?", fragte er mit einem Grinsen auf den Lippen.

„Du brauchst Stromanschluss, mein Lieber!", bestimmte sie in gespielt herrischen Ton. „Warmwasser im Holzofen zu erhitzen mag ja noch funktionieren, aber kein Mensch wäscht heute mit so einer Waschmaschine. Abgesehen davon ist sie komplett verrostet und kann meines Erachtens gar nicht mehr funktionieren."

„Retro ist in!", gab er heiter zurück. Dann trat er den Rückzug an und forderte sie auf, mit ihm zu kommen.

„Komm raus da. Ehrlich gesagt habe ich schon überlegt, hierher Strom ziehen zu lassen. Wasser aus einer eigenen Quelle zu haben ist eine Sache, aber ganz ohne Strom, nun, ich sehe das einfach nicht ein. In der Bibel steht nichts davon, dass man keinen Strom haben soll."

„Das mag daran liegen, dass es zu biblischen Zeiten noch keinen Strom gab", Lena war ihm gefolgt. Sie hatten sich auf der Verandabank niedergelassen und sich jeder ein Getränk mit nach draußen genommen.

„Die amischen Bischöfe haben es schon schwer. Es gab zu biblischen Zeiten ziemlich viele von den Sachen nicht, die es heute gibt. Sie müssen entscheiden, was davon verboten und was erlaubt ist. Wenn es den Geschäften dient, ist Strom und Telefon erlaubt, in manchen Bezirken sogar Traktoren oder Lieferwägen. Nur privat darf man das dann nicht nutzen. Wieso ist Strom nicht erlaubt? Es erleichtert lediglich die Arbeit, vor allem der Hausfrau."

„Vielleicht ist das ja der Punkt. Warum sollte ein amischer Mann an die Hausfrau denken?", bemerkte Lena trocken. „Soweit ich das sehe ist die amische Gesellschaft streng patriarchalisch, mit großem Respekt vor dem Alter, was ich schon wieder gut finde."

„Ja, da hast du recht. Es macht den meisten Amisch kein Problem, Hierarchien anzuerkennen oder sich zu entschuldigen, wenn sie einen Fehler begangen haben. Man wird von klein auf dazu erzogen. Aber die Erziehung sagt auch, dass die Frau dem Manne untertan sei. Andererseits gibt es viele Frauen in der Bibel, die ihren Mann stehen. Davon predigen die Prediger eher selten. Und wenn, dann nur um zu zeigen, dass eine Frau die ihr übertragenen Arbeiten mit aller Kraft zu erfüllen hat. Und ihren Platz kennt." Er trank von seinem Wasser und drehte die Flasche dann nachdenklich in den Händen.

„Weißt du, was ich nie verstanden habe, schon als ganz kleines Kind nicht?"

Sie sah ihn an und zuckte mit den Schultern.

„Dass man Frauen und Männer so strikt trennt. Bei den Gottesdiensten sitzen die Frauen und die Männer auf gegenüberliegenden Seiten. Beim anschließenden Essen werden zuerst die Männer bedient, dann die Kinder abgefüttert und schließlich dürfen sich auch die Frauen setzen und das essen, was übrig ist, was in der Regel ewig viel ist. Aber das ist nicht der Punkt. Wieso können sich die Familien nicht zusammensetzen? Wieso kann das Essen nicht auf den Tisch gebracht werden und man isst gemeinsam, zumindest gleichzeitig? Und wieso nimmt die Frau einen geringeren Stellenwert ein?"

Lena zuckte mit den Schultern, weil sie eine Ahnung hatte, dass Markus nur rhetorisch gefragt hatte.

Tatsächlich gab er sich die Antwort selber. „Weil es zu der Zeit, als Jakob Amann seine Kirche gegründet hat, eben so war. Normalerweise haben die Männer draußen und die Frauen im Haushalt ohnehin so viel Arbeit, dass jeder schauen muss, seinen eigenen Bereich zu schaffen. Aber was aus dieser getrennten Sichtweise folgt, ist das, was ich nicht gutheißen konnte und weshalb ich damals gegangen bin."

Lena, die sich dösend zurückgelehnt und müde wie sie war nur noch mit halbem Ohr zugehört hatte, wurde wieder wach. Alles, was mit Markus persönlich zu tun hatte, interessierte sie brennend.

„Was folgt denn daraus?", hakte sie nach für den Fall, dass er den Gedanken nicht weiter verfolgen würde.

Schmunzelnd sah er in ihr Gesicht und wischte eine vorwitzige Haarsträhne von ihrer Stirn. „Bist du wieder wach, was?"
Ertappt richtete sie sich auf. „Ich habe dir die ganze Zeit zugehört!" Es war zumindest halb die Wahrheit.
„Also, es geht um die Partnersuche. Als Mädchen hast du es wirklich schwer. Solltest du dich tatsächlich in einen Jungen verlieben, kannst du schon bestimmte Signale geben, aber du musst warten, bis er dich anspricht. Das funktioniert bei manchen Paaren schon, aber bei vielen eben nicht. Die Jungs suchen sich die Partnerin aus, die Mädchen bleiben häufig auf der Strecke. Das gefiel mir nicht. Und dann bist du irgendwie ständig unter Zugzwang. Mit zwanzig solltest du zumindest wissen, wen du mal heiraten wirst. Nicht gewählt zu werden ist für eine Frau innerhalb der Gemeinschaft so was wie eine Katastrophe. Sie tut sich schwer, ein eigenständiges Leben zu leben. Manche schaffen es, wenn sie zum Beispiel einen Quiltshop oder eine kleine Bäckerei aufmachen und damit ihren eigenen Lebensunterhalt verdienen. Aber viele bleiben bei einem ihrer Geschwister und sind dort ihr Leben lang die Magd, die Kinderfrau oder eine ähnliche Hilfskraft."
„Schlimm hört sich das an", murmelte Lena betroffen.
„Ich empfinde das auch als schlimm. Vielleicht ist das der Grund, warum ich so lange gewartet habe, bis ich mich getraute, mich zu verlieben." Er sah sie liebevoll und auch ein wenig schelmisch an.
„Du bist ohnehin anders als die Männer, die ich hier so kennengelernt habe. Nicht so hart."
„Ein Softie? Das hört jeder Mann gerne, ja, ja!" Er wiegte bedächtig mit dem Kopf.
„Ob ein Mann das gerne hört, weiß ich nicht. Aber eine Frau mag das sehr. Jedenfalls *diese* Frau." Sie drückte

ihm einen kleinen Kuss auf die Wange und stand dann auf. „Wir sollten wieder an die Arbeit gehen, wenn wir heute noch weiterkommen wollen."

Er blieb betont sitzen. „*Dieser* Mann mag aber heute nicht mehr arbeiten. Was hältst du davon, wenn wir irgendwohin fahren? Was möchtest du sehen? Es ist immerhin dein Urlaub."

„Wenn du so fragst, würde ich gerne einen Kaffee trinken gehen. Vielleicht in Coatsville oder Harrisburg? Das lohnt noch, hinzufahren. Oder auch in Lancaster. Da war ich noch nicht wirklich", ging sie sofort auf sein Angebot ein.

„Also dann: Dusche im Hotel und dann auf nach Lancaster!" Er wirkte fröhlich und ausgelassen. So als ob die Sorgen der letzten Wochen irgendwo in einer Schublade verschwunden wären.

Später saßen sie in einem hübschen kleinen Cafè in Lancaster. Markus hatte sich eine Barettmütze tief ins Gesicht gezogen. Er trug, ebenso wie Lena, Jeans und T-Shirt, darüber eine leichte Jacke, da die Temperaturen kaum mehr über zwanzig Grad Celsius stiegen. Hier wurde in Fahrenheit gemessen, was Lena mehr als verwirrte. Also vertraute sie auf ihr eigenes Temperaturempfinden, indem sie jeden Morgen nach dem Frühstück kurz hinausging, um die Kleidung für den kommenden Tag zu checken.

Es war Lena durchaus aufgefallen, dass ein paar Leute ein wenig irritiert in ihre Richtung blickten, aber im Großen und Ganzen ließen die Passanten Markus in Ruhe. Lediglich einen kleineren Zwischenfall gab es, als Markus einen jungen Mann mit einer recht auffallenden Kamera erblickte und Lena daraufhin sofort in ein Geschäft zog. Ganz offensichtlich wollte er seine Zuflucht nicht leichtfertig verraten.

Lena tat es leid, dass sie den Wunsch geäußert hatte, mit ihm in eine der Städte zu fahren, doch er wischte diesen Einwand ihrerseits sofort beiseite.

„Ich kann mich doch von so einem Irren nicht in die Enge treiben lassen", sagte er, als sie ihm ihr Bedauern mitteilte.

Also landeten sie in dem kleinen Café in einer verschwiegenen Ecke und genossen in aller Ruhe Kaffee und Kuchen, letzteren in Form eines unglaublich leckeren Käsekuchens, der so groß war, dass er kaum auf den Kuchenteller passte.

„Was hat dein Manager denn nun herausgefunden?", erkundigte sich Lena.

„Oh, Lou meint, sie wollen mich für die Rolle dieses amischen Einwanderers und seines jeweiligen Hauptnachkommens. In erster Linie deshalb, weil das Ganze sehr authentisch werden soll und sie Leute besetzen wollen, die eben auch deutsch sprechen können. Ich fürchte nur, dass das Vorhaben kein Erfolg werden wird."

„Wie kommst du darauf?"

„Weil Amerikaner es nicht lieben, Untertitel lesen zu müssen. Ich könnte mir vorstellen, dass die Serie eher auf den europäischen Markt abzielt. Vielleicht ist es ja auch so gedacht. Das werde ich schon noch herausfinden."

„Was, denkst du, würden die Produzenten wohl sagen, wenn sie wüssten, dass du Pennsylvania-Dutch sprichst?", schmunzelte Lena.

Er zuckte mit den Schultern. „Ich werde es ihnen nicht verraten. Mein Ziel ist immer noch, meine Leute vor dem Trubel zu schützen. So gesehen war es ohnehin ein Unding, in meiner jetzigen Situation hierher zu kommen."

„Wieso heißt es eigentlich *Pennsylvania-Dutch*? Das hat doch mit holländisch nichts zu tun."

„Ich denke, dass sich das Wort *deutsch,* so wie es die ersten Einwanderer damals aussprachen, für die Einheimischen phonetisch wie *dutch* anhörte. Die haben nicht weiter darüber nachgedacht, dass es nicht wirklich Sinn macht. Und der Amerikaner an und für sich ist nicht eben sprachbegabt."

Lena drohte gespielt mit dem Finger. „Du sprichst nicht nett über deine Landsleute."

„Ich schätze, in dieser Hinsicht bin ich doch ein Kind meiner Herkunft und argwöhnisch gegenüber *den Englischen.*" Er setzte ein schiefes Grinsen auf.

„Ach, das geht mir doch genauso. In Deutschland gibt es diese Frotzeleien zwischen den Bayern und dem Rest der Nation. Ich glaube, solchen Vorurteilen kann man gar nicht aus dem Weg gehen."

Sie verstummte plötzlich, so als würde ihr etwas Schwerwiegendes im Kopf herumgehen. Markus bemerkte diese Wandlung und ließ sie ein wenig in ihren Gedanken. Er vertraute darauf, dass sie bald damit herausrücken würde, was sie so unvermittelt beschäftigte.

Tatsächlich wandte sie sich nach einer Weile des Schweigens wieder ihm zu. „Mir ist gerade eingefallen, dass ich bald wieder zurück nach Hause muss. Und ich befürchte, dass es nicht funktionieren kann, eine Beziehung auf diese Entfernung. Schon gar nicht nach dieser kurzen Zeit, da wir uns gar nicht richtig kennen."

„Vielleicht bringt uns gerade die Entfernung in diesem Punkt weiter. Wenn wir uns so sehr vermissen, dass wir es nicht aushalten können, dann ist das eigentlich doch ein gutes Zeichen, nicht wahr?", versuchte er ihr gut zuzureden.

Ihr sonst so lebhaftes Gesicht wurde traurig. „Ich habe aber keine große Lust darauf, solche Zeichen zu entdecken und so eine Erfahrung zu machen", lamentierte sie und zerfetzte ihre dünne Papierserviette mit einer Hand in kleine Krümel.

„Ich auch nicht, aber wir sind erwachsen. Irgendwann werden wir eine Lösung finden. Vielleicht bald, wer weiß. Aber im Moment ist es, wie es ist." Obwohl ein Teil in ihm ihn dazu trieb, ihr anzubieten, doch einfach bei ihm zu bleiben, unterließ er es, darüber zu sprechen. Er konnte und wollte von ihr nicht verlangen, alles liegen und stehen zu lassen, um einer, und das gestand er sich wohl ein, kaum fundierten Liebelei zu folgen.

„Und ich kann mir bald ja mal Berlin anschauen, oder Bayern, oder wo du eben gerade bist."

Sie atmete tief durch. „Ja, das könntest du natürlich. Mein Flug geht übernächsten Dienstag. Abends. Wie wäre es? Ich nehme dich beim Wort!"

Es sollte lustig dahingesagt klingen, aber Markus hörte wohl heraus, dass sie es sehr ernst meinte.

„Wer weiß, Lena, vielleicht überrasche ich dich." Und um zu verhindern, dass sie diesen Satz hinterfragte, winkte er der Kellnerin und bezahlte die Rechnung ohne auf Lenas Einwände zu achten.

Kapitel 16

Hier kannte ihn keiner. Das war äußerst praktisch. Ruland Becker stieg aus dem grauen Überlandbus und verschwand in der Stationstoilette. Er nahm den falschen Bart ab, kramte ein frisches T-Shirt aus seinem Reiserucksack und die Segeltuchjacke. Hier in Philadelphia war es reichlich frisch im Gegensatz zu Jacksonville, wo es noch schwüles Sommerwetter hatte. Die Toilette war eng und er nicht der Einzige, der sich den Reiseschmutz vom Körper waschen wollte. Deshalb dauerte es einige Zeit, bis er den *Restroom* wieder verließ, diesmal als Ruland Becker, der er war, kein Bart, keine Perücke, keine Verkleidung. Wohl suchte er hier die Nadel im Heuhaufen, aber er war sich sicher, dass er Markus Troyer finden würde. Und in Coatesville begann er seine Suche. Dazu brauchte es aber noch einige Meilen per Bahn und so orientierte er sich erst einmal, wie er zum Bahnhof gelangen konnte. Die freundliche Dame, die an der ersten Bushaltestelle wartete, die er entdecken konnte, erklärte ihm den Weg, der etwa zwei Meilen betrug und über das Rathaus führen sollte. Sie meinte lächelnd, dass dies ein schöner Spaziergang wäre, vor allem, wenn er gerade mit dem Überlandbus angekommen wäre, was sie wohl aufgrund seines Äußeren vermutete.
Ruland nickte ebenso freundlich zurück und machte sich auf den schnurgeraden Weg hinüber zum Bahnhof. Er genoss es, sich nach der langen Fahrt die Beine zu vertreten. Sicher durchquerte er im Moment nicht Philadelphias malerischstes Viertel. Im Gegenteil, die lebhaft befahrene Durchfahrtsstraße verbreitete Autolärm und die Hochhäuser, die links und rechts jedes Fünkchen Platz beanspruchten, sahen so langweilig aus, wie

hohe Häuser eben auszusehen pflegten. Da er am Rathaus nicht vorbeikam, hatte er wohl auch die falsche Straße benutzt. Die angeblichen zwei Meilen hatten sich ganz schön in die Länge gezogen, dann endlich überquerte er endlich den Fluss mit dem komischen Namen *Schuylkill-River*. Gleich dahinter sollte sich die Eisenbahnstation befinden und tatsächlich erkannte er das raumgreifende Gebäude, kaum, dass er am anderen Flussufer angekommen war.
Er erfuhr, dass der nächste Zug bereits in einer Viertelstunde losfahren und nur etwa 45 Minuten bis Coatesville benötigen würde. Ruland war übermüdet, da er grundsätzlich in Verkehrsmitteln nicht schlafen konnte, und hungrig. Er beschloss, diesen Zug zu nehmen und am Bahnhofskiosk noch rasch ein Sandwich und etwas zu trinken zu kaufen. In Coatesville würde er sich dann sofort um eine Unterkunft bemühen, um sich erst einmal bis zum nächsten Tag auszuruhen.

Er hatte die Adresse des Postamtes, wo die Briefe postlagernd auf Abholung warten würden. Die erholsame Nacht und die Aussicht auf Erfolg beschwingten Ruland. Gutgelaunt trabte er von seiner Unterkunft hinüber in das besagte Postamt. Er wollte die Lage peilen, sehen, von wo aus er den Eingang möglichst unauffällig observieren konnte, ohne auch bei längerer Anwesenheit nicht aufzufallen. Ruland nahm nicht an, dass Troyer täglich hierher kam um seine Post abzuholen, und ging von einer längeren Aktion aus.
Während er auf einer Bank gegenüber des Postamtes saß und die Lage peilte, schoss ihm plötzlich ein Gedanke durch den Kopf: *Verflucht! Dieser Troyer konnte ja jemanden herschicken, um die Post zu holen! Woher sollte er, Ruland, dann wissen, wer das sein würde?* In diesem Post-

amt gingen eine Menge Leute aus und ein. Das musste er noch einmal überdenken. Obwohl er auch schon einen Einfall hatte. Um sein großes Ziel zu erreichen war ihm nichts zu verwegen.
Er würde jetzt erst mal zwei Tage abwarten. Falls es ihn nicht weiterbringen würde, würde er ein kleines Päckchen mit einem farbigen Einband an Troyers Heimatadresse in Jacksonville schicken. Irgendwann musste das Päckchen dann hier landen und von irgendjemandem abgeholt werden. Dann brauchte er demjenigen nur noch zu folgen. Er stutzte. Folgen war gut, aber wie? Falls derjenige mit dem Auto unterwegs war, konnte er ihm nicht zu Fuß folgen - logischerweise. Er sah sich nach einem geeigneten Stellplatz für einen Mietwagen um, wo er auch den ganzen Tag stehen konnte. Bedächtig wiegte er den Kopf hin und her. Das war noch nicht zu Ende gedacht. Bei so viel Aufwand würde sein Geld nicht so lange reichen, wie er hoffte. Das war sicher.

Am nächsten Morgen, als die Post öffnete, stand er mit seinem unauffälligen, gemieteten Kleinwagen in der Dauerparkzone vor dem Postamt. Dass es hier einige Parkbuchten gab, in denen man vier Stunden am Stück parken durfte, war schon wieder ein Glücksfall. Nur im Auto sitzen bleiben konnte er nicht ständig, da das aufgefallen wäre und er auch keine allzu gute Sicht auf den Eingang hatte. Also stieg er aus, hielt sich mal hier, mal dort auf und observierte die Kunden. Nur wenige holten überhaupt postlagernde Sendungen ab. Die meisten Kunden erledigten kleinere Besorgungen im Kundenraum. Briefmarken kaufen oder Geldgeschäfte. Wenn jemand Briefe abholte, dann meist nur kleine Mengen. Er kannte die Art, wie Rosenberg Troyers Briefe weiterversendet hatte: in einem großen Umschlag. Vielleicht hatte er Glück und Troyer tauchte selber auf oder er erkannte sein eigenes Päckchen wieder.

Wie die ganze Zeit schon bei seinem großen Vorhaben, Markus Troyer, den vermeintlichen Massenmörder, zu töten, hatte Ruland Becker immenses Glück. Er wartete nicht einmal einen halben Tag, da verließ ein ebenso großer Umschlag, wie er ihn bei Rosenberg gesehen hatte, zusammen mit einer jungen Frau das Postamt. Sie stieg in ein kleines Auto, trank aus einer Wasserflasche, schnallte sich an und fuhr aus der Parkbucht, die nicht weit von seiner entfernt lag. Ruland fühlte sich aufgekratzt wie lange nicht mehr. Endlich! Endlich war er am Ziel seines Strebens! Der Massenmörder würde büßen für das, was er Amerika angetan hatte! Oh, und wie er büßen würde!

Langsam, Ruland! Langsam und mit Bedacht. Nicht zum Schluss sich noch selber verraten, bläute er sich im Geiste ein, während er sich hinter Lenas Kleinwagen in den fließenden Verkehr einsortierte.

Da sie selber eine Erledigung in Coatesville hatte, hatte Markus sie gebeten, noch einmal seine Post mitzubringen. Er musste zu Hause auf eine Lieferung Holz warten, da er in der kurzen Zeit nicht dazu gekommen war, für genügend Brennstoff zu sorgen. Auch einen gasbetriebenen Kühlschrank hatte er sich inzwischen angeschafft, so dass er nun endlich selber heizen und auch kochen konnte. Da die letzten Spätsommertage nun endgültig einer Regenphase wichen, musste er zusehen, dass er das trockene Holz, das ihm der Lastwagenfahrer vor die Scheune gekippt hatte, sicher unter das Dach bekam, bevor es nassgeregnet und damit für den baldigen Verbrauch verdorben werden würde.

Lena bog in die Zufahrt ein und lud ein Lunchpaket von Yoder's und die Post aus. Es war ihr nicht aufgefallen, dass der kleine, rote Flitzer, der seit Coatesville hinter ihr hergefahren war, erst vor der eigentlichen Hofeinfahrt den schmalen Weg weiterverfolgt hatte, der an Markus' Anwesen vorbeiführte.

Ruland ärgerte sich, dass er nicht daran gedacht hatte, wie wenig Autoverkehr hier in der Gegend herrschte. Genaugenommen konnte er es auch nicht wissen, da er noch niemals in Pennsylvania County war und die örtlichen Besonderheiten nicht kannte. Beinahe befürchtete er, dass er gleich unwiderruflich im Hof seines Feindes stehen würde, da tat sich ihm doch noch eine Gelegenheit zur Weiterfahrt auf. Er atmete auf und hielt nicht an, bevor er außer Sichtweite war.

Der kleine exponierte Birkenhain, den er sich für seinen Halt ausgesucht hatte, bot einen schönen Rundumblick. Gleich unter ihm breitete sich ein blitzsauberes, gepflegtes Gehöft aus, in dessen Hof und Garten fleißig gearbeitet wurde. Er hatte schon einmal etwas von diesen Leuten gehört. Die Amisch leben ohne Strom und sonstigen Annehmlichkeiten. Ruland grinste. Allein seine Zuflucht in Jacksonville hatte ihm schon verdeutlicht, welch ein ödes Leben es ohne Strom und fließendem Wasser war. *Und die hier lebten ihr ganzes Leben lang so.* Er verstand es nicht und schaute den Leuten noch eine Weile interessiert zu. Dann spazierte er über die abgemähten Felder und Wiesen wieder zurück in die Nähe seines Zielobjektes. Er achtete darauf, dass er nicht auf offenem Gelände herumflanierte, drückte sich entlang der Büsche und Bäume. Diese Hinterwäldler hier stellten für ihn jedenfalls keine Gefahr dar. Mangels Kommunikation wussten sie gar nichts von seiner Existenz. Schon hatte er am Waldrand eine Stelle erreicht, an der er den Innenhof von Troyers Anwesen einsehen konnte. Er platzierte sich hinter ein paar Bäumen und beobachtete, was sich dort unten tat. Wenn Ruland Becker etwas sehr gut konnte, war dies, andere zu beobachten und seine Schlüsse daraus zu ziehen. Es bestand immer noch die vage Möglichkeit, dass er sich geirrt hatte und Umschlag und Frau nicht zu Troyer gehörten, doch schon sah er den Mann, der Holz auf eine Schubkarre lud, sich immer wieder aufrichtete und mit der Frau sprach, die sich auf der Veranda zu schaffen machte. Sein Herz tat einen Sprung. Er war am Ziel. Nun hatte es keine Eile mehr. Troyer würde nicht verschwinden. Das hier war sein Schlupfwinkel, das Versteck, in das er sich vor ihm – Ruland – zurückgezogen hatte. Ruland wollte laut lachen vor Übermut, aber er bezähmte sich. Für heute hatte er seine Arbeit getan. Nun musste er die Vernichtung Troyers planen.

Kapitel 17

Gerade jetzt im Spätsommer waren die Tage zu kurz – und die Nächte auch. Ich kenne keinen Amisch, der in diesen Tagen genug Schlaf bekam, zudem auch noch eine Schlechtwetterfront im Anmarsch war. Keiner unserer Verwandten und Bekannten war fertig mit der Ernte, so dass wir uns auch nicht gegenseitig helfen konnten, wie es sonst üblich war. Jeder musste sehen, wie er zurechtkam. Gut, dass die Schule noch nicht wieder begonnen hatte, so konnten die Kinder wenigstens mithelfen, um so viel wie möglich noch zu retten, bevor der Regen einsetzte. Angesichts des befürchteten Wetterumschwunges musste der Haushalt von den Kleinen erledigt werden und ich draußen bei John mithelfen. Es ging schon. Nicht immer, aber ausnahmsweise.
Ich machte John auf den seltsamen Besucher aufmerksam, der oben am Birkenwäldchen Station gemacht hatte. Wie ich es hasste, von den Englischen begafft zu werden! Wenn sie in unseren Laden kamen, waren sie meistens freundlich, manchmal ein wenig aufdringlich. Aber wenn sie uns hinter den Häusern oder auf der Straße regelrecht auflauerten, dann ging mir das gehörig gegen den Strich. John war es egal. Es war deren Problem, wenn sie uns so dringend kennenlernen mussten, nicht unseres, pflegte er zu sagen. Doch seit ich Markus Troyers Geheimnis kannte, war ich misstrauisch allen Fremden gegenüber. Wer weiß, vielleicht war der da oben gerade dieser Verrückte. Ich teilte John meine Befürchtungen mit, aber er winkte nur ab. Die Sache sei natürlich schlimm, meinte er, aber nicht jeder Fremde, der uns auflauern würde, um vielleicht ein paar Bilder zu schießen, wäre Markus' potentieller Mörder. Außerdem hätten wir genug zu tun.
John hatte natürlich recht, aber ich konnte meine Augen ja trotzdem offenhalten. Ja, das konnte ich!

Kapitel 18

Die Zeit raste. Lena und Markus arbeiteten gemeinsam in und bei Markus' Haus. Er hatte die fixe Idee, es winterfest machen zu wollen und sie wiederum liebte es, irgendetwas mit ihren Händen zu machen. Auf diese Weise konnten sie so viel Zeit wie nur möglich miteinander verbringen und waren nicht den Blicken der Passanten ausgesetzt, die Markus vielleicht erkannten. Lena fuhr allein in den Discounter, um Vorräte einzukaufen oder Dinge, die Markus bei seiner Renovierungsarbeit benötigte. Strom gab es immer noch keinen auf seinem Anwesen, aber inzwischen waren alle Räume ausgemalt und der Wohnraum, die Küche und das Schlafzimmer wohnlich hergerichtet. Das Holz war in der Scheune gestapelt und sie kochten und aßen gemeinsam, seit sie zu ihm ins Haus gezogen war und es genoss, nach Einbruch der Dämmerung beim warmen Licht der Öllampe in seinen Armen zu liegen und sich mit ihm zu unterhalten oder ein Buch zusammen zu lesen. Machte er das Licht aus, genoss sie es, in seinen Armen zu liegen, ohne Buch oder Pyjama. Sie waren eine Insel. Ein altes Ehepaar, so vertraut und innig. Ihre Welt war perfekt. Und die Zeit raste.
Lena bekam weiche Knie, wenn sie Markus mit bloßem Oberkörper in seiner Zumutung von einem Badezimmer stehen und sich waschen sah. Niemals hätte sie gedacht, jemanden so vorbehaltlos lieben zu können. Und ihr wurde schlecht, wenn sie daran dachte, nur noch eine kostbare Woche zu haben, um ihn dann – höchstwahrscheinlich - für immer zu verlieren. Ihr Leben war bisher so verlaufen, dass sie an ein glückliches Ende nicht glauben konnte. Also musste sie den Augenblick genießen und für immer bewahren.

„Was ist? Warum starrst du mich so an?", Markus hatte sich, während er sich abtrocknete, umgedreht und grinste sie an. Seine blonden Haare standen wirr um seinen Kopf und seine blauen Augen blitzten. „Hast du nicht auch das Bedürfnis, dich zu waschen?", forderte er sie in gespielt anzüglichem Ton auf.

„Gerade nicht, nein, aber ich könnte darüber nachdenken, mich auch auszuziehen", gab sie in gleichem Tonfall zurück.

Er warf das Handtuch achtlos auf den Rand der Blechbadewanne. Sein Blick war liebevoll auf sie gerichtet. „Ich glaube, dieses Spielchen steht uns beiden nicht. Aber trotzdem hätte ich große Lust, ein wenig mit dir zu kuscheln." Er küsste sie, zog sich rasch ein Shirt über und führte sie, den Arm um ihre Schultern, nach vorne in den Wohnraum. Dort ließen sie sich eng umschlungen auf der breiten Couch nieder, die noch von seinen Eltern übriggeblieben und sicher zuvor noch niemals für derartige Zwecke gebraucht worden war. Sie küssten sich lange und ausdauernd. Dann legte sich Lena auf seinen Schoß und fuhr durch seinen Haarschopf. Eigentlich wollte sie ihm sagen, dass sie ihn liebte und ohne ihn nicht leben könne, aber sie unterließ es. Es würde nichts bringen. Sie hatten sich darüber unterhalten und sie hatten es beide für unmöglich gehalten, sich in so kurzer Zeit so gut kennenzulernen, um sich für ein Leben lang zu binden, so schmerzlich es auch war. Der Gedanke machte sie traurig. Sie erhob sich.

„Wir sollten essen. Ich bin hungrig."

Markus merkte wohl, dass in ihr eine Wandlung vorgegangen war, aber er ließ sie gewähren. Natürlich wusste er, was sie so traurig machte, doch ändern konnte er es auch nicht, dazu war ihre Beziehung nicht reif genug.

„Ja, ich bin auch hungrig. Gehen wir auf die Veranda? So lange es noch geht?"
Sie stimmte zu und brachte das Tablett, das sie bereits zuvor vorbereitet hatte, nach draußen.

Am darauffolgenden Sonntag erwachte Lena nach einer unruhigen Nacht sehr früh. Die Begegnung mit allen Grabers beschäftigte sie so sehr, dass sie noch vor dem Frühstück ein Glas fallen ließ und sich mehrmals an verschiedenen Möbeln blaue Flecken stieß, so unkoordiniert ging sie zu Werke. Markus beobachtete sie amüsiert. Doch er verstand ihre Nervosität. Er dachte daran, wie er vor wenigen Wochen davorstand, vor dem Haus der Fishers einen Rückzieher zu machen und die Flucht zu ergreifen. Um wieviel größer mochte Lenas Panik sein, zumal sie nicht wusste, was sie wirklich im Haus der Grabers erwartete. Dummerweise musste sie auch noch bis zum Abend warten, bis sie es erfahren würde.
„Wie wäre es, wenn wir heute nach Coatesville oder woanders hinfahren würden?", schlug er vor, um sie abzulenken.
„Ja, ich glaube, ich würde mich ganz gerne ein wenig ablenken", gab sie offen zu und schaffte es tatsächlich, ihre gefüllte Kaffeetasse ohne Unfall auf den Tisch zu bringen.
„Was würdest du davon halten, einen Gottesdienst zu besuchen?"
„Einen amischen?" Lenas Ton verriet, dass sie nicht viel davon halten würde.
„Nein, einen von den Baptisten. Von mir aus auch einen katholischen, obwohl ich da nicht ganz sicher bin, ob ich alles verstehe und nachvollziehen kann."
„Wieso das?" Lena war katholisch aufgewachsen und fand es nicht schwierig, einem katholischen Gottes-

dienst zu folgen, wenn man es schon einmal unternahm, in die Kirche zu gehen.

„Es kommt mir immer so vor wie eine Theateraufführung. Viel...", er war geneigt *Zirkus* zu sagen, hielt sich aber gerade noch rechtzeitig zurück, „...Dramaturgie."

Sie grinste: „Ich würde jetzt einiges darum geben, um zu erfahren, was du eigentlich sagen wolltest."

„Du hast mich erwischt, aber sagen werde ich es dir trotzdem nicht." Er lächelte zurück. „Wie ist es also? Katholisch, bei den Baptisten, oder was?"

„Du würdest gerne, habe ich recht?"

„Ich war lange nicht dort. Ja, ich würde gerne, denke ich. Vor allem würde ich gerne mit dir."

Sie nickte. „Warum also nicht? Dann zu den Baptisten. Da sehe ich wenigstens mal was Neues."

„Dann fahren wir rüber Richtung Harrisburg. Auf dem Weg dorthin gibt es einige Gemeinden. In irgendeiner Kirche wird sicherlich ein Gottesdienst stattfinden. Früh genug dran sind wir."

Sie frühstückten zu Ende und machten sich auf den Weg.

Schon Stunden vorher auf den Weg gemacht hatten sich John und Mettie Fisher, die in Sichtweite von Markus' Anwesen wohnten. Obwohl sie nicht wirklich darüber nachdachte, prägte sich ihrem Unterbewusstsein jenes rote Auto ein, das sie in der Morgendämmerung wieder oben auf dem Birkenhain stehen sah. Heute sollte der Gottesdienst auf dem Graber-Hof stattfinden. Gestern war John bereits hinübergefahren und hatte geholfen, die Scheune für das Treffen herzurichten. Sie musste ausgeräumt, gesäubert und mit den Holzbänken bestückt werden, die auf einem speziellen Wagen bereits nach dem Gottesdienst zwei Wochen zuvor dort hinübergebracht worden waren. Der Wagen besaß einen Aufbau, der die vielen Bänke aufnehmen konnte und trotzdem noch straßentauglich war. Zwei Pferde zogen ihn jeweils von einem Hof zum nächsten. Am Tag der Andacht brachten Mettie und die anderen Frauen Esswaren mit, Strudel oder Kuchen, Eintöpfe, Brot oder andere Köstlichkeiten, damit auch wirklich alle Familien, die zum Graber-Hof kamen, satt wurden. Mettie half noch in der Küche des großen Hauses bei den Vorbereitungen, bevor die Gäste nach und nach ankamen und der Gottesdienst begann. Streng nach Geschlechtern getrennt, die Jungs bei den Männern, die Mädchen und Babys bei den Frauen, hörten sie den Ansprachen der Prediger zu. Es war anstrengend, drei Stunden auf den harten Bänken zu sitzen, doch die Predigten waren interessant und lehrreich, so dass jeder sich bemühte, so viel von Gottes Worten in sich aufzunehmen, wie es die Konzentration zuließ. Da es wider Erwarten doch noch ein sonniger Tag geworden war, wurden die Bänke nach der Andacht rasch ins Freie gebracht. Die Männer stellten behelfsmäßige Tische auf, die aus Böcken und Brettern bestanden und mit einfachen weißen Tüchern zu Tafeln geschmückt wurden, und die Frauen begannen rasch, das Essen aufzutragen. Die alten Leute und die Männer durften als erste Platz nehmen, nachdem sie mit dem Essen fertig waren, auch die Frauen und Kinder. An diesem Tag unterhielten sich die meisten über das Treffen, das später noch die Neugierde zumindest der Graber-Familien erregte: Die *Weltliche,* die sich ihnen vorstellen wollte, aus welchen Gründen auch immer. Die meisten freuten sich aber mehr darüber, ihre Familienmitglieder, die zu anderen Bezirken gehörten, und die man nur zu besonderen Festtagen besuchte, wieder zu sehen, da einige angekündigt hatten, auch kommen zu wollen.

Obwohl Miriam bereits bei der ersten Gruppe hätte Platz nehmen dürfen, setzte sie sich nun zu Mettie.

„Hast du etwas Neues von Markus gehört?" Die alte Dame setzte ihre Brille ab, die sie nur für die Ferne benötigte. Ihre klaren hellblauen Augen waren auf die Jüngere gerichtet, die mit gutem Appetit ihren Eintopf löffelte.

„Nein, leider nicht. Aber da treibt sich jemand oberhalb unseres Hofes herum. Ich habe ihn letztes Mal schon gesehen und heute Morgen war er wieder da", teilte ihr Mettie ihre von John ungehörten Bedenken mit.

„Denkst du, es könnte etwas mit diesem ...," Miriam suchte nach dem modernen englischen Wort, doch es fiel ihr nicht ein, „... du weißt schon, zu tun haben?"

„Weiß nicht, vielleicht. Vielleicht bin ich aber auch nur übervorsichtig. John nimmt es nicht ernst."

„Nun, du kannst trotzdem die Augen weiter offenhalten. Ich habe kein gutes Gefühl bei all dem."

Mettie nickte. „Ja, ich auch nicht. Ich wünschte, er wäre nie weggegangen, dann hätte er jetzt diese Probleme nicht."

Miriam wiegte bedächtig den Kopf. „Dann hätte er vielleicht andere Probleme. Ich war immer schon dagegen, Menschen mit aller Gewalt dort halten zu wollen, wo sie sich nicht wohl fühlen."

Mettie war gerade dabei, vom köstlichen Kartoffelbrei zu nehmen und hielt nun, die Schüssel in der Hand, auf halbem Wege inne. „Miriam! So etwas aus deinem Munde!" Sie unterhielten sich ohnehin nur leise, doch nun wurde ihre Stimme, so bestimmt sie klang, ein Flüstern.

„Denkst du wirklich, Gott möchte uns in Schablonen pressen und er wacht eifersüchtig darüber, dass nur ja alle Amisch werden? Was ist mit den guten Menschen da draußen? Diejenigen, die anderen das Leben retten, die fleißig beten und an ihn glauben, aber eben nur nicht auf die amische Weise? Sind die alle verloren? Das kann ich nicht glauben." Miriam setzte ein Gesicht auf, das besagte: *Diese Meinung habe ich nun mal.*
Mettie vollendete die Aktion mit dem Kartoffelbrei und sah dabei nachdenklich aus. „Ich sage es ungern, Miriam, aber ich muss dir recht geben. Es können nicht alle verloren sein, die nicht amisch sind. Das zu denken, wäre anmaßend. Und wer sind wir, darüber richten zu wollen." Dann sah sie Miriam offen in die Augen. „Könnten wir uns darauf verständigen, diese Gedanken vielleicht eher für uns zu behalten?"
Nun lächelte Miriam und die Runzeln um ihre Augen vertieften sich. „Ja, ich denke, das können wir."

Noch lange vor den amischen Gottesdienstbesuchern hatte sich Ruland Becker auf den Weg gemacht, um von Coatesville aus hinüberzufahren zu dem kleinen Wäldchen, das er als idealen Standort für seine Recherche ausgemacht hatte. Sein Auto stellte er wieder am Birkenhain ab, dann nahm er den kleinen Rucksack an sich und die warme Jacke und marschierte hinüber zu dem Punkt, von wo aus er Troyers Hof einsehen konnte. Es war noch dunkel, als er ankam, doch er beobachtete bereits hellwach die Vorgänge dort unten. Fast hätte er es übersehen, aber kaum, als er angekommen war, erhellte der matte Schein einer Öllampe die Fenster im Erdgeschoß. Gespannt erwartete er, was Troyer und die Frau, die offensichtlich bei ihm wohnte, im Verlauf des Sonntages machen würden. Nebenbei fiel ihm auf, dass sich die ganze Familie auf dem Nachbarhof frühmorgens auf den Weg irgendwohin machte. Ruland überlegte, dass sie wohl zu einer Art Gottesdienst fahren würden und somit einige Zeit unterwegs wären. Er ärgerte sich darüber, dass er nicht recherchiert hatte, wie Amisch ihre Sonntage verbringen. Bald darauf tat sich auch etwas bei den Troyers. Die beiden fuhren weg. Er wusste nicht, wohin, auch nicht wie lange, hielt es aber nicht für gänzlich unmöglich, dass sie auch einen Gottesdienst besuchen würden. Nun, er konnte seine Zeit noch lange damit verplempern, über Wenn und Aber nach zu sinnieren. Er musste jetzt Nägel mit Köpfen machen. Kurzentschlossen schulterte er wieder seinen Rucksack und ging in dem Bewusstsein, dass auf keinem der beiden Höfe noch jemand zu Hause war, über die Wiese zum Troyer-Haus. Um einen Plan zu entwickeln, wie er Troyer endlich kriegen konnte, musste er Kenntnis vom Haus haben. Denn genau dort wollte er ihn dingfest machen: In seinem eigenen Haus, dort, wohin sich der Massenmörder verkrochen hatte!

Er fand das Haus unverschlossen, was er nicht verstand. Die Leute hier hatten Gottvertrauen. Ruland lachte höhnisch. Es spielte ihm in die Hände. Er betrat den Wohnraum, sah sich darin in aller Ruhe um, entdeckte die Treppe im rückwärtigen Teil des Hauses, ging in das Obergeschoß hinauf, besah sich alle Räume und stellte fest, dass zwei der vier Zimmer dort oben bewohnt waren, ein größeres mit einem Doppelbett darin und ein kleineres daneben mit einem Einzelbett. Ruland war gewieft darin, Zusammenhänge herzustellen. Er vermutete, dass das kleinere Zimmer als Gästezimmer für die Frau diente. Er kannte sie nicht, also konnte sie nicht zu Troyers normalem Umfeld gehören, denn das hatte er gründlich ausspioniert. Er grinste. Wahrscheinlich war das kleinere Bett ohnehin nur Staffage und die beiden waren im Doppelbett zugange. Nachdem er sich gründlich umgesehen hatte, ging er wieder hinunter, begutachtete den Waschraum und die Hintertür, die ebenso unverschlossen war, und stieg dann hinunter in den Keller. Der bestand aus einem größeren Raum. Außer unbenutzten Holzregalen standen noch einige gebrauchte Farbeimer und Pinsel herum. Ruland speicherte alles auf seiner imaginären Liste. Der Keller wäre ein gutes Versteck für ihn, wenn er Troyer auflauern würde. Was er mit der Frau machten würde, die blöderweise nun einmal auch da war, das wusste Ruland Becker noch nicht. Darüber musste er noch genauer nachdenken. Er ging wieder nach oben in den Wohnraum. Aus irgendeinem Grunde beeilte er sich nicht. Er schaute in den wohlgefüllten Kühlschrank, holte etwas Käse und Wurst heraus, nahm sich aus dem großen Korb, der neben dem Kühlschrank geparkt war und mit kleinen Plastik-Cola- und Wasserflaschen gefüllt war, jeweils eine Flasche und auch noch eine Scheibe Schnittbrot von der Anrichte, und setzte sich an den Tisch, um alles zu verspeisen. Er hinterließ auf dem sauberen Tisch Brotbrösel und legte die leere Wasserflasche in den Korb zurück. Das zweite Getränk nahm er mit. Aus irgendeinem Grunde liebte er solche Spielchen. Troyer sollte ahnen, dass er ihm auf der Spur war. Die verdächtigen Zeichen, die er ganz bewusst hinterließ, sollten dazu dienen, sein Opfer stutzig zu machen, ohne zu wissen, was genau es bedeutete.

Sein Plan war inzwischen gereift. Er lachte höhnisch auf, wenn er daran dachte, wie er diesen Terroristen endlich dingfest machen würde. Vorderhand verließ er das Haus aber wieder, nicht ohne vorher zu testen, ob und welche Scharniere quietschten. Die Kellertür erregte dabei seine besondere Aufmerksamkeit. Sie war nur angelehnt gewesen und quietschte tatsächlich ein wenig. Ruland nahm aus dem Kühlschrank eine kleine Menge Butter und beseitigte damit das unangenehme Geräusch. Er wusste nicht, ob er den Keller brauchen würde, aber sicher war sicher. Dann spazierte er lässig durch die Hintertür ins Freie und hinauf zu seinem Standort im Wald.

„Es war erstaunlicherweise wirklich schön!" Markus schaute hinüber zu Lena, die neben ihm im Auto saß und ihn nach seinem Eindruck vom morgendlichen Gottesdienst gefragt hatte. Entgegen der Pläne hatten sie sich nun doch einer katholischen Feier angeschlossen, da die drei anderen Gottesdienste zu früh oder zu spät begonnen hätten.
„Ich war selber lange nicht in der Kirche. Aber ja, an so einem Tag wie heute tat es wirklich gut, etwas Vertrautes um mich zu haben."
„Ich habe gehört, dass katholische Gottesdienste immer dem gleichen Muster folgen. Egal, wo auf der Welt du gerade bist."
„Ja, ist wohl so." Lena starrte gedankenverloren aus dem Fenster, ohne wirklich etwas wahrzunehmen. Markus beließ sie in ihren Gedanken, da er wusste, wie nervös sie die Begegnung mit den Grabers machte. Da die Information ihr zum jetzigen Zeitpunkt nicht weiterhalf, hatte er ihr verschwiegen, wie viele Mitglieder die Graber-Familie hier in der Gegend tatsächlich hatte, wobei er nicht wusste, ob die Familienmitglieder aus den anderen Bezirken ringsherum auch kommen würden. Wäre das der Fall, würde Lena vom Anblick der annähernd 250 Personen sicher erschlagen werden. Er

runzelte die Stirn und war mindestens ebenso in Gedanken wie sie.
Schweigend fuhren sie hinunter zum Haus. Es war bereits mitten am Nachmittag und Lena würde bald aufbrechen zu ihrer großen Begegnung. Sie hatte Markus darum gebeten, alleine hinfahren zu können und er war froh darüber. Zweihundertfünfzig feindliche Augenpaare verkraftete er im Moment auch nicht, abgesehen davon, dass seine Anwesenheit Lena sicher keine Pluspunkte bringen würde.
„Wie viele werden es sein?" Lena hatte sich mit einer Flasche Wasser an den Tisch gesetzt und nervös die Krümel, die sich auf der Tischplatte befanden, weggewischt.
„Äh...", Markus zögerte, dann entschloss er sich, sie nicht direkt ins offene Messer laufen zu lassen. Oftmals half es, wenn man über etwas Bescheid wusste, um sich zu wappnen. „Hier im Bezirk werden es wohl an die achtzig sein", untertrieb er.
„Achtzig??", Lena atmete tief durch, trank einen großen Schluck und stand dann nervös auf. „Ich dachte, vielleicht zehn oder zwanzig Leute!" Sie ging auf und ab, weil es sie nicht an einen Fleck hielt.
„Du hast nicht bedacht, dass es sich um amische Familien handelt. Die haben viele Kinder. Aber jetzt beruhige dich. Du hast sie neugierig gemacht mit deinem Stammbaum. Sie wollen etwas von dir und du willst etwas von ihnen. Es ist ein Patt. Und glaube mir, auch wenn Amisch das nie zeigen würden: Sie sind mindestens so angespannt wie du."
„Noch mehr geht nicht." Lena war Polizistin und ihr Polizistengehirn blieb an seiner Bemerkung von vorhin hängen. „Du sagtest, die Grabers in diesem Bezirk. Kommen denn noch andere?"

„Weiß ich nicht. Aber die Gottesdienste sind morgens und wenn Samuel den anderen von dir erzählt hat, dann wollen die dich vielleicht auch kennenlernen und kommen am Nachmittag herüber."
„Wie viele?", beharrte sie mit Nachdruck.
„Vielleicht Zweihundert."
Sie setzte sich wieder hin. „Ich gehe da nicht hin!"
„Doch, natürlich gehst du da hin. Deshalb bist du doch hier."
„Inzwischen habe ich einen anderen Grund gefunden, um hier zu sein." Sie lächelte mit Galgenhumor.
„Du machst dich jetzt mal frisch, isst noch einen Happen und nimmst Wasser mit. Dann bist du gewappnet. Und vergiss nicht: Du kannst wieder gehen, wann du willst. Niemand wird dich festhalten."
Sie nickte tapfer und marschierte hinüber zum Kühlschrank, dessen Technik ihr nicht ganz geheuer war. Seit einer Gasexplosion, zu der sie während ihres Dienstes in Berlin gerufen worden war, hatte sie größten Respekt vor den tückischen Gasflaschen.
Sie holte sich ein Stück von dem Käse und etwas Brot. Irgendetwas ließ sie stutzig werden, aber in ihrem derzeitigen Ausnahmezustand konnte sie darüber nicht nachdenken, was an dem Bild hier in der Küche nicht stimmte.
Markus lenkte sie ab. „Möchtest du, dass ich mitkomme?" Er hoffte, dass sie ablehnen würde. Sie tat ihm den Gefallen. Nicht zuletzt aus dem Grunde, da sie gemerkt hatte, wie reserviert die Leute hier ihm gegenüber waren. Wenn die Grabers schon so freundlich waren, sich wegen ihr in einer Hundertschaft zu versammeln, dann wollte sie keinen Grund zur Verstimmung liefern, so sehr sie dieser Gedanke auch beunruhigte.

Wenig später machte sie sich zurecht, unterließ es aber, sich dabei zu sehr zu verrenken. Sie trug Jeans und T-Shirt, die Haare zusammengebunden und auch kein Make up. So war sie und so würden die Grabers sie kennenlernen.
Auf der Fahrt zu Samuel und Miriam musste sie einmal anhalten, weil die Panik drohte, sie zu übermannen, aber sie riss sich zusammen, atmete tief durch, trank vom Wasser und sprach sich selbst Mut zu. Als sie die Auffahrt zum Hof entlangfuhr, passierte sie viele Einspänner, an einigen waren Pferde angeschirrt, diejenigen Pferde der Kutschen die im Hof standen, befanden sich auf der Koppel gleich neben der Scheune. Lena überlegte, dass es sich dabei um die Familien aus dem Bezirk handelte, die bereits den ganzen Tag über hier waren, während die anderen Fuhrwerke vielleicht von Familien stammten, die von außerhalb angereist waren. Sie sah ein paar Kinder herumlaufen und folgte ihrer Spur bis hinter die Scheune. Dort standen oder saßen unglaublich viele Menschen in ihren schwarzen Sonntagstrachten mit den weißen *Kapps* der Frauen und den Sonntagshüten der Männer. Trotz des Regenwetters der vergangenen Tage hatte es an diesem Sonntag aufgeklart und die Familien saßen im Freien, getrennt nach Geschlechtern. Lediglich die Kinder tobten durch alle Reihen. Lena war schlecht. Waren die wirklich alle wegen ihr gekommen? Sie war nicht in der Lage zu zählen, wie viele es wohl sein mochten, aber Markus Schätzung kam dem schon sehr nahe.
Miriam kam auf sie zu. „Es ist schön, dass Sie da sind!", sagte sie und hakte sich bei ihr unter. „Kein Grund, nervös zu sein, Samuel hat sie neugierig gemacht. Keine andere Familie hat ein derartig interessantes Dokument, wie Sie es uns gebracht haben. Das ist schon etwas Be-

sonderes." Sie zwinkerte Lena verschwörerisch zu und sagte dann mit gesenkter Stimme: „Auch wenn Amisch natürlich niemals zeigen würden, dass sie neugierig sind."

Lena lächelte und schritt tapfer neben Miriam her, hinüber zu den Männern, bei denen auch Samuel stand. Lena verstand nicht, worüber sie sich in dem alten Dialekt unterhielten, aber als sie näherkam, wandten sie sich ihr zu. Ihre Mienen wirkten verschlossen, was Lena aber mittlerweile kannte. Das erschreckte sich nun nicht mehr.

„Ich habe Ihnen versprochen, dass Sie ihre Familie kennenlernen würden", sagte Samuel nicht unfreundlich. „Jeder von denen, die hier sind, heißt so wie Sie und jeder von denen hat einen Vorfahren auf Ihrem Stammbaum gefunden. Auch wenn es uns nicht viel bedeutet, was in der Welt passiert, aber zu wissen, wo man herkommt und welche Erfahrungen der Vorväter in uns stecken, ist etwas anderes."

Während Samuel gesprochen hatte, war es still geworden auf der Wiese vor der Scheune. Die Frauen, die an den Tischen saßen und sich eben noch lebhaft unterhalten haben, wandten ihre Köpfe zu ihr herüber, selbst die Kinder hörten auf zu spielen und setzten sich auf die Picknickdecken, die überall auf dem trockenen Gras ausgebreitet waren.

„Das ist Lena Graber. Sie hat uns den Stammbaum unserer Familien gebracht", stellte Samuel sie vor. Lena konnte Stirnrunzeln bei einigen der Männer sehen, während die Frauen teilweise sogar ein kleines Lächeln auf den Lippen trugen. „Ihr habt ihn alle bereits gesehen und festgestellt, dass unsere Familien bis zum Ursprung der Amisch in den Schweizer Bergen zurückverfolgt werden können. Zuerst wollte ich auch nichts mit der Weltlichen zu tun haben. Aber dann habe ich es mir durch den Kopf gehen lassen. Sie hat unsere Vergangenheit erhellt. Da fand ich, dass sie es verdient hat, ihre Verwandten zumindest kennenzulernen. Zumal ihre Linie der Familie mit wenig Glück gesegnet war." Samuel sah sie an. „Erzähle uns davon!", forderte er sie auf. Durch Markus wusste sie inzwischen, welch besondere Auszeichnung es war, dass sie als Frau hier vor den Familien sprechen durfte. Sie versuchte, nicht zu überschwänglich zu klingen, als sie von ihrer Familie erzählte und dem Pech, der den jeweils männlichen Nachfolgern beschieden war, die zumeist früh verstarben, wenige oder gar keine Kinder hatten, so dass sie alleine übriggeblieben war. Sie vergaß auch nicht zu betonen, dass sie sich keinesfalls in ihr Leben drängen wolle, und dass ihre Absicht einzig und allein dem diente, einmal zu sehen, dass da noch jemand war.

Als sie ihre lange Erzählung beendete, hatten sich die strengen Gesichter entspannt. Miriam, die Lena stets als Vertraute gesehen hatte, lächelte sogar und mit ihr einige der anderen Frauen. Sie lächelte zurück.

„Nun mache dich bekannt mit allen!", forderte sie Samuel auf und geleitete sie zu einer Gruppe von Männern, die wohl der Zweig seiner eigenen Familie darstellten. Letztendlich war der Abend unbeschreiblich schön für Lena und obwohl die Reserviertheit der Leute nicht gänzlich verschwunden war, so ergaben sich viele gute Gespräche und – Lena konnte es kaum glauben – es wurden ihr sogar einige Adressen von Frauen zugesteckt mit der Bitte um eine lockere Brieffreundschaft.

Beschwingt verließ sie einige Stunden später die noch übrig gebliebenen Grabers. Diejenigen, die eine weite Anreise hatten, waren bereits früher aufgebrochen und auch die anderen Männer begannen, ihre Pferde anzuschirren und für die Abfahrt vorzubereiten. Sie hatte allen versprochen, Kopien des Stammbaumes anzufertigen und Samuel hatte ihr ihre Familienbibel feierlich zurücküberreicht. Nun lag sie neben ihr im Auto und sie summte ein Lied, das man ihr vorher beim Treffen vorgesungen hatte.

Kapitel 19

Ruland Becker horchte auf. Die Frau war weggefahren. Er sah Troyer ganz eindeutig auf der Veranda stehen und ihr nachwinken. Bei so einem Abschied sollte es wohl länger dauern, bis sie wieder zurückkommen würde. Er wartete, bis Troyer wieder im Haus verschwand und schlich sich dann über die Wiese, die hinter die Scheune führte und vom Haus aus nicht einsehbar war, zum Anwesen. Das Wetter der letzten Tage hatte sich gebessert und die Sonne würde noch einige Zeit am Himmel stehen. Das war ein Problem. Dunkelheit wäre für seine Pläne besser gewesen. Nun, es war, wie es war und Ruland arrangierte sich damit. Er spähte über die vordere Ecke der Scheune, konnte so durch mehrere Fenster des großen Wohnraumes sehen und beobachtete, dass Markus sich im Küchenbereich zu schaffen machte, mit dem Rücken zum Hof. Rasch überquerte er die offene Fläche und verschwand im Bereich des hinteren Eingangs. Durch eines der Wohnraumfenster hatte er sein Opfer gut im Blick.
Markus hatte Essen vorbereitet und benötigte ein paar Scheite Holz zum Kochen. Er verließ das Haus durch den Vordereingang und ging hinüber zur Scheune. Ruland fackelte nicht lange. Er wischte durch die Hintertür ins Haus und schlich in den Keller. Dort holte den am Vormittag entdeckten Eimer mit der roten Farbe, mit der Markus noch wenige Tage zuvor einige Schnörkel in die Schlafzimmerwände gepinselt hatte.
Rulands Herz schlug bis zum Hals vor Vorfreude. Er eilte die Kellertreppe wieder hinauf, horchte in den Wohnraum, doch Troyer war noch nicht wieder im Haus, und stahl sich weiter nach oben in den großen Schlafraum. Dort kippte er die gesamte Farbe über Bett,

Boden, an die Wände und ans Fenster. Obwohl nicht mehr viel übrig gewesen war im Farbeimer, rann die Farbe ergiebig über die besudelten Flächen. Und nun wollte er endlich zum Schluss kommen! Er stellte sich hinter die geöffnete Tür, zog das feste Hanfseil aus dem Rucksack, den er bei sich hatte, und außerdem das Springmesser, das noch ein Geschenk seines jagdbegeisterten Vaters war.

Er lauschte nach unten. Die Tür fiel ins Schloss. Markus kam zurück, ließ die Holzscheite klappernd in die Holzkiste fallen und begann, Töpfe aufzusetzen. Ruland wollte ihn nach oben locken. Er warf den Farbeimer mit Kraft gegen die Wand.

Markus stutzte. Er glaubte an einen Waschbären oder eine verirrte Katze und lief die Treppe hoch, um nachzusehen, was passiert war. Die entspannte Atmosphäre der letzten Tage wiegte ihn in Sicherheit, so dass er die Gefahr vergaß, vor der er letztendlich hierher geflüchtet war. Die Schlafzimmertür war als Einzige geöffnet. Er trat einen Schritt hinein und sah die Bescherung.

Er wusste sofort, dass seine Flucht und das Versteckspiel ein Ende hatten. Angst überkam ihn wie ein Keulenschlag! Ruland Becker hatte ihn gefunden. In jenem Bruchteil einer Sekunde, in dem ihm diese Gedanken durch den Kopf schossen, stieß Ruland die Tür zu und warf ihm von hinten das Hanfseil über Schultern und Arme und zog fest zu. Er hatte das Überraschungsmoment auf seiner Seite. Markus, der durchaus Kraft besaß, hatte keine Möglichkeit, das mächtige Seil abzuschütteln und seine Arme zu seinem Schutz zu gebrauchen. Der kampferprobte Ruland hielt das Seil mit eisernem Griff fest, warf sein Opfer auf den Boden, setzte sich darauf und vollendete sein Werk. Markus war gefesselt, außer Gefecht gesetzt.

Ruland zerrte ihn zur Wand unter dem besudelten Fenster und ließ sein Messer aufspringen. Dann baute er sich in seiner vollen Größe auf, spielte mit dem Messer vor den Augen seines Opfers und grinste Markus an. Das alles geschah innerhalb einer Minute und nun hatte Ruland Becker alle Zeit der Welt, sich um den Massenmörder Markus Troyer zu kümmern. Inzwischen war es dunkel geworden und Becker zündete eine der Öllampen an, die auf der Anrichte im Schlafzimmer standen.

Lena konnte kaum erwarten, Markus von ihren Begegnungen zu erzählen und kam aufgekratzt auf seinem Anwesen an. Da die Zufahrt zum Hof ein wenig abschüssig war, ließ sie den Wagen ausrollen und stellte ihn neben der Scheune ab, dort, wo ihr Mietwagen immer seinen Platz hatte, seit sie hier wohnte. Von da aus konnte sie das Haus mit dem Vordereingang noch nicht sehen. Sie stieg aus, nahm das Kästchen mit ihrer Bibel und den Adressen, die sie auch darin aufbewahrte, vom Beifahrersitz und klickte auf den automatischen Verschluss.
Beschwingt eilte sie um die Ecke und fand das Haus dunkel vor, obwohl Markus' Wagen vor der Tür stand. Sie stutzte. Offensichtlich hatte er eine Überraschung mit ihr vor und sie kam neugierig näher. Da er sie noch nicht gesehen hatte, wie sie annahm, spähte sie durch eines der Erdgeschossfenster und erahnte im Zwielicht der raumgreifenden Dämmerung, dass die Ofentür mit dem glimmenden Feuer darin geöffnet war und auch die Holzkiste offenstand. Markus achtete streng darauf, dass sie nur offen war, wenn Holz nachgelegt wurde. In einem Holzhaus musste man mit Feuer und Feuerstellen sehr vorsichtig umgehen. Sie runzelte die Stirn und wich nachdenklich zurück. Dann verließ sie die Veran-

da und passierte die Breitseite des Hauses, an der im ersten Stock das Schlafzimmer lag. Ein Lichtschein, den sie in den Augenwinkeln bemerkte, zog ihren Blick an. Sie lugte nach oben zum Fenster.
Sie sah den Umriss eines Mannes hinter der Fensterscheibe. Erst auf den zweiten Blick erkannte sie, was an dem Bild nicht stimmte: Die Scheibe war mit irgendetwas beschmiert. Augenblicklich ging ihr Atem schneller. Die Polizistin in ihr wusste sofort, dass hier etwas ganz und gar nicht in Ordnung war! Sollte sie Hilfe holen? Noch während sie überlegte, wurde ihr die Entscheidung abgenommen, da sie durch das halb geöffnete Fenster Stimmen hörte, eine lautere und eine leisere. Die laute Stimme rief Drohungen und Beschimpfungen, die sie nur ansatzweise verstand. Markus, dem die ruhigere Stimme gehörte, versuchte, auf den anderen einzureden. Es war sonnenklar, was hier passierte!

Zum gleichen Zeitpunkt, als Lena zurückgekehrt war, spazierte Mettie Schwartz die kleine Anhöhe hinauf, um den sehr anstrengenden Gottesdienst-Sonntag ausklingen zu lassen. Sie mochte es normalerweise sehr gerne, die anderen Familien zu treffen, Gottes Wort zu lauschen und den Auslegungen der Prediger, aber nach dieser arbeitsreichen Woche hätte ihr ein fauler Sonntag auch gutgetan. Immerhin gab es durch Lenas Anwesenheit einiges zu besprechen. Sie wollte den Kopf frei bekommen und genoss die kühle Abendluft, die die Dämmerung mitgebracht hatte. Schon seit Jahren hatte sie ein Auge auf das bis vor kurzem leerstehende Troyer-Anwesen, weil Ruben Troyer sie einst darum gebeten hatte, und auch jetzt schaute sie hinüber, so wie es ihr die Gewohnheit eingab. Daniel Fisher, der Ruben Troyers Wiesen zur anderen Seite hin bewirtschaftete, hatte den Schlüssel für das Haus und die Scheune, die er zuweilen als Unterstellplatz für irgendwelche Geräte genutzt hatte. Seit er eine neue Scheune gebaut hatte, benötigte er den Platz nicht mehr.

Ein Auto fuhr gerade die Einfahrt hinab und Mettie dachte, dass Markus und seine Freundin wohl nach Hause kommen würden, da im Haus kein Licht zu sehen war. Sie dachte an Markus, den sie nach wie vor sehr mochte, auch wenn er sich von der Gemeinschaft gelöst hatte. Mettie war sich nicht sicher, ob sie an die Strafe Gottes glaubte, eher schon an den vorgegebenen Weg, den Gott mit den Menschen im Sinn hatte. Ganz so gelassen wie Miriam konnte sie die Sache mit dem Glauben und Gott nicht sehen.

Was Markus da draußen in der Welt passiert war, sah aber ganz danach aus, dass der Herr scharfe Geschütze auffuhr, um ihn wieder auf den richtigen Weg zu bringen. All das ging ihr durch den Kopf, als sie plötzlich jenem roten Auto gegenüberstand, das sie zuvor schon beobachtet hatte. Sie erschrak. Wenn das Fahrzeug immer noch dastand, bedeutete dies, dass der Fahrer auch irgendwo sein musste. Ein komisches, unheimliches Gefühl bemächtigte sich ihrer. Sie hatte die Bilder aus den Illustrierten, die sie bei Lena gesehen hatte, plastisch vor Augen und zog die Strickjacke enger um die Schultern, weil sie plötzlich fröstelte. Zuerst wollte sie schnellen Schrittes nach Hause eilen, doch dann zog sie etwas zur Troyer-Farm hinüber. Etwas ... jemand ... zwang sie, nach dem Rechten zu sehen.

Lena schlich sich durch den Hintereingang ins Haus, nachdem sie überall durch die Fenster gelinst hatte, ob sich nicht auch im Erdgeschoss jemand aufhielt. Ganz langsam stahl sie sich, Schritt für Schritt, in Richtung

der Treppe. Markus hatte gute Schreinerarbeit geleistet, als er die arg renovierungsbedürftige Treppe reparierte hatte. Sie konnte nach oben gelangen, ohne ein Geräusch zu machen. Vorher hatte sie überlegt, ob sie nicht die Schuhe ausziehen sollte, dachte dann aber daran, dass sie sich vielleicht selbst verteidigen musste, und dies mit Schuhen sicher wirkungsvoller wäre.
Während sie nach oben tappte, hörte sie die Unterhaltung mit, die durch die einen Spalt breit geöffnete Schlafzimmertür drang.

Mettie Schwartz machte dieselben Entdeckungen wie Lena vor ihr. Das besudelte Schlafzimmerfenster, die Umrisse der schattenhaften Gestalt, von der Öllampe an die Wand projektiert, die – sie erschrak heftig – einen spitzen Gegenstand in der Hand hielt. Was konnte sie tun? Sie rannte, als ob der Leibhaftige hinter ihr her wäre, zurück zu ihrem Haus und berichtete ihrem Mann in kurzen Sätzen, was passiert war. Der hetzte zur Scheune, holte Rover, ihr Kutschpferd heraus, schwang sich auf seinen Rücken und ritt hinunter nach Bird-in-Hand, um Hilfe zu holen. Sie hatten die Augen offengehalten und nun war der Umstand eingetreten, dass ein Nachbar Hilfe benötigte.

Markus dachte fieberhaft nach, wie er Ruland Becker hinhalten konnte, obwohl seine Situation mehr als aussichtslos erschien. Lena fiel ihm ein, die bald zurückkommen würde. Die Amisch beendeten, was auch immer sie taten, spätestens bei Einbruch der Dunkelheit. Lena würde unweigerlich über diesen Irren stolpern. Und wer wusste schon, wie der dann reagieren würde. Becker stand da, spielte mit dem Springmesser und grinste ihn an. Seit einigen Minuten bereits.

„Ich bin der Meinung, ich sollte wissen, warum du mich töten möchtest." Markus versuchte sein Heil im Reden. Becker war verrückt, daran bestand kein Zweifel. Und er hatte sich eine Verschwörungstheorie zurechtgelegt, die ihn dazu brachte, Markus als Missetäter zu sehen.
„Du hast dieses Stadtviertel ausgelöscht. Du hast Tausende von Menschen auf dem Gewissen." Ruland Becker sah sich hektisch um. Jetzt, da er so nah am Ziel seiner Begierden war, blitzte in seinem Inneren etwas auf, das er nicht deuten konnte. Etwas, was ihn verwirrte, was nicht passte.
„Du weißt, dass das nicht wahr ist. Ich bin sicher, dass du das weißt. Du hast einen Film gesehen, in dem ich einen Attentäter *gespielt* habe." Markus war sich nicht sicher, wie er mit Ruland Becker reden konnte, reden durfte. Er tastete sich vorsichtig heran. „Es war ein Film. Du hast doch bestimmt auch schon mal Theater gespielt. Eine Rolle. Und ich bin sicher, dass du gut darin warst, jemand anderen darzustellen. Stimmt doch, nicht wahr?" Markus hörte das Stakkato seines Herzschlages in den Ohren dröhnen, so dass er sich kaum auf sein Gegenüber konzentrieren konnte. Der hielt das Messer auf ihn gerichtet, stand da, wie ein wildes Tier auf dem Sprung. Doch wirr, nein, wirr sah er nicht aus. Er hatte kurzgeschnittene Haare, trug Jeans und ein T-Shirt, sah gepflegt aus. Ein junger Mann, der seine Ziele im Leben definierte und verfolgte. Nur, dass dieses spezielle Ziel eine Wahnvorstellung war.
Jetzt dachte Ruland nach. Die Blitze im Unterbewusstsein störten ihn, aber die Frage Troyers erschien ihm interessant. Warum sollte er sich nicht mit ihm unterhalten? Vielleicht würde er dann verstehen, warum Troyer so viele Menschen töten musste. „Ja, ich habe schon mal Theater gespielt. Bei Miss Flince in der Klasse. Die ande-

ren haben mich ausgelacht, weil ich meinen Text vergessen habe." Markus konnte seine Angst kaum mehr unterdrücken. Da kam ihm eine Idee, die so naheliegend war, dass er kaum glauben konnte, warum ihm das nicht schon früher eingefallen war.

„Du weißt doch, dass bei einem Theaterstück alles nur Schein ist. Wenn einer verprügelt wird, dann fehlt ihm hinterher nichts, weil alles nicht wirklich wahr ist."

Ruland wischte über seine Stirn. Die Blitze! Sie kamen und gingen. Sie machten ihn mürbe.

Markus sprach weiter: „Wenn das alles echt gewesen wäre, dann wäre ich doch tot! Überlege doch einmal: Das Flugzeug zerschellte. Alle starben. Also, wieso bin ich hier? Ich sage dir, warum: Weil ich nur einen Film gedreht habe. Ich habe Theater gespielt!"

Ruland wich zurück. Die Blitze! Die Blitze! Ihm wurde schwindelig. Er konnte nicht mehr denken – doch – eines stand in seinem Kopf unwiderruflich fest: *Der da war ein Massenmörder! Kein Gerede mehr! Kein Nachdenken!*

Markus sah, wie Ruland Becker einen Schritt auf ihn zu trat und das Messer hob. Er duckte sich instinktiv, ohne zu wissen, wie er noch entkommen konnte.

„Du bist tot! Jetzt, endlich, befreie ich die Welt von dir!"

In dem Moment, da Ruland Becker von seiner eigenen schrillen Stimme taub für andere Geräusche war, stieß Lena die Tür auf, orientierte sich im Bruchteil einer Sekunde und stieß Becker, der ihr immer noch den Rücken zudrehte, die Hand mit der Waffe aber seitlich angewinkelt hatte, das Messer mit einem Fußtritt aus der Hand. Obgleich Becker unendlich überrascht war, hatte er sich rasch wieder in der Gewalt. Auch er konnte kämpfen! Er erwischte sie am Handgelenk, packte zu und wirbelte sie herum. Doch sie kam auf dem Bett zu liegen, so dass sie schnell wieder auf den Beinen war und erneut nach ihm trat. Diesmal visierte sie gezielt seinen Unterleib an und er ging vor Schmerzen in die Knie. Zwar wollte er noch ausholen, aber dabei erwischte er nur die Lampe, die in weitem Bogen von der Kommode flog und in der Nähe des Bettes zerbrach. Das Öl ergoss sich auf den Boden und Teile der farbbesudelten Zudecke. Unverzüglich stand alles in Flammen. Lena konnte nicht anders, als ihn mit einem Karateschlag bewusstlos zu schlagen, zu gefährlich war die Situation hier geworden. Die Flammen hatten bereits auf die Stoffe der Bettstatt übergegriffen und loderten auf einem Teil des Holzbodens.

Lena griff sich das Messer, versuchte eilends das dicke Hanfseil, mit dem Markus gefesselt war, durchzusäbeln und half ihm schließlich auf die Beine. Hier gab es nichts mehr zu retten, außer ihrer aller Leben. Sie zogen Ruland Becker hinaus auf den Flur, fesselten dort rasch seine Hände, und trugen ihn hinunter ins Freie.

Die Flammen fraßen sich durch das alte Holz, wie Messer durch ein weiches Brot. Markus musste hilflos mit ansehen, wie sein Haus ein Raub der Flammen wurde. Er umarmte Lena und konnte nicht anders, als in Tränen auszubrechen. Sie drückte ihn und auch ihre Tränen flossen.

Da hörten sie dumpfe Stimmen, die sich aus der Dunkelheit näherten. Ihre Nachbarn, amische, mennonitische und *englische*, kamen die Wiese herüber gerannt und bauten sofort Wasserlinien auf, die sich vom Teich aus durch den Hintereingang und vom Quellbrunnen aus durch den Vordereingang zogen. Die Eimer holten sie aus dem Bereich der Scheune, in dem Futter aufbewahrt wurde und wo normalerweise Eimer zu vermuten waren. Durch das rasche Eingreifen so vieler Hände

gelang es tatsächlich, den Brandherd auf das Schlafzimmer und das darüber liegende Dach zu begrenzen. Wohl stand die Küche darunter unter Wasser, aber es war kein Schaden, der sich nicht wieder beheben ließe.
Inzwischen war die Polizei und die Feuerwehr aus Bird-in-Hand und ein weiterer Löschwagen aus Paradise gekommen, so dass die Helfer beiseitetraten, um die Spezialisten letzte versteckte Brandherde aufspüren und beseitigen zu lassen. Niemand hatte bisher ein Wort gesprochen. Nun standen die Nachbarn an der Scheune und beobachteten alles Weitere, auch, wie die Polizei nach kurzer Rücksprache mit Markus Ruland Becker abführte. Markus und Lena kamen herüber zu den Leuten, die Markus alle kannte.
„Ich danke euch für eure Hilfe. Ich weiß nicht, woher ihr so schnell gekommen seid, aber ich danke euch von Herzen."
Er war so aufgewühlt, dass er nicht weitersprechen konnte. Er setzte sich auf den Boden an der Scheunenwand.
Johannes Bontrager trat aus der Reihe der Männer hervor. „Mettie Schwartz hat uns verständigt. Sie wurde argwöhnisch, als sie das Auto oben auf dem Birkenhain stehen sah." Er sah sich nach Mettie um, die ein wenig abseits stand, da sie die einzige Frau hier war. „Mettie kam zu deinem Haus, um nach dem Rechten zu sehen und entdeckte, dass etwas ganz und gar nicht stimmte. Ihr Mann hat Alarm geschlagen."
Markus verstand nicht zur Gänze, was Johannes ihm da erzählte, aber er nickte erschöpft. „Ich danke dir, Mettie und dir Johannes und euch allen. Mehr weiß ich im Moment nicht."
„Wir gehen für heute, aber du weißt, dass wir Nachbarn hier zusammenhalten in der Not. Wundere dich also

nicht, wenn wir morgen wiederkommen und schauen, was an deinem Haus zu reparieren ist."
„Ihr seid in der Ernte. Ich werde das Haus später reparieren. Aber ich danke euch nochmals, auch für euer Angebot."
Johannes Bontrager nickte und er und die anderen verließen den Hof, so wie sie gekommen waren, über die abgemähte Wiese.
Lena setzte sich zu Markus an die Scheunenwand.
Die Feuerwehr hatte inzwischen die Szenerie hell erleuchtet und sie erkannte mit einem Mal, dass er eine hässliche Brandwunde am Arm hatte, die sich über den ganzen Oberarm zog. Der Ärmel seines Shirts war verbrannt. „Du bist verletzt!"
„Das Lampenöl hat mich getroffen. Ganz ehrlich, ich brauche den Schmerz jetzt, um zu begreifen, dass ich noch lebe. Aber ich glaube, ich sollte es dennoch behandeln lassen. Vielleicht könnest du mich ins Krankenhaus fahren?"
Lena stand auf. Sie ging hinüber zur Polizei und sagte Bescheid. Sie würden ohnehin später noch eine Aussage von ihnen brauchen, so dass sie jetzt nicht mehr gebraucht wurden.
Wenig später wurde Markus in der Notaufnahme des Krankenhauses in Coatesville behandelt. Mit verbundenem Oberarm kam er zurück in den Warteraum. Sie fuhren zurück, ohne zu wissen, wo sie in dieser Nacht noch bleiben konnten.
Inzwischen war es drei Uhr morgens und beide zu Tode erschöpft. Sie hielten am Saum eines Waldes. Zufällig befanden sich noch die beiden Picknickdecken, die sie vor einiger Zeit benutzt hatten, im Auto und mit ihnen deckten sie sich zu, nachdem sie die Sitze in Liegeposi-

tion gestellt hatten. Beide dösten in dieser Lage bis zum frühen Morgen.

„Bist du wach?" Markus strich über ihre Wange, als er sah, dass sie die Augen öffnete. Der Schlaf war für beide nicht erholsam gewesen, aber immerhin vertrieb das Tageslicht die dunklen Schatten der Nacht.
„Ja, eigentlich habe ich nur gedöst. Im meinem Kopf schwirrt alles herum, was in der letzten Nacht passiert ist. Ich fühle mich schmutzig und unglaublich fertig."
„Mir geht es ebenso. Es tut mir so leid, dass ich dich in das alles hineingezogen habe, aber ich kann dir nicht sagen, wie erleichtert ich bin, dass es nun wirklich vorbei ist. Die Polizei meinte, dass Becker nun für längere Zeit hinter Gittern wandern würde und dann ist es noch nicht sicher, ob er wirklich wieder in Freiheit kommt."
Markus spielte mit ihren aufgelösten Haaren. „Du hast mir das Leben gerettet. Du hast mir wirklich das Leben gerettet. Er war dabei, mich umzubringen."
„Ich dachte nicht, dass ich das könnte", sagte sie und er wusste nicht genau, worauf sie sich bezog.
„Ich habe dir doch meine Geschichte erzählt. Ich vermute, du nahmst an, dass ich diesen Mann erschossen hätte." Sie sah ihn an und als er nickte, sprach sie weiter: „Ich habe ihn mit meinen Händen getötet. Mit einem Handkantenschlag gegen den Kehlkopf. Ich wollte das natürlich nicht, aber er hat sich blöd bewegt und statt gegen die Brust zu schlagen und ihm damit atemlos zu machen, um ihn leichter überwältigen zu können, habe ich ihm den Kehlkopf gebrochen. Es ist ein entsetzliches Gefühl, wenn du mit deinen Händen jemanden tötest. Nicht aus der Entfernung, was schlimm genug wäre, sondern direkt mit den Händen. Das war es, was ich nicht überwinden konnte, obwohl man mich von jeder

Schuld freigesprochen hat. Ich habe mich nicht freigesprochen. Ich tue es auch jetzt nicht. Aber ich bin froh, dass ich das anwenden konnte, um dich zu retten." Nach ihrem Bericht schloss sie die Augen und atmete tief durch. Dann öffnete sie die Augen wieder und sah ihn liebevoll an. „Was denkst du, vielleicht geht es uns beiden besser, wenn wir einen Happen essen?"
„Ja, fahren wir zu Yoders' und frühstücken. Ich hoffe, wir bekommen Kredit, bis ich an meine Geldbörse rankomme."
„Ich hoffe, die lassen uns rein, so wie wir aussehen!"

Es machte ihnen nichts aus, verschmutzt und mit zerrissener Kleidung in der Schlange bei Yoders' zu stehen, um ein Frühstück zu ordern. Jeder, der um diese Zeit zu Yoders' kam, wusste, was in der Nacht passiert war. Bereits, als sie zur Tür hereinkamen, lud Martin Bland, ein Mennonit, der seinen Hof auf halbem Wege zwischen Markus' Haus und Bird-in-Hand bewirtschaftete und in der Nacht auch zu Hilfe geeilt war, sie zum Frühstück ein. Lena wollte ablehnen, doch Markus kam ihr zuvor. Er wusste, dass die Nachbarn helfen wollten und es für jeden selbstverständlich war, so eine Einladung gerne anzunehmen. Bei nächster Gelegenheit würde man sich revanchieren – oder einfach zulassen, dass andere einem selber Gutes taten, auch ohne Gegenleistung.
„Sie sind alle so hilfsbereit", sagte Lena, als sie wieder zum Auto gingen, um zurück zum Haus zu fahren. Inzwischen hatte ihnen ein weiterer Nachbar zugesagt, einen Lunch zu Markus zu bringen und ein dritter – Markus erklärte Lena, dass es der Besitzer der Kleiderboutique gleich um die Ecke war – hatte sie genötigt, sofort mit ihm mitzukommen, um sie neu einzukleiden.

Selbstverständlich ebenfalls kostenlos. Während sie sich umzogen, klopfte er beim Nachbargeschäft, einem Tante-Emma-Laden, um Waschzeug für sie aufzutreiben.

Lena war sprachlos, entsann sich aber, dass auch ihre Nachbarn zu Hause derart hilfsbereit waren, wenn Not am Mann war. Sie entschloss sich, alles dankbar anzunehmen. Abgesehen davon war morgen Abend ihr Heimflug und daran zu denken verursachte ihr großes Kopfzerbrechen. Sie war sich nicht sicher, ob sie Markus so zurücklassen wollte. Die Ankunft beim beschädigten Haus unterstrich ihre Befürchtungen.

„Oh Mann, bei Tageslicht betrachtet, sieht das aber doch recht schlimm aus!" Markus lehnte sich über das Lenkrad und sah auf den Hausgiebel hinauf, wo die Überreste des verbrannten Dachstuhls wie mahnende Zeigefinger in den Himmel ragten. Wenigstens regnete es nicht, im Gegenteil, es sah nach einem erneuten sonnigen Tag aus.

Ein Wagen der Feuerwehr mit der Brandwache war immer noch vor Ort. Markus ging zu ihnen hinüber.

„Das Zimmer, in dem der Brand ausgebrochen war, ist vollkommen ausgebrannt. Sie sehen ja selber, dass der Dachstuhl komplett erneuert werden muss. Wir mussten mit der Spritze nicht mehr allzu viel eingreifen, weil die gut funktionierenden Wasserketten das meiste schon gelöscht hatten, so dass sich der Wasserschaden im gegenüberliegenden Teil des Hauses in Grenzen hält, aber die Küche darunter ist arg in Mitleidenschaft gezogen worden. Es dauert, bis es trocknet und dann müssen wohl einige Teile ganz erneuert werden." Der Feuerwehrmann informierte Markus sachlich und ausführlich, während Lena ein paar Schritte auf das Haus zugegangen war.

„Dürfen wir hineingehen?", rief sie dem Feuerwehrmann zu.

„Die Treppe und auch der obere Flur sind intakt, das haben wir schon geprüft. Bis auf die Nässe ist auf der linken Seite des Hauses nicht viel passiert. Wir haben überall dort Absperrbänder angebracht, wo Sie nicht hindürfen." Er sprach sowohl zu Markus als auch zu Lena.

„Gut, dann gehen wir einmal kurz hinein. Vielleicht finde ich zumindest meine Geldbörse." Markus nickte dem Feuerwehrmann zu.

Der hielt ihn nochmal zurück. „Ich glaube, die haben wir schon gefunden. Sehen Sie mal dort auf der Veranda nach. Alle Stücke aus den betroffenen Räumen, die nicht vollkommen zerstört wurden, haben wir dort abgelegt."

Markus fand seine Geldbörse, die zwar klitschnass, aber ansonsten unversehrt war. Lena hatte ihre Handtasche und das Kästchen mit ihrem Familienschatz angesichts der Bedrohung an der hinteren Treppe abgelegt. Das fiel ihr jetzt plötzlich wieder ein. Sie ging ins Haus, durchquerte den Wohnraum, das Treppenhaus und trat durch den Hintereingang ins Freie. Irgendwo neben der Tür auf der Außentreppe hatte sie den Kasten hingestellt, wo genau, wusste sie nicht mehr. Nun war er weg. Natürlich. Sie setzte sich auf die Treppe und stützte den Kopf in die Hände. Seltsamerweise tat ihr der Verlust der Bibel nicht einmal besonders leid. Sie hatte eine Sache verloren, dafür aber Menschen – Freunde – gewonnen. Das war ein guter Tausch. Aber war die ganze Situation, der Überfall, der Brand, der Verlust des Hauses, nicht ein Symbol dafür, dass sie bald noch viel mehr verlieren würde? Trauer übermannte sie. Sie hatte Markus wohl tatsächlich das Leben gerettet. Trotz des fürchterlichen Vorfalls in Berlin war sie eine gute Polizistin und sie würde es auch wieder werden, dessen war sie sich nach der vergangenen Nacht sicher. Aber nichts wog den Verlust des Mannes auf, den sie liebte. Das war ihr in den letzten Stunden noch klarer geworden, als dies ohnehin schon der Fall war. Und doch durfte sie ihn nicht an sich binden. Bliebe sie, würde es bedeuten, dass sie sich jeglicher Sicherheit entzog. Was würde sein, wenn sich irgendwann alles als großer Irrtum herausstellte? Wohin würde sie dann gehen können? Sie konnte sich ihrer Lebensgrundlage zu Hause nicht berauben, nicht nach diesen wenigen Wochen.

Markus war ihr in das Haus gefolgt. Das Absperrband zog sich quer durch den Wohnraum und trennte den Küchenbereich ab. Er sah den Ofen, dessen Tür immer noch offenstand und die Holzscheite, die er kreuz und quer hingeworfen hatte, als er das laute Geräusch von oben hörte. Eine Weile stand er schweigend da. Vor seinem inneren Auge tauchte die Mutter auf, die Holz nachlegte, sich mit der Schürze den Schweiß von der Stirne wischte, und in einen der vielen Kochtöpfe rührte, die immer auf dem Herd standen. Das Geschirr, das er erst vor kurzem angeschafft hatte, stand unbeschädigt auf der Anrichte. Neben dem Kühlschrank fehlte die Gasflasche. Die Feuerwehr hatte sie wahrscheinlich noch in der Nacht entfernt. Obwohl er Lena draußen auf der Treppe sitzen sah und den drängenden Impuls verspürte, sich zu ihr zu setzen und sie in den Arm zu nehmen, ging er zuerst die Treppe hinauf ins Obergeschoss. Weiter als bis zum Treppenabsatz kam er nicht. Die Tür des Schlafzimmers stand offen und er konnte einen kleinen Bereich einsehen. Von der roten Farbe war nichts mehr zu sehen, dafür glänzten die Bretter an den

Wänden in verkohltem Schwarz. Durch einen schmalen Schlitz sah er in den Himmel, dort, wo der Dachstuhl ausgebrannt war. Er würde eine Firma beauftragen, das Haus zu sichern und wieder aufzubauen. Er selbst hatte im Moment keine Kraft dazu.

Markus ging wieder hinunter. Seine Drehbücher und die übrige Post hatten die Nacht in dem der Küche entgegengesetzten Bereich des Wohnraumes in ihrer schweren Kommode überlebt. Erstaunlicherweise war diese Ecke beinahe trocken, nur nasse Schuhe hatten ihre Spuren hinterlassen. Hier lagerte auch Lenas Flugticket, das er nun aus der Schublade zog und versonnen betrachtete.

Sie hatte ihm das Leben gerettet, das stand fest. Und er liebte sie so sehr, dass er es körperlich fühlen konnte. Zugleich aber fühlte er auch den Schmerz darüber, dass er sie nicht festhalten konnte, ja durfte. Sie hatte ihr Leben in Deutschland. Er konnte ihr nicht ihr Leben wegnehmen und verlangen, dass sie bei ihm blieb. Nicht nach der kurzen Zeit. Wenn sie von sich aus bleiben würde, wäre er der glücklichste Mann auf Gottes Erde. Er hatte es ihr einmal angeboten. Sie hatte abgelehnt und das musste er akzeptieren. Er atmete tief durch, ließ das tieftraurige Gefühl, das sich seiner bemächtigten wollte, nicht zu und ging hinaus zu ihr.

Markus ließ sich neben Lena nieder.

„Wir sind mit dem Leben davongekommen. Dank dir! Und auch das Haus kann wieder aufgebaut werden", sagte er, weil ihm nichts Besseres einfiel.

„Ja, das ist wahr. Und ich bin so froh, dass du keine Angst mehr vor diesem Mann zu haben brauchst", antwortete sie mit belegter Stimme. „Ich werde morgen abreisen. Mit leichtem Gepäck, wie es aussieht. Ich kann weder meine Handtasche, noch mein Kästchen finden. Ich habe es hier abgelegt."

Als Markus in den Büschen ringsum suchen wollte, winkte sie ab. „Hab ich schon alles abgesucht. Ist weg. Das macht aber nichts. Der Zweck meiner Reise wurde erfüllt. Ich habe jetzt eine Familie. Nicht unbedingt eine Familie, die mich immer mit offenen Armen aufnehmen wird, dazu sind wir zu unterschiedlich, aber eine Familie, die mir in der Not helfen wird. Denke ich."

„Ja, das werden sie. Da bin ich sicher. Und du hast mich. Auch immer. Du wirst immer wissen, wo ich gerade bin. Wir bleiben in Verbindung." Markus wollte sagen, wie sehr er sich wünschte, dass sie bei ihm bliebe, aber er durfte es nicht tun.

„Ja, wir bleiben in Verbindung, das ist auch sicher", sagte Lena. Alles in ihr drängte sie danach, zu sagen, wie gerne sie bei ihm bleiben würde, aber sie verbot es sich.

„Hier ist dein Flugticket. Dein Esta-Formular und dein Pass. Du wirst also keine Probleme auf dem Flughafen haben."

„Ja, das ist gut. Und ich brauche kein Gepäck zu schleppen. Was wirst du nun tun? Du bist wieder frei und kannst aus der Versenkung auftauchen."

„Zuerst werden die Illustrierten über die Geschichte herfallen. Ich bin mir nicht sicher, ob ich meine Herkunft weiter verheimlichen kann, aber ich glaube nicht. Spätestens bei der Gerichtsverhandlung wird alles offengelegt werden. Das tut mir leid für die Nachbarn. Aber sie werden sich schon zu schützen wissen. Ich glaube, ich werde mein Drehbuch nehmen und eine Weile nach Ohio zu meiner Familie fahren. Ich habe sie lange nicht gesehen."

„Ja, das wird ihnen sicher gefallen, auch wenn dein Vater vielleicht nicht ganz auf deiner Seite ist." Sie lächelte ihn an und legte den Kopf an seine Schulter. So saßen sie eine Weile, bis sie vom Feuerwehrmann gestört wurden. „Die Polizei hat eben angefunkt. Sie wollen vorbeikommen, damit sie Ihre Aussagen aufnehmen können. Ich sagte, dass Sie gerade hier seien."

„Ja, ist gut. Natürlich. Danke." Markus wandte sich nicht zu ihm um.

„Und wir werden dann abziehen, aber immer mal wieder vorbeischauen. Haben Sie schon ein Hotel gefunden?"

„Wir werden uns später darum bemühen. Und vielen Dank für Ihren Einsatz. Immerhin behalte ich mein Haus." Nun drehte sich Markus doch zu ihm um.

„Das Haus gerettet haben Ihre Nachbarn. Wir mussten eigentlich nur noch sichern. Viel Glück für Sie beide!"

Der Feuerwehrmann packte seine restlichen Utensilien ein und fuhr vom Hof. Nicht lange danach trafen die beiden Polizeibeamten ein.

Die Aussagen waren rasch aufgenommen. Da Lena selber Polizistin war, stand ihre Aussage nicht in Zweifel. Die Beamten machten sie darauf aufmerksam, dass sie vielleicht zur Gerichtsverhandlung würde kommen müssen. Von daher sollte sie im Falle eines Umzuges der Polizei ihre Adresse zukommen lassen. Alles ging schnell und reibungslos. Noch während die Polizei da war, wurde das versprochene Essen geliefert und mit dem Essen auch gleich einige junge Mädchen, die bei der Ernte nicht gebraucht wurden und helfen sollten, das Chaos im Haus zu beseitigen. Doch Markus musste sie wieder wegschicken, da dort nichts weiter zu tun war, wovon er sie sich selber überzeugen ließ. Er wollte unter keinen Umständen riskieren, die Hilfe der Nachbarn zurückzuweisen.

Endlich, am späten Nachmittag, als sie alles eingepackt hatten, was man noch mitnehmen konnte, verließen sie den Hof, um zuerst in Bird-in-Hand einen kleinen Handkoffer für Lena zu kaufen und sich dann wieder im Gästehaus einzuquartieren. Es störte niemanden, dass sie diesmal ein Doppelzimmer nahmen.

Später am Abend gingen sie noch einmal hinüber zu Yoders', um sich Essen zu holen, das sie mit aufs Zimmer nehmen wollten. Niemand sollte an ihrem Abschiedsabend teilhaben. Doch bei ihrer Rückkehr wartete eine Überraschung auf sie. In der kleinen Warteecke neben der Rezeption saß Samuel Graber, der auf seinem Schoß Lenas Kästchen hatte.

„Mr. Graber!" Lena war perplex, als sie ihn dort sitzen sah und ihren Schatz erkannte.

„Ich habe gestern Nacht das Kästchen auf der Treppe gesehen und es in Sicherheit gebracht. Ich dachte, Sie würden es sicher wieder mit nach Hause nehmen wollen", sagte er und überreichte ihr das Kleinod. „Und ihre Handtasche habe ich auch an mich genommen." Lena übernahm sie von ihm.

„Oh, ich dachte, es wäre verloren, als ich es nicht mehr fand. Vielen Dank dafür. Damit haben Sie mir eine große Freude gemacht!"

„Ja, das weiß ich. Ich wünsche Ihnen alles Gute, Miss."

Er gab ihr die Hand. Dann wandte er sich zu Markus um, der sich im Hintergrund hielt.

„Markus Troyer, es tut mir leid, was mit deinem Haus passiert ist. Und es tut mir leid, was dir in der Welt da draußen widerfahren ist. Auch, wenn du einen anderen Weg eingeschlagen hast, hast du das nicht verdient."

Markus nickte. „Ich danke dir, Samuel. Das ist nett von dir, das zu sagen."

Samuel nickte zurück und ging hinaus zu seinem Einspänner.

„Es war erstaunlich, nicht wahr?" Lena hakte sich bei ihm unter.

„Ja, es war ein sehr großer Schritt."

Sie gingen hinauf, genossen das Abendessen und ihre letzte gemeinsame Nacht.

Kapitel 20

Markus hatte es geregelt, dass Lena ihren Mietwagen in Harrisburg zurückgeben konnte. Nun chauffierte er sie nach Philadelphia zum Flughafen. Auf dem Weg dorthin hielten sie an, um zu Mittag zu essen. Gegen zwei Uhr nachmittags musste sie einchecken. Sie hatten wenig miteinander gesprochen, nur über Belangloses, die Landschaft, das Wetter. Nun ging ihre gemeinsame Zeit zur Neige.

Vor der Auffahrt zum Flughafen hielt Markus in einem Seitenweg. Er ging zum Kofferraum und holte etwas heraus, was in Zeitungspapier gewickelt war, und gab es ihr, nachdem er wieder auf dem Fahrersitz saß.

Lena war überrascht und neugierig. Ungeduldig zerrte sie das Papier weg und warf es achtlos hinter sich auf den Rücksitz. Dann hielt sie ein wunderschönes Kästchen in Händen, das von der Größe ihrem eigenen ähnelte. Doch bestand es aus wertvollem rotscheinendem Holz und hatte reizende Einlegearbeiten in Form eines Sterns auf dem Deckel. Sie sah Markus an, weil ihr die Worte fehlten.

„Vor langer Zeit, als ich noch bei Johannes Bontrager in die Lehre ging, habe ich so ein Kästchen einem jungen Paar aus Deutschland geschenkt. Es waren Touristen und ich kannte sie nicht. Ich habe zu ihnen gesagt, sie sollen es in Ehren halten und immer an den Amisch-Jungen denken, der es ihnen geschenkt hat. Und auch daran, dass er ihnen wünsche, dass sie immer zusammenbleiben würden. Und zu dir sage ich jetzt dasselbe: Wenn du es anschaust, dann denk an mich." Er küsste sie lange und innig. Als sie sich lösten, wollte sie den Deckel aufmachen, doch er hielt ihre Hand fest.

„Versprich mir, dass du es erst öffnest, wenn ich wieder weg bin. Du kannst deine Bibel darin aufbewahren."
Sie zögerte, willigte aber dann doch ein. „Gut, ich verspreche es dir. Aber ich habe nichts, was ich dir geben könnte."
„Du hast mir mein Leben geschenkt. Glaube mir, daran denke ich jeden einzelnen Tag, den Gott werden lässt."
Sie lächelte unter Tränen. „Ja, das ist gut. Vielleicht denken wir dann beide so intensiv aneinander, dass wir wieder einen Weg zueinander finden können. Jetzt fahr mich zum Flughafen. Und lass uns den Abschied dort so kurz wie möglich machen."
Er ließ sie am Abflugterminal für internationale Flüge aussteigen und fuhr weg, ohne sich noch einmal umzublicken.
Einige Zeit später, nachdem alle Formalitäten erledigt waren, setzte sich Lena im Wartebereich des Gates in eine einsame Ecke und öffnete das Kästchen. Ein Blanko-Flugticket nach Philadelphia lag darin. Sie holte es heraus und entdeckte darunter einen kleinen zusammengefalteten Brief. Da stand:

Meine liebe Lena,
dass ich dich liebe, brauche ich dir nicht zu sagen. Ich weiß, du empfindest es ebenso. Aber ich denke, dass wir den Abstand brauchen, um uns unserer Gefühle wirklich klar zu werden. Komm zurück zu mir. Wann immer du willst. Ich warte. Geh mit dem Ticket zum Schalter der Fluggesellschaft, dort wirst du keine Probleme haben, es einzulösen.
Die untenstehende Handynummer gilt nur für dich. Ich habe das Handy gekauft und werde es immer in der Tasche tragen. Wenn du kommst, ruf mich an. Ich warte auf diesen einen Anruf.
In Liebe, Markus.

Lena ließ ihren Tränen freien Lauf, so sehr vermisste sie ihn schon jetzt. Aber Markus hatte recht. Diese Trennung war notwendig, um sich über vieles klar zu werden. Und wer wusste schon, was die Zukunft bringen würde.

Sprachstudentin Theresa lernt in London einen jungen Kanadier kennen. Sie verlieben sich und verbringen eine glückliche Zeit zusammen. Dennoch ist eine Trennung zunächst unvermeidlich, da Tim wieder nach Kanada und zu seiner Arbeit als Polizist zurückkehren muss. Ein intensiver Briefwechsel folgt, aber eines Tages bricht der Kontakt ab. Theresa ist verzweifelt und fliegt schließlich mit ihrem letzten Geld nach Kanada. Dort erfährt sie, dass Tim bei einem Einsatz in den Bergen tödlich verunglückt ist.
Aber das Leben schreibt manchmal bereits beendet geglaubte Kapitel fort...

Susanne Büchner, eine junge Deutsche, lebt ihren Traum und unternimmt eine lange Reise nach Australien. Obgleich sie sehr geplant und vorsichtig zu Werke geht, strandet sie aufgrund einer Autopanne auf einer einsamen Straße am Rande des australischen Outback. Eine zufällig vorbeikommende Gruppe von jungen Leuten hilft ihr aus der misslichen Lage. Doch die vermeintliche Hilfe gerät zur Katastrophe: Sie werden von der Carlton-Bande entführt, die einen Kumpanen freipressen wollen. Die fünf Verschleppten erleben die schlimmsten Tage ihres Lebens...

Lydia Preischl

Eine unbedeutende Episode

Der Krieg hat es nicht wirklich geschafft bis auf den abseits gelegenen Bauernhof der Krämers. Da findet die junge Anne in den letzten Monaten des Krieges einen schwerverletzten Kriegsgefangenen, der aus einem Lager geflohen ist. Trotz aller Gefahren nimmt ihn die Familie auf und pflegt ihn gesund. Nach Kriegsende zieht die gute Tat Anfeindungen, aber auch Vorteile nach sich. David, so heißt der junge Amerikaner, dankt ihnen sein Überleben nicht nur einmal. Er verhilft Anne zu ihrem Glück. Doch bleibt er selbst dabei auf der Strecke?

Lydia Preischl

Nicht von dieser Welt

Die wilden Jahre

Der erste Teil der Amisch-Trilogie:
Markus Troyer ist Amisch. Er lebt mit seiner den Old Order Amisch zugewandten Familie in Pennsylvania im Osten der USA. Die Enge der kleinen, konservativen Glaubensgemeinschaft bedrängt ihn zusehends. Während seiner Orientierungsjahre lernt er das Leben „draußen" kennen. Er bricht aus und muss in der Welt der „Englischen" lernen, sich zurechtzufinden.
Die Sehnsucht nach der behüteten Welt seiner Heimat bringt ihn mehr als einmal nahe daran, all das, was er sich erarbeitet hat, aufzugeben.
Doch dann scheint es, als würde ihm das Schicksal die Entscheidung abnehmen...

Kühe, die auf der Straße abgestellt wurden, überdimensionale Zuckerrübengespanne und kaum überwindbare Funklöcher erweisen sich als erste Hindernisse, die Schatz und Herzl, zwei Großstadtkriminaler aus München, auf dem Weg in die dunkelste Oberpfalz überwinden müssen, bevor sie aufklären können, wer denn den alten Grüninger so unsanft aufs Messer gesteckt hat. Sie erkennen schnell, dass ihr aktueller Mordfall mit einer uralten Geschichte in Verbindung steht, über die keiner im Dorf so richtig reden will. Keine guten Voraussetzungen für eine fixe Klärung des Falls. Gut, dass es Oberwachtmeister Häupl gibt, der den beiden Kriminalern die oberpfälzer Mentalität etwas näherbringt.
Dann ist da noch die schneidige Julia, die Sekretärin des Bürgermeisters, die dem Herzl die Vorzüge der naturbelassenen Flora und Fauna vor Ort aufzeigt...

Der „Wildbiesler" ist der erste Teil aus der Reihe der „Stoapfalz-Krimis", die in Zusammenarbeit mit dem Spielberg-Verlag, Regensburg, herausgegeben werden.